MIRA®

Der Preis dieses Bandes versteht sich einschließlich
der gesetzlichen Mehrwertsteuer.

Umwelthinweis:
Dieses Buch wurde auf chlor- und säurefreiem Papier gedruckt.

Sandra Brown

Das verbotene Glück

Roman

Aus dem Amerikanischen von
Sonja Sajlo-Lucich

MIRA® TASCHENBUCH
Band 25190
1. Auflage: Juni 2006

MIRA® TASCHENBÜCHER
erscheinen in der Cora Verlag GmbH & Co. KG,
Axel-Springer-Platz 1, 20350 Hamburg
Deutsche Taschenbucherstausgabe

Titel der nordamerikanischen Originalausgabe:
Tomorrow's Promise

erschienen bei: Harlequin Enterprises Ltd., Toronto
Published by arrangement with
Harlequin Enterprises II B.V., Amsterdam

Konzeption/Reihengestaltung: fredeboldpartner.network, Köln
Umschlaggestaltung: pecher und soiron, Köln
Redaktion: Sarah Sporer
Titelabbildung: Getty Images, München
Autorenfoto: © by Harlequin Enterprise S.A., Schweiz
Satz: Buch-Werkstatt GmbH, Bad Aibling
Druck und Bindearbeiten: Ebner & Spiegel, Ulm
Printed in Germany
ISBN 3-89941-283-4

www.mira-taschenbuch.de

1. KAPITEL

Flug Nummer 124 der American Airlines von New Orleans nach Washington, D.C., steckte in Schwierigkeiten. Zumindest schien es Keely Preston so. Die kalten, feuchten Hände verkrampft im Schoß, starrte sie durch das Fenster hinaus auf die gleißend hellen Blitze, die über den Himmel zuckten.

Dabei war es während des Unwetters in der ersten Klasse sicherlich noch angenehmer als in der Touristenklasse. Nicht auszudenken, wie die Passagiere sich dort fühlen mussten! Aber das war ja auch der Grund, warum Keely immer erster Klasse flog.

„Miss Preston." Keely zuckte zusammen und wandte den Kopf der Stewardess zu, die sich über den leeren Sitz am Gang zu ihr beugte. „Möchten Sie vielleicht etwas trinken?"

Keely steckte sich eine Strähne des dunkelblonden Haars hinters Ohr und bemühte sich trotz ihrer Furcht um ein freundliches Lächeln. Sie war nicht sicher, ob mit Erfolg. „Nein, danke."

„Es würde Sie vielleicht beruhigen. Ich sehe, das Gewitter macht Sie nervös, aber ich kann Ihnen versichern, alles ist in Ordnung. Sie müssen sich wirklich überhaupt keine Sorgen machen."

Keely sah auf ihre verkrampften Finger und lächelte zerknirscht. „Tut mir Leid, dass es so auffällt." Diesmal lächelte sie die Stewardess mit mehr Überzeugung an. „Nein, es geht schon, wirklich."

Die junge Frau lächelte zurück. „Rufen Sie mich, wenn Sie etwas brauchen. Wir werden den Sturm in ein paar Minuten hinter uns haben. In ungefähr einer Stunde landen wir in Washington."

„Danke." Keely bemühte sich, sich zu entspannen. Sie lehnte sich in den weich gepolsterten Sitz zurück und schloss die Augen, um das Gewitter aus ihrer Sicht und ihren Gedanken zu verbannen.

Der Mann auf der anderen Seite des Ganges bewunderte ihre Selbstbeherrschung. Er spürte, dass sie sich zu Tode ängstigte. Um genau zu sein, er hatte eigentlich alles an dieser Frau bewundert, seit sie die Maschine ein paar Minuten nach ihm bestiegen hatte. Sie schien über so manche bewundernswerte Eigenschaft zu verfügen.

Da war zum einen ihr Haar. Weich, eine feminine Frisur. Er verabscheute diese modernen Frisuren, die Rockstars oder Sportlern abgeschaut waren. Nein, die Dame auf der anderen Seite des Ganges hatte hübsches Haar, das über ihre Schultern glitt, wann immer sie den Kopf bewegte. Gepflegt und seidig schimmernd. Er nahm an, dass es nach Blumen duftete.

Er wäre kein Mann, hätte er nicht ihre Figur bemerkt, als sie auf der Suche nach ihrem Sitz, eine Reihe vor ihm, schräg gegenüber, an ihm vorbeigegangen war. Sie trug ein grünes Wollkostüm. Der Pullover schmiegte sich um eine schmale Taille, der leicht ausgestellte Rock umspielte die Knie.

Ihre Beine waren nicht zu verachten. Das war ihm aufgefallen, als sie sich ein wenig gereckt hatte, um ihren Trenchcoat in die Gepäckablage über dem Sitz zu legen. Dabei hatte er sie im Profil gesehen und außerdem feststellen können, dass eine volle, aber nicht übergroße Oberweite ihren Pullover ausfüllte.

Jeder, der ihn beobachtete, hätte geschworen, er sei völlig in den Stapel Akten vertieft, den er kurz nach dem Start aus seinem Aktenkoffer hervorgeholt hatte. Doch er hatte die Frau nicht aus den Augen gelassen. Sie hatte Filet Mignon zum Dinner bestellt, aber nicht mehr als drei Bissen gegessen. Eine Gabel Broccoli. Kein Brot, kein Dessert. Sie hatte ein halbes Glas Rosé getrunken und eine Tasse Kaffee. Mit wenig Milch.

Er hatte sich nach dem Dinner durch mehrere offiziell aussehende Papiere gelesen, sie dann wieder in seinem Aktenkoffer verstaut. Er hatte das „Time"-Magazin durchgeblättert, aber weiterhin immer wieder über den Rand der Zeitschrift zu der Frau hinübergeschaut. Deshalb hatte er auch das Gespräch mit der Stewardess mitbekommen. Jetzt gab er sich nicht mehr den Anschein, als würde er lesen, sondern beobachtete sie offen.

Genau in diesem Augenblick geriet die Maschine in ein Luftloch und sackte ab. Für einen erfahrenen Fluggast kein Grund zur Panik. Die Frau auf der anderen Seite des

Ganges jedoch schoss in ihrem Sitz hoch und schaute sich hektisch um, die Augen angstvoll aufgerissen.

Er reagierte instinktiv. Mit einem Satz war er über den Gang, setzte sich auf den freien Sitz neben sie und nahm ihre Hände in seine.

„Es ist alles in Ordnung, kein Grund zur Panik. Nur eine kleine Turbulenz, mehr nicht.“ Um genau zu sein, schienen sie beide die Einzigen in der ersten Klasse zu sein, denen der plötzliche und sofort korrigierte Verlust an Höhe überhaupt aufgefallen war. Die Flugbegleiter standen immer noch alle in der Bordküche, aus der das leise Geklapper von Geschirr und Gläsern drang. Die anderen Passagiere, wenig genug auf diesem späten Flug, schliefen entweder oder waren zu sehr mit anderen Dingen beschäftigt, als dass ihnen der attraktive junge Mann aufgefallen wäre, der über den Gang gesprungen war, um der verängstigten Frau zur Seite zu stehen.

Die warmen, starken Männerhände, die sie festhielten, waren so gepflegt, dass Keely einen Moment lang nur darauf starrte, bevor sie dem Mann überrascht ins Gesicht sah. Er war ihr sehr nahe, aber seltsamerweise war es ihr nicht unangenehm.

„Tut mir Leid“, hörte sie sich sagen. Wofür entschuldigte sie sich eigentlich? „Ich bin in Ordnung. Ehrlich. Es ist nur ...“ Das Krächzen in ihrer Stimme schockierte sie. Wo war der gewohnte melodische Klang geblieben? Und warum stammelte sie so? Der Mann musste sie für eine

Närrin halten. Wer sonst würde sich in einem Flugzeug derart aufführen? Und warum verspürte sie nicht den geringsten Drang, ihm ihre Hände zu entziehen?

Stattdessen blickte sie unverwandt in die schwärzesten Augen, umgeben von den schwärzesten Wimpern und Brauen, die sie je gesehen hatte. Unter dem linken Auge verlief eine kleine dünne Narbe auf der Wange. Die Nase war gerade und schmal, der Mund großzügig und voll, die Lippen gefährlich nahe daran, sinnlich zu sein. Das Kinn stark, entschlossen, männlich eben, aber ein Grübchen auf der rechten Wange, nahe bei diesem faszinierenden Mund, bewahrte es davor, hart zu wirken.

„Keine Sorge, dafür sind Freunde doch da, nicht wahr?“ Er lächelte dieses hinreißende, Vertrauen erweckende Lächeln, das zum Markenzeichen für ihn und zum Gefahrensignal für seine Gegner geworden war.

Wen willst du hier eigentlich für dumm verkaufen? fragte er sich still. Er fühlte keineswegs wie ein Freund. Die Blitze, die da draußen vor den Fenstern die Luft mit Elektrizität aufluden, waren nichts im Vergleich zu dem Schock, der ihn durchfahren hatte, als er ihr zum ersten Mal ins Gesicht hatte sehen können.

Grün. Ihre Augen waren grün. Ernst, vertrauensvoll – und höllisch sexy. Ihr Teint war nicht wie Milch und Honig, eher wie … Pfirsich. Eine Haut wie reife Aprikosen, die im Sommer eine goldene Tönung annehmen würde.

Die Nase war perfekt. Der Mund … Gott, dieser Mund!

Die Lippen, weich und schimmernd, betont mit glänzendem Korallenrot. Die Ohrläppchen schmückten kleine goldene Stecker, eine feine Goldkette schmiegte sich um den schlanken Hals. Immer noch hielt er die Hände der Frau. Sie trug keine Ringe. Eine Tatsache, die ihn über alle Maßen freute.

Sie zitterte leicht, und für einen wilden, verrückten Moment stellte er sich vor, wie es sein musste, sie erschauernd vor Leidenschaft unter sich zu spüren. Dieser Gedanke erregte und beschämte ihn gleichzeitig. Es war offensichtlich, dass sie es nicht darauf anlegte, eine solche Reaktion in einem Mann hervorzurufen. Diese Lust war in seinem eigenen Kopf entstanden, aber sie war unleugbar da. Doch da war nicht nur pure Lust … Er verspürte den Drang, sie zu halten. Nicht, um sie zu beherrschen, sondern um sie zu beschützen. Sie mit seiner Stärke einzuhüllen. Ein sehr männlicher Wunsch. Und einer, den er nie zuvor, bei keiner anderen Frau gehabt hatte.

Etwas von diesen ursprünglichen, wilden Gefühlen musste wohl in seinen Augen zu erkennen sein, denn sie versuchte, ihm ihre Hände zu entziehen. Nur unwillig gab er sie frei.

„Ich bin Dax Devereaux“, sagte er, um sich vorzustellen und auch, um diese seltsame Atmosphäre zu überspielen, die plötzlich zwischen ihnen entstanden war.

„Ja, das sind Sie“, sagte sie, dann lachte sie leise, verlegen wegen ihrer Antwort. „Ich meine, ich erkenne Sie jetzt. Freut mich, Sie kennen zu lernen, Kongressabgeordneter Devereaux. Ich bin Keely Preston."

Mit zusammengekniffenen Augen und schief gelegtem Kopf sah er sie konzentriert an. „Keely Preston … Keely Preston. Wo habe ich diesen Namen schon mal gehört? Sollte ich Sie kennen?"

Sie lächelte. „Nur, wenn Sie in New Orleans Auto fahren. Ich mache die Verkehrsnachrichten bei KDIX Radio. Während der Stoßzeiten sende ich aus dem Verkehrshubschrauber."

Er schlug sich mit der flachen Hand an die Stirn. „Aber ja, natürlich! Keely Preston! Nun, ich fühle mich geehrt, eine solche Berühmtheit kennen zu lernen."

Wieder lachte sie, und es gefiel ihm. Ihr Lachen klang melodisch, tief. Und das hübsche Gesicht war nicht länger angespannt. „Wohl kaum eine Berühmtheit", winkte sie schnell ab.

„Doch, sicher!" Er beugte sich vor und flüsterte verschwörerisch: „Ich kenne Leute, die es gar nicht wagen, ohne Ihre Informationen von oben die tägliche Fahrt zur Arbeit anzutreten." Dann runzelte er die Stirn. „Verzeihen Sie mir die Bemerkung, Keely, aber … wenn Sie jeden Tag fliegen, warum haben Sie dann …?" Er sprach die Frage nicht zu Ende, sie tat es für ihn.

„Warum ich vorhin solche Angst hatte?" Sie drehte den Kopf und sah wieder aus dem Fenster. Das Gewitter lag hinter ihnen, die Blitze, die über den Horizont zuckten, waren bereits weit entfernt. „Es ist albern, ich weiß. Aber es liegt nicht am Fliegen. Sie sagen es ja, ich fliege jeden Tag. Ich denke, das Gewitter war einfach zu heftig." Eine lahme Ausrede, selbst für ihre Ohren klang es so. Sie wollte gar nicht wissen, wie albern sich das für Dax Devereaux anhören musste.

Warum erklärte sie es ihm nicht? Warum sagte sie ihm nicht, dass Preston der Name war, den sie in ihrem Beruf benutzte? Dass sie noch einen anderen Namen hatte. Warum gab sie nicht einfach zu, dass das Fliegen ihr manchmal panische Angst machte und ihr Job im Helikopter eine Art Therapie war, um Kummer und Seelenschmerz zu verarbeiten?

Es war schon schwierig genug, sich das selbst einzugestehen, geschweige denn auszusprechen. Sie wusste aus Erfahrung, dass Männer – ungebundene, attraktive Männer – sich unwohl fühlten, sobald sie von ihren Lebensumständen erzählte. Sie wussten dann nie, wie Keely einzuschätzen war. Um sich selbst und Dax Devereaux diese peinliche Situation zu ersparen, beließ sie es besser bei ihrer ausweichenden Antwort und gab ihm keine genauere Erklärung. Er schien auch zufrieden damit zu sein.

Sie wechselte das Thema, um von sich abzulenken: „Werden Sie unser nächster Senator aus Louisiana sein?"

Er gluckste vergnügt und senkte den Kopf, fast wie ein kleiner Junge. Sie entdeckte ein paar silberne Fäden in dem dichten schwarzen Haar. Wunderschönes Haar.

„Nicht, wenn es meinen Gegnern gelingt, das zu verhindern. Was meinen Sie denn?“

„Ich denke, Sie haben sehr gute Chancen.“ Eine ehrliche, überzeugte Antwort. „Ihre Erfolge als Kongressabgeordneter sind beachtlich.“

Dax Devereaux hatte sich einen Namen in ihrem Heimatstaat gemacht. Er war als Vertreter der kleinen Leute bekannt. Oft konnte man ihn in Jeans und Arbeitshemd im Gespräch mit Fischern, Farmern oder Fabrikarbeitern sehen. Seine Kritiker prangerten das als billige Taktik und übertriebene Show an. Seine Anhänger beteten ihn deshalb an. Auf jeden Fall aber wussten alle über seine Aktivitäten Bescheid. Es gab niemanden im Wahlkreis, der nicht von ihm gehört hätte.

„Sie halten mich nicht für ‚einen Opportunisten, der dauernd Kontroversen provoziert, um sein Ziel zu erreichen‘?“ zitierte er aus dem neuesten kritischen Leitartikel.

Sie hatte den Bericht auch gelesen und lächelte. „Nun, Sie müssen zugeben, dass es nicht unbedingt von Nachteil ist, wenn man mit einem Namen wie ‚Devereaux‘ in Louisiana für ein öffentliches Amt kandidiert.“

Er grinste breit. „Ist es meine Schuld, dass meine Vorfahren schillernde französische Kreolen waren? Dabei bin ich mir nicht einmal sicher, ob das nun ein Vor- oder Nachteil ist. Wissen Sie eigentlich, wie barbarisch sie sich manchmal benommen haben? Duelle! Sie waren eine hitzköpfige, aufbrausende und eingebildete Bande. Einer meiner Vorfahren schockierte die Familie und heiratete ein ‚amerikanisches' Mädchen, nachdem Jackson die Briten besiegt hatte. Dann gibt es da noch ein weiteres schwarzes Schaf, das sogar mit den Yankees kollaboriert hat, als die Armee während des Bürgerkriegs New Orleans eroberte."

Sie lachte. „Ich sehe schon, Sie stammen aus einer Familie von Halsabschneidern und Verrätern." Sie musterte ihn aufmerksam. „Ich kann mir vorstellen, dass Sie der Traum eines jeden Autoren sind", sagte sie listig.

„Tatsächlich?" Verlegenheit blitzte plötzlich in seinem Blick auf.

Sie wandte den Blick ab. „Ich meine, sowohl Ihr Vor- als auch Ihr Nachname beginnt mit einem ‚D' und endet mit einem ‚X'. Ein cleverer Werbemensch kann während einer Kampagne doch sicherlich Wunder wirken. Dann Ihre Jugend – und Ihr Aussehen. So eine Art John F. Kennedy."

„Ah, aber Mr. Kennedy hatte Mrs. Kennedy. Ich habe keine schöne Frau als Imagefaktor an meiner Seite." Keely wusste das. Jeder wusste das. Sein Junggesellendasein wurde von seinen Kritikern weidlich ausgeschlachtet. Dass er so aussah, wie er aussah, half auch nicht unbedingt. Für manch einen stellte ein attraktiver Junggeselle eine Gefahr dar, und wenn es um effektive Politik ging, sogar eine tödliche Bedrohung.

Keely hielt den Blick angestrengt gesenkt. Sein Knie war dem ihren so nah, dass sie den Stoff seiner Hose an ihrer Haut fühlen konnte. Sie rückte nicht ab. Stattdessen blickte sie ihm ins Gesicht und stellte fest, dass er sie durchdringend musterte.

„Ich habe nicht einmal die Aussicht auf eine Ehefrau", sagte er.

Sie schluckte. „Nicht?"

„Nein."

Das Zurückhalten von erotischen Gefühlen. Wurde es nicht immer wieder glorreich in Liedern besungen, in Filmen in Bilder gefasst, in Büchern mit Worten beschrieben? Allerdings war es recht schmerzhaft, wenn man es am eigenen Leib erfuhr. Was sich in Keelys Brust abspielte, während sie Dax anschaute, ließ sich nicht länger unterdrücken. Zu lange hatte ihr Begehren geschlummert. Jetzt breitete es sich in ihrer Brust aus, strömte durch ihren ganzen Körper, bis sie kaum noch atmen konnte. Doch bevor sie den Erstickungstod erleiden musste, hatte das Schicksal ein Einsehen.

Die Stewardess hielt neben Dax an. „Sie beide haben sich also miteinander bekannt gemacht. Darf ich Ihnen etwas bringen? Miss Preston? Mr. Devereaux?"

Bis jetzt hatte Dax den Blick nicht von Keely genommen. „Würden Sie einen Brandy mit mir zusammen trinken?" fragte er leise.

Keely wollte antworten, konnte aber nicht, also nickte sie nur stumm. Dax wandte sich an die Stewardess. „Zwei Brandy." Keely nutzte die Zeit, um sich zu fassen. Sie fuhr sich mit der Zungenspitze über die Lippen, blinzelte mehrere Male, atmete tief durch und rieb die feuchten Handflächen an ihrem Rock. Dax' Bein war immer noch da, wo es gewesen war, wenn nicht sogar noch näher. Wie groß mochte er wohl sein? Sie hatte keine Zeit gehabt, es herauszufinden, als er vorhin so plötzlich neben ihr aufgetaucht war und ihre Hände gefasst hatte.

„Keely?"

Sie sah ihn an. Seine Miene war ernst. „Wenn ich für den Senat kandidiere, werden Sie mich dann wählen?"

Sie lachten beide, und die Spannung war gebrochen. Der Brandy wurde gebracht, und Keely nippte vorsichtig an ihrem Glas. Es schmeckte ihr nicht, aber das sagte sie ihm nicht.

„Erzählen Sie mir über Ihre Arbeit. Es muss doch sehr aufregend sein", begann er freundlich.

„Es hört sich viel aufregender an, als es in Wirklichkeit ist, glauben Sie mir. Aber ja, es macht mir Spaß."

„Wird es Ihnen nie zu viel, von glühenden Anhängern umringt zu sein und Autogramme zu schreiben?"

„Nicht vergessen, ich arbeite fürs Radio. Die meisten Leute kennen mein Gesicht gar nicht. Wenn ich allerdings im Auftrag des Senders zu einer öffentlichen Veranstaltung gehe, wird mir die übliche VIP-Behandlung zuteil."

„Vielleicht sollten Sie zu einem mehr bildhaften Medium wechseln."

„Fernsehen? Nein, danke!" rief sie leidenschaftlich.

„Die Kameras überlasse ich gern meiner Freundin Nicole."

„Nicole …? Wie heißt sie noch?"

„Nicole Castleman. Sie macht die Sechs-Uhr-Nachrichten für den Fernsehsender, der mit uns Radioleuten im gleichen Gebäude sitzt."

„Stimmt. Ich habe sie auf dem Bildschirm gesehen, als ich in New Orleans war. Blond, nicht wahr?"

„Ja. Männer vergessen Nicole nicht so schnell", erwiderte Keely neidlos. „Wir sind schon seit Jahren befreundet. Sie liebt es, berühmt zu sein. Wenn wir zusammen ausgehen, bekommt sie jedes Mal die geballte Aufmerksamkeit."

„Das bezweifle ich." Er meinte es ernst, das sah Keely, als sie in sein Gesicht blickte. Deshalb drehte sie auch hastig den Kopf zur Seite.

„Ich würde wirklich nicht tauschen wollen", meinte sie leise.

„Trotzdem muss es anstrengend sein. Stört dieser Job nicht Ihr Privatleben? Ihre Familie?"

Er hatte geschickt gefragt. Aber Kelly wich einer konkreten Antwort aus. Sie lächelte ihm zu. „Ich schaffe es schon, alles unter einen Hut zu bringen." Damit war das Thema beendet.

Das Lämpchen mit der Aufforderung, die Gurte anzulegen, leuchtete über ihren Sitzen auf, und die Stewardess kam, um die Gläser abzuräumen. Durch die Lautsprecher kündigte der Pilot die Landung auf dem Washingtoner

Flughafen an. Keely und Dax hörten die Informationen über das Wetter in der Hauptstadt, ohne die Worte zu verstehen. Sie sahen einander nicht an, aber das war auch nicht nötig. Die Nähe des anderen war fast greifbar.

Seine Hand lag auf der Lehne zwischen ihren Sitzen. Eine lange, kraftvolle Hand mit schlanken Fingern. Eine schöne Hand. Am Ringfinger steckte ein goldener Siegelring. Eine elegante Uhr mit einem Krokolederarmband schmückte das Handgelenk. Das Zifferblatt war rund, mit römischen Zahlen. Mehr nicht. Kein Kalender, kein Wecker, keine Stoppuhr, keine Leuchtziffern, überhaupt kein unnötiger Schnickschnack. Nur zwei schlanke Zeiger, die die Zeit angaben. Das gefiel Keely.

Angesichts seines Berufs hätte man erwarten sollen, dass Dax Devereaux sich konservativ kleidete. Doch er trug eine beigefarbene Hose, einen dunkelblauen Blazer, ein beigefarbenes Hemd und eine geschmackvoll gestreifte Krawatte.

Gab es irgendwo einen Makel an ihm? Einen winzigen Fehler? Bis jetzt hatte Keely nichts gefunden.

Auch Dax hatte den Blick auf seine Hände gerichtet. Allerdings rechnete er den Abstand zwischen seinen Fingern und dem weiblichen Schenkel aus, der sich in so geringer Entfernung zu seinen Fingerspitzen befand. Keely hatte die Beine züchtig übereinander geschlagen, aber ihre Sitzhaltung erlaubte ihm einen verlockenden Blick auf den Rocksaum, unter dem die Andeutung eines hellblauen Spitzenunterrocks hervorlugte. Sein Herz schlug heftiger. Hellblaue Spitze. Vielleicht auch noch Strumpfhalter aus Satin …?

Er verfluchte sich selbst und seine Gedanken, die solch eine wollüstige Richtung einschlugen. Es war unfair ihr gegenüber. Außerdem wurde ihm schwindlig dadurch. Und er fühlte sich unbehaglich. Abrupt wandte er sich ihr zu.

„Wie lange bleiben Sie in Washington?"

„Ich … weiß noch nicht. Das hängt von verschiedenen Dingen ab."

„Wo wohnen Sie?"

Keely krümmte sich innerlich. Das hier war gefährlich. Er kam ihr zu nahe. Er war zu attraktiv, zu anziehend. Es musste jetzt enden, bevor etwas anfing. „Ich weiß noch nicht. Ich hatte vor, mir vom Flughafen aus ein Hotel zu besorgen."

Bei dem ausweichenden Ton in ihrer Stimme wusste er sofort, dass sie log. Aber er vergab ihr gern. Sie war nur vorsichtig. Was seinen ersten Eindruck von ihr bestätigte. Sie war nicht auf der Suche. Das hieß, er musste sie finden.

„Es war mir ein Vergnügen, Keely." Er lächelte und streckte ihr freundlich die Hand hin. Sie nahm die dargebotene Hand und schüttelte sie, allerdings dachte sie darüber nach, wie tief dieses Grübchen in seiner Wange wohl sein mochte.

„Danke, dass Sie mich gerettet haben." Die schimmernden Lippen verzogen sich zu einem freundlichen

Lächeln und gaben den Blick auf gerade weiße Zähne frei. Dax musste sich zusammenreißen, um den Blick von diesem Mund zu nehmen.

„Auf Wiedersehen.“ Er stand auf und trat in den Gang.

„Auf Wiedersehen.“

Er ging zu seinem Sitz zurück, um seine Sachen zusammenzupacken und sich für die Landung bereitzumachen. Keely blickte entweder starr nach vorn oder aus dem Fenster, doch spürte sie ständig seine Anwesenheit hinter sich.

Als die Boing 727 ausrollte und schließlich stand, blieb Keely noch einen Moment auf ihrem Platz sitzen, bevor sie sich erhob und ihren Mantel aus dem Gepäckfach nahm. Obwohl sie sich nicht umdrehte, erkannte sie aus den Augenwinkeln, dass Dax sich seinen Mantel überzog. Sie beschloss, ihren Mantel noch nicht anzuziehen. Vielleicht würde er sonst anbieten, ihr in den Mantel zu helfen. Dann müsste er sie wieder berühren, und das wollte sie lieber vermeiden.

Sie nahm ihre Handtasche und den kleinen Aktenkoffer und legte sich den Mantel über den Arm, bevor sie in den Gang trat.

Er wartete auf sie und ließ ihr den Vortritt. „Haben Sie Gepäck?“ fragte er.

„Ja. Und Sie?“

Er schüttelte den Kopf. „Dieses Mal reise ich nur mit Handgepäck.“

„Oh." Es gab nichts mehr zu sagen. Keely betrat die Gangway, die vom Ausgang des Flugzeugs zur Ankunftshalle führte, und schritt energisch voran. Es war absolut lächerlich! Warum drehte sie sich nicht um und machte freundliche, belanglose Konversation mit ihm? Er war doch direkt hinter ihr. Warum sprach er sie nicht an? Sie benahmen sich ja wie zwei Teenager. Aber so war es wohl besser. Die Diskretion verlangte so viel Abstand zwischen ihnen wie möglich. Das war sicherer.

Sie betrat die Flughafenhalle. Kaum dass sich die Schiebetür hinter ihr geschlossen hatte, stürmten Reporter mit Mikrofonen und Kameraleute darauf zu. Aus Neugier drehte sie sich um.

Dax war sofort von den Medienleuten umringt. Er lächelte, warf harmlose Antworten auf die schnell abgefeuerten Fragen in die Runde, machte Bemerkungen über das miserable Wetter in Washington. Während ein aggressiver Reporter eine Frage stellte, die sie nicht verstehen konnte, sah Dax auf, suchte ihren Blick über die Köpfe der Menge und lächelte, fast entschuldigend. Mit den Lippen formte sie einen Abschiedsgruß, dann drehte sie sich um und ging auf das Rollband zu.

Nachdem sie ihren Koffer auf dem Band gefunden hatte, verließ sie das Gebäude und ging auf ein Taxi am Straßenrand zu. Sie stand noch neben dem Fahrer, der ihren Koffer in den Kofferraum einlud, als ein anderes Taxi mit quietschenden Bremsen in der zweiten Reihe zum Stehen kam.

Dax stieß die Tür auf, sprang aus dem Taxi und rannte um den Wagen herum. Vor Keely blieb er stehen. Die Nacht war kalt, sein Atem bildete weißen Nebel.

„Keely …“ Er wirkte aufgeregt. „Keely, ich will mich noch nicht von Ihnen verabschieden. Wollen Sie nicht irgendwo eine Tasse Kaffee mit mir zusammen trinken?“

„Dax …“

„Ich weiß, ich bin ein Fremder für Sie. Sie sind nicht der Typ Frau, der Männerbekanntschaften in einem Flugzeug schließt, oder irgendwo anders. Ich will Sie mit dieser Einladung nicht beleidigen, ich möchte nur …“

Er fuhr sich durch das vom Wind zerzauste Haar. Er hatte den Mantelkragen hochgeschlagen, eng an das markante Kinn, aber weder Mantel noch Gürtel geschlossen. Der Wind zerrte daran. „Zur Hölle“, fluchte er leise, steckte die Hände in die Taschen und betrachtete den sich bildenden Stau. Dann sah er sie wieder an. „Ich will einfach nur mehr Zeit mit Ihnen verbringen, Sie besser kennen lernen. So spät ist es noch nicht. Eine Tasse Kaffee, ja? Bitte!“

Wie hätte irgendjemand diesem Grübchen widerstehen sollen, diesem wunderbaren Lächeln? Und doch – Keely Preston musste es. „Es tut mir Leid, Dax, aber ich kann nicht.“

Der Wagen hinter dem wartenden Taxi hupte laut. Keelys Fahrer warf ihnen einen missbilligenden Blick zu. Sie merkten es nicht.

„Gibt es da jemanden in Ihrem Leben?“

„Nein.“

„Sind Sie müde?“

„Nein, es ...“

„Was dann?“

„Dax, ich kann einfach nicht.“ Sie kaute an ihrer Unterlippe.

„Das ist keine Antwort, Keely.“ Er lächelte warm. „Finden Sie mich vielleicht abstoßend?“

„Nein!“ Die Heftigkeit ihrer Antwort erschreckte sie und entzückte ihn.

Sie wandte den Blick ab, sah, ohne etwas zu erkennen, über die wartenden Autos, die Lichter des Flughafens, die im Nieselregen schimmerten. „Es gibt einen guten Grund, warum ich nicht mit Ihnen gehen kann, Dax.“ Sie sprach so leise, dass er sich zu ihr herüberbeugen musste, um sie zu verstehen. „Ich bin verheiratet.“

2. KAPITEL

Dax zuckte zurück, als hätte ihm jemand ins Gesicht geschlagen. Und so fühlte er sich auch. Er starrte auf ihren Scheitel, da sie den Blick auf den feuchten Beton zu ihren Füßen gesenkt hielt. „Verheiratet?" wiederholte er heiser. Das war unmöglich. Absolut undenkbar.

Erst jetzt sah sie ihn an, direkt, ausdruckslos. Ihre Stimme klang leer, als sie antwortete. „Ja."

„Aber …"

„Auf Wiedersehen, Dax." Keely ging um ihn herum, riss die Wagentür auf und flüchtete sich in das Innere des Taxis. „Capitol Hilton", sagte sie zu dem Fahrer, der sie jetzt wütend anfunkelte, weil sie ihn so lange hatte warten lassen.

Das Taxi fuhr rasant an und erzwang sich seinen Weg in den fließenden Verkehr. Keely merkte es nicht einmal. Sie hatte die Hände vors Gesicht geschlagen. Beide Fäuste presste sie fest auf ihre Stirn, hinter der sich ein hämmernder Schmerz auszubreiten begann.

Der Tag war also gekommen. Jener Tag, vor dem ihr schon seit Jahren grauste. In zwölftausend Meter Höhe hatte sie einen Mann getroffen. Einen Mann, der ihre Situation nur noch unerträglicher machte.

Keely Preston Williams war seit zwölf Jahren verheiratet. Aber sie hatte nur drei kurze Wochen als Ehefrau erlebt. Sie und Mark Williams waren das klassische High-School-Paar gewesen. Er war der Starsportler in ihrer kleinen Heimatstadt am Mississippi gewesen, sie Cheerleader. Man schrieb das Jahr 1969. Drogen, Alkohol und lose Moralvorstellungen waren noch nicht bis an die Schulen des Südens gelangt, die Gemeinde, in der sie und Mark aufwuchsen, hatte sich auf geradezu bezaubernde Weise ihre kleinstädtische Naivität erhalten. Die regionale Footballliga, Nachbarschaftspicknicks und kirchliche Gemeindeveranstaltungen waren die Glanzlichter des gesellschaftlichen Lebens.

Nach dem Schulabschluss schrieben Keely und Mark sich an der Mississippi State University ein. Mark war Athlet, und als Folge des häufigen Footballtrainings ließen seine Noten nach, bis er schließlich am Ende des ersten Semesters durch die Prüfungen fiel.

Der Vietnamkrieg war eine Bedrohung für alle jungen Männer, und Mark war schließlich eines seiner Opfer. Kaum war die Einzugsbehörde über seinen Notendurchschnitt informiert, erhielt er auch schon den Einzugsbefehl. Keine zwei Wochen später war er auf dem Weg zum Ausbildungscamp.

Es war Keelys Idee gewesen zu heiraten, sobald klar wurde, dass er eingezogen werden würde. Sie übte Druck auf ihn aus, weinte, bettelte, drohte, bis sie ihn zermürbt hatte. Er gab nach, gegen besseres Wissen. Sie luden ihre Eltern ein, sich an einem bestimmten Tag zu einer bestimmten Zeit im Büro des Pastors einzufinden. Sie wurden getraut.

Übers Wochenende fuhren sie nach New Orleans, danach kamen sie zurück, um zwei Wochen bei Marks Eltern zu wohnen, bevor der Armeebus mit ihm davonfuhr. Nach drei Monaten in Fort Polk in Louisiana wurde er nach Fort Wolters in Texas versetzt. Er war ausgewählt worden, die Ausbildung zum Hubschrauberpiloten zu absolvieren.

Das Pensum einer normalerweise vierzig Wochen dauernden Ausbildung wurde in fünfundzwanzig Wochen absolviert. Nach einer sechsmonatigen Trennung erhielt Mark eine Woche Urlaub, um mit seiner Frau zusammen zu sein, bevor er an die Front geschickt wurde.

Die Ehe wurde mit der zärtlichen, zurückhaltenden Leidenschaft von noch sehr jungen Menschen vollzogen. Es lag etwas liebenswert Unschuldiges in ihren hitzigen Umarmungen, bevor Mark ans andere Ende der Welt aufbrach, um in einer Hölle zu landen, die er sich in seinen schlimmsten Albträumen nicht hätte vorstellen können.

Keely studierte weiter und jobbte nach dem Unterricht, um sich finanziell über Wasser zu halten. Abends schrieb sie lange glühende Briefe an Mark, berichtete jede Einzelheit, die sich zugetragen hatte. Seine Briefe erreichten sie sporadisch, manchmal kamen zwei oder drei auf einmal, dann wieder vergingen Wochen, ohne dass sie von ihm hörte. Sie las seine Briefe immer wieder, hütete sie wie einen Schatz, rief sich seine zärtlichen Worte immer wieder in Erinnerung.

Und dann nichts. Wochen, ein Monat, noch länger kein Lebenszeichen von ihm. Auch seine besorgten Eltern hörten nichts. Dann stand ein Offizier aus Fort Polk vor ihrer Tür. Marks Hubschrauber war abgestürzt, aber von Marks Schicksal war nichts bekannt. Er wurde nicht für tot erklärt, seine Leiche war nicht in dem Wrack gefunden worden. Es war auch nicht bekannt, ob er gefangen genommen worden war. Mark war einfach verschwunden.

Mehr wusste Keely Williams bis heute nicht über den Verbleib ihres Mannes. Er war einer auf der Liste der zweitausendsechshundert Männer, die als im Einsatz vermisst galten, irgendwo in Südostasien.

Während der letzten Jahre war Keely nicht untätig geblieben, sondern hatte sich aktiv dafür eingesetzt, dass das Schicksal jener Soldaten nicht in Vergessenheit geriet. Sie und andere Ehefrauen in der gleichen Situation hatten eine Organisation mit dem Namen PROOF gegründet, die sich um Hilfe für die betroffenen Familien kümmerte. Bei den meisten Gelegenheiten fungierte Keely als deren Sprecherin.

Sie lehnte sich in das nach Zigarettenrauch riechende Polster des Taxis zurück und ließ die Washingtoner Silhouette an sich vorbeiziehen, ohne wirklich etwas wahrzunehmen. Zwölf Jahre. Ging es ihr jetzt besser als vor zwölf

Jahren, als man ihr die Nachricht von Marks Verschwinden überbracht hatte?

Gefangen in einem Strudel aus Enttäuschung und Trauer hatte sie ihr Examen in Journalismus gemacht und war nach New Orleans gezogen. Beim „Times-Picayune" hatte sie die Stelle mit dem hochtrabenden Titel „Schlussredakteur" übernommen, in Wirklichkeit war sie Mädchen für alles gewesen. Sie hatte es durchgestanden und sich langsam in die wenig beneidenswerte Stellung eines Juniorreporters hochgearbeitet. Die Storys, die man ihr überließ, waren so uninteressant, dass sie irgendwo im Mittelteil der Zeitung verschwanden.

Dann hatte die Gerüchteküche ihr zugetragen, ein Nachrichtensprecher bei einem Radiosender habe von heute auf morgen seinen Arbeitsplatz verlassen, angeblich wegen einer Affäre mit einer Mitarbeiterin. Während der Mittagspause hatte Keely bei dem völlig entnervten Nachrichtendirektor vorgesprochen, ihn davon überzeugt, dass sie genau die Richtige für den Job sei, und am nächsten Tag trat sie ihre neue Stelle an. Die Arbeit gefiel ihr. Zumindest hatte dieser Job mehr Pep als die langweiligen Storys, über die sie bisher geschrieben hatte.

Nicole Castleman hatte sie in der Kantine kennen gelernt, als sie beide gleichzeitig nach einer Flasche Ketchup gegriffen hatten. Sie wurden Freundinnen, und als jemand die Idee hatte, eine Frau mit einer sexy Stimme aus dem Verkehrshubschrauber berichten zu lassen, hatte Nicole Keely vorgeschlagen. Sie fand, Kelly sei die geeignete Person für diese Aufgabe.

Keelys erste Reaktion war ungläubiges Entsetzen gewesen. Sie hatte doch noch nie in ihrem Leben in ein Mikrofon gesprochen. Und dann jeden Tag in einem Hubschrauber! Mark! Sein Hubschrauber war unter schwerem Beschuss abgestürzt und in Flammen aufgegangen. Seine Leiche war nie gefunden worden. Sie konnte einfach nicht.

Doch, sie konnte. Diese Arbeit war ein Weg, die Erinnerung an Mark frisch zu halten, denn mit den Jahren hatte sie tatsächlich zu verblassen begonnen. Außerdem zwang der Job sie dazu, sich ihrer Angst vor Flugmaschinen zu stellen. Keely Preston Williams hasste es, Angst vor etwas zu haben.

Die Freundschaft mit Nicole Castleman wurde mit den Jahren immer fester. Sie konnten über alles miteinander reden, oft mit geradezu schmerzhafter Offenheit. Noch gestern Abend, als Keely ihre Reisetasche packte, hatte Nicole im Schneidersitz auf dem Bett gesessen und ihr zugeschaut. Sie hatte versucht, Keely diese Mission auszureden.

„Reicht dir das Leben als Märtyrerin nicht langsam, oh Heilige Keely? Herrgott noch mal! Deine völlige Selbstaufgabe für ein hoffnungsloses Unterfangen ist der einzige idiotische Charakterzug, der sich an dir finden lässt“, hatte sie Keely an den Kopf geworfen, während sie ihr dabei half, die passende Garderobe auszusuchen.

„Nicole, das haben wir schon so oft durchgekaut, dass ich dich fast auswendig zitieren kann. Vielleicht sollten wir diese Unterhaltung aufnehmen, dann können wir das nächste Mal, wenn das Thema wieder zur Sprache kommt, das Band ablaufen lassen und uns den Atem sparen."

„Sarkasmus steht dir nicht, Keely, also lass es einfach, ja? Du weißt genau, dass ich Recht habe. Jedes Mal, wenn du dich mit diesen anderen Ehefrauen triffst, kommst du völlig deprimiert zurück. Es dauert Wochen, bis du dich wieder davon erholt hast." Nicole hatte sich zurückgelehnt und ihre üppigen Kurven vorgereckt. Die beneidenswerten weiblichen Rundungen waren nur einer ihrer Vorteile. Sie hatte eine blonde Löwenmähne und strahlend blaue Augen. Ihr Lächeln war engelsgleich. Nichtsdestotrotz konnte dieser volle Mund Obszönitäten hervorbringen, bei denen jeder gestandene Seemann rot angelaufen wäre.

„Ich muss das tun, Nicole. Sie haben mich darum gebeten, ihre Sprecherin zu sein, und ich habe zugesagt. Außerdem glaube ich an das, was ich tue, nicht für mich selbst, sondern für all die anderen Familien. Wenn der Kongress dafür stimmt, unsere Ehemänner für tot zu erklären, werden die Soldzahlungen der Armee an die Familien eingestellt. Dabei kann ich nicht einfach tatenlos zusehen."

„Keely, ich weiß, wie stark dein Motiv am Anfang war, als PROOF sich bildete. Aber wann wird diese Qual endlich aufhören? Als die Kriegsgefangenen zurückkamen und Mark nicht dabei war, bist du völlig zusammengebrochen und krank geworden. Ich weiß es, ich habe gesehen, welche Hölle du durchgemacht hast. Willst du dich dem wirklich immer und immer wieder aussetzen?“

„Wenn es sein muss, ja. Bis ich etwas über das Schicksal meines Mannes erfahre.“

„Und wenn das nie geschieht?“

„Dann wirst du die maßlose Befriedigung haben, sagen zu können: ‚Siehst du, ich habe es dir doch gesagt.‘ Was meinst du, soll ich die naturfarbene oder besser die graue Bluse zu dem dunkelblauen Kostüm mitnehmen?“

„Grau und dunkelblau. Wie frisch“, hatte Nicole entnervt gemurmelt. „Nimm die beigefarbene, das sieht weniger nach Witwe aus.“

Und so saß Keely also jetzt in Washington, um sich im Namen der Ehefrauen und Familien der im Einsatz vermissten Männer vor einem Komitee des Kongresses dafür einzusetzen, dass der Vorschlag, diese Männer für tot erklären zu lassen, nicht angenommen wurde.

Wenn sie vor der Versammlung dieser Kongressabgeordneten stand, würde sie dann wirklich vollen Einsatz für die Sache bringen können? Für die Familien? Für Mark? Oder würden ihre Gedanken zu dem Mann abschweifen, den sie heute Abend getroffen hatte? Der fast schüchtern zu ihr gesagt hatte: „Ich will einfach nur mehr Zeit mit Ihnen verbringen, Sie besser kennen lernen.“ Und dem sie daraufhin hatte antworten müssen: „Ich bin verheiratet.“

„Hilton“, hörte sie den Taxifahrer gepresst sagen.

Erst da wurde ihr bewusst, dass sie vor einer ganzen Weile vor dem Portal angekommen waren. „Danke", murmelte sie.

Sie bezahlte das Taxi, trug ihren Koffer in die Lobby und checkte in das Zimmer ein, das seit Wochen für sie reserviert war. Sie unterschrieb die Gästeliste mit „Keely Preston", seufzte dann und setzte „Williams" nach.

Das Zimmer war kalt und unpersönlich, wie Hotelzimmer in Großstädten eben waren. Wie war eigentlich das Zimmer gewesen, in dem Mark und sie ihre kurze Hochzeitsreise verbracht hatten? Sie konnte sich nicht mehr erinnern. Überhaupt erinnerte sie sich nur an wenig aus der Zeit ihrer kurzen Ehe. Wenn sie an Mark dachte, dann sah sie ihn als Football-Star, oder als Sprecher ihrer Abschlussklasse, oder als ihren Begleiter zum Valentinsball an der High School.

Während der beiden fieberhaften Wochen im Hause seiner Eltern war er nervös und verlegen gewesen, mit Keely in seinem Zimmer zu schlafen. In jener ersten Nacht, als sie sich an ihn geschmiegt und ihn geküsst hatte, war er vor ihr zurückgewichen, hatte sie flüsternd daran erinnert, dass seine Eltern im Zimmer direkt nebenan hinter der dünnen Wand schliefen. Am nächsten Abend hatte er eine schwache Ausrede für seine Eltern parat gehabt und Keely aus dem Haus gezogen. Sie waren zum See gefahren und auf den Rücksitz seines alten Chevy geklettert. Diese Nacht wie auch die, die folgten, war für Keely alles andere als welterschütternd gewesen. Aber sie liebte Mark, und das war das einzig Wichtige.

Keely schüttelte sich leicht, als sie den Mantel auszog. Es war kalt im Zimmer. Sie stellte das in das Nachttischchen eingelassene Radio ein und drehte den Thermostaten hoch. Dann begann sie ihre Koffer auszupacken. Als sie fast fertig war, läutete das Telefon.

„Keely, Betty Allway hier. Ich wollte nur fragen, ob du gut angekommen bist."

Betty war zehn Jahre älter als Keely und Mutter von drei Kindern. Ihr Mann wurde seit vierzehn Jahren vermisst, trotzdem verlor diese Frau nicht die Hoffnung. Wie Keely wollte sie nicht die rechtlichen Schritte unternehmen, ihren Mann offiziell für tot erklären zu lassen. Die beiden Frauen kannten sich seit vielen Jahren, arbeiteten zusammen im PROOF-Komitee und korrespondierten regelmäßig. Bettys ungebeugter Mut richtete Keely wie immer auf.

„Hallo, Betty. Wie geht's dir? Und den Kindern?"

„Uns geht es allen gut. Und dir? Hattest du einen angenehmen Flug?"

Ein gestochen scharfes Bild von Dax Devereaux blitzte vor Keelys Augen auf. Ihr Herz schlug ein wenig schneller. „Ja, danke, keine besonderen Vorkommnisse." Lügnerin, schalt sie sich in Gedanken.

„Bist du aufgeregt wegen morgen?"

„Nein, nicht mehr als sonst auch, wenn ich einer Gruppe

mürrischer Abgeordneter gegenübertreten muss, die den Geldbeutel der Nation zusammenhalten."

Betty lachte erheitert auf. „Schlimmer als General Vanderslice können sie nicht sein. Wir haben schon anderes durchgestanden. Und du weißt, dass du unser aller Vertrauen hast."

„Ich werde versuchen, es nicht zu enttäuschen."

„Wenn die Dinge nicht so laufen, wie wir erwarten, wird es mit Sicherheit nicht an dir liegen. Wann sollen wir uns morgen früh treffen?"

Sie verabredeten sich im Café des Hotels, um dann gemeinsam zum Konferenzsaal des Repräsentantenhauses zu gehen.

Keely legte auf und versuchte die Mutlosigkeit abzuschütteln, die sie plötzlich überkommen hatte. Sie würde erst einmal diese von der Reise verknitterten Sachen ausziehen. Als sie nur noch in Unterwäsche dastand, klingelte das Telefon wieder. Bestimmt Betty, die etwas vergessen hatte.

„Hallo", meldete sie sich zum zweiten Mal.

„Sie tragen keinen Ehering."

Sie schnappte leise nach Luft und presste den Unterrock wie einen Schutzschild vor die Brust, so als könne Dax sie durchs Telefon sehen. Sie ließ sich aufs Bett fallen, weil ihre Knie sie nicht tragen wollten.

„Wie haben Sie mich gefunden?"

„Ich habe die CIA auf Sie angesetzt."

„Die …“

„Langsam, langsam.“ Er lachte. „Verstehen Sie keinen Spaß? Um ehrlich zu sein, ich bin Ihnen mit dem Taxi bis zu Ihrem Hotel gefolgt.“

Sie sagte nichts. Er hatte sie völlig entwaffnet. Sie zitterte, spielte fahrig mit der Telefonschnur, starrte mit leerem Blick auf die gestreifte Bettwäsche und fürchtete sich vor dem Moment, da sie auflegen musste und seine warme Stimme nicht mehr hören würde.

„Sie sagen ja gar nichts zu meiner Beobachtung“, brach er schließlich das unangenehme Schweigen.

„Wie? Oh, Sie meinen das mit dem Ehering? Stimmt, ich trage keinen, aber nur, wenn ich fliege. Weil meine Hände dann immer feucht werden. Deshalb hatte ich ihn heute nicht an.“

„Oh.“ Er sog tief und enttäuscht den Atem ein. „Nun, dann können Sie einem Mann keine Vorwürfe machen, wenn er falsche, wenn auch hoffnungsvolle Schlüsse zieht.“ Da sie nichts erwiderte, hakte er nach: „Oder?“

Sie lachte leise, obwohl an dieser Situation nichts Lustiges war. „Nein, ich kann einem Mann keine Vorwürfe dafür machen. Ich hätte Ihnen von Anfang an sagen sollen, dass ich verheiratet bin.“

Wieder Schweigen, diesmal noch angespannter als zuvor.

„Sie haben im Flugzeug nicht zu Abend gegessen. Sie müssen hungrig sein. Wollen Sie auf einen Happen mit mir zusammen ausgehen?“

„Dax!“

„Okay, tut mir Leid. Hartnäckigkeit liegt mir einfach im Blut.“

Schweigen.

„Ich kann nicht mit Ihnen ausgehen, Dax. Bitte verstehen Sie doch.“ Es war ihr plötzlich unheimlich wichtig, dass er es verstand.

Eine leise Verwünschung kam vom anderen Ende, dann ein tiefer Seufzer. „Ja, leider. Ich verstehe.“

„Also dann …“ Sie hielt inne. Was sagte man an einem solchen Punkt? War nett, Sie kennen gelernt zu haben? Man sieht sich bestimmt mal wieder? Viel Glück für Ihre Kandidatur? Stattdessen sagte sie nur: „Gute Nacht.“ Es war nicht so endgültig wie ein Lebewohl.

„Gute Nacht.“

Mit einem schweren Seufzer legte sie den Hörer auf. Sie konnte Nicoles Worte laut in ihrem Kopf hören: „Bist du jetzt völlig verblödet?“

Die Diskussionen mit Nicole über Keelys Engagement für PROOF waren harmlos im Vergleich zu den Gesprächen über Keelys Liebesleben, oder besser, über den absoluten Mangel eines solchen.

Nicole liebte die Männer. Und die Männer liebten Nicole. Nicole verschliss die Herren der Schöpfung mit der gleichen Achtlosigkeit, mit der man eine Packung Kleenex verbrauchte. Fast täglich gab es einen neuen Verehrer. Doch wenn sie einen erwählt hatte, liebte sie ihn ohne Einschränkungen. Ihre Auserwählten kamen in allen Größen und Formen und mit jedem erdenklichen Hintergrund ausgestattet. Und sie liebte sie alle.

Wie Keely es schaffte, ihrem verschollenen Mann seit zwölf Jahren treu zu sein, war Nicole ein Rätsel. „Mein Gott, Keely. Zwölf Jahre mit einem Mann zu verbringen wäre schon erschreckend genug, aber zwölf Jahre mit einer Erinnerung zu leben ist absolut idiotisch."

„Er ist nicht ‚ein' Mann, er ist mein Mann", hatte Keely geduldig erwidert.

„Sollte dein Ehemann je zurückkommen, was ich, ehrlich gesagt, bezweifle, so Leid es mir auch tut, was dann, Keely? Macht ihr da weiter, wo ihr aufgehört habt? Komm schon, Keely, du bist doch clever. Herrgott noch mal, keiner kann ahnen, was er durchgemacht hat. Er wird nicht mehr der Mensch sein, den du kennst. Und du bist auch nicht mehr der hüpfende Cheerleader mit den rosigen Wangen, meine Liebe. Du bist eine Frau, Keely. Du brauchst die Männer … Oder wenn das deinen altmodischen Moralvorstellungen zu viel abverlangt, einen Mann. Ich kann dir gerne einen von meinen leihen."

Keely hatte gelacht, obwohl Nicoles Worte ihr einen Stich versetzt hatten. „Nein, danke. Ich kenne keinen von deinen Männern, den ich haben wollte." Sie warf ihrer Freundin einen schelmischen Blick zu. „Außer Charles vielleicht."

„Der? Der gehört nicht zu ‚meinen Männern'."

„Nein?"

„Nein!"

„Er liebt dich, Nicole."

„Liebe! Er hat nicht ein einziges Mal versucht, mit mir ins Bett zu gehen. Alles, was er tut, ist mich bis zum Wahnsinn zu nerven. Das kann er wirklich gut."

„Wahrscheinlich willst du damit sagen, dass er nicht bei jeder deiner Launen sofort springt."

„Wir reden hier nicht über Charles und mich", hatte Nicole pikiert eingeworfen, „sondern über einen Mann für dich, Kelly."

„Na schön." Keely hatte die Hände in die Hüften gestützt und Nicole offen angesehen. „Angenommen, ich treffe ‚einen Mann'. Glaubst du, dieser Mann würde sich lange damit zufrieden geben, mich ins Kino und in Restaurants zu begleiten, ohne eine Art Entlohnung zu verlangen?"

„Nein, natürlich nicht. Du bist attraktiv, intelligent und sexy auf Teufel komm raus. Er würde mit dir sicher in die Federn hüpfen wollen, und zwar so schnell wie möglich."

„Eben. Und das kann ich nicht tun, Nicole. Ich bin mit einem anderen verheiratet. Also, Ende des Werbens, Ende der Freundschaft, und ich bin wieder bei null angekommen."

„Nicht unbedingt. Du könntest ja mit ihm ins Bett gehen. Du könntest dich vielleicht sogar verlieben, da du ja so viel Wert darauf legst. Vielleicht könntest du dich dann sogar dazu überwinden, Mark für …"

„Sprich es nicht aus, Nicole, ich will es nicht hören." Die Warnung in Keelys eisigem Ton erstickte jede weitere Bemerkung.

Nicole hatte reuig den Kopf hängen lassen und ihre manikürten Nägel studiert. Schließlich hatte sie Keely verzeihend angelächelt. „Entschuldige, ich bin zu weit gegangen." Sie war vorgetreten und hatte ihre Freundin umarmt. „Ich nerve dich nur so damit, weil mir so viel an dir liegt."

„Ich weiß. Und ich mag dich auch sehr. Aber über dieses Thema werden wir uns nie einig werden, also lass uns von etwas anderem reden, ja?"

„Einverstanden", hatte Nicole zugestimmt, trotzdem konnte sie sich nicht zurückhalten. „Ich bin weiterhin überzeugt, dass ein kleines Schäferstündchen mit einem gestandenen Mannsbild Wunder wirken würde", hatte sie noch nachlegen müssen.

Wenn Nicole wüsste, dass Keely soeben eine Einladung von Dax Devereaux ausgeschlagen hatte, dem begehrtesten Junggesellen des Landes, wäre sie ihr unter Garantie an die Gurgel gesprungen.

Es soll nicht sein, tut mir Leid, Nicole, dachte Keely, als sie ins Bad ging. Sie brauchte eine lange heiße Dusche, das würde die Anspannung vertreiben, die jeden Muskel in ihrem Körper verkrampfte. Und dann würde sie sich im Bett zusammenrollen und noch einmal die Notizen für ihre morgige Rede durchgehen.

Das Wasser war nicht heiß, sondern lauwarm, aber immerhin. Keely fühlte sich wesentlich besser, als sie sich ein Handtuch wie einen Turban um ihr gewaschenes Haar wickelte und in den dicken Frotteebademantel schlüpfte. Das Blau des Hotelhandtuchs und das Gelb ihres eigenen Bademantels passten farblich überhaupt nicht, aber was machte das schon?

Sie schaltete gerade die Nachttischlampe neben ihrem Bett ein, als ein leises Klopfen an ihrer Tür ertönte. Mit der charakteristischen Vorsicht einer Frau, die allein lebte, bewegte sie sich zur Tür. „Ja bitte?" fragte sie.

„Zimmerservice."

Sie legte die Stirn an das kühle Holz. Vergebens versuchte sie, ihren plötzlich rasenden Puls zu beruhigen. Sie öffnete den Mund, um etwas zu sagen, doch er war staubtrocken. Sie schluckte. „Sind Sie verrückt geworden?" war alles, was sie schließlich herausbrachte.

„Durchaus möglich", antwortete Dax. „Es ist das Verrückteste, was ich seit langer Zeit getan habe, aber …" Sie konnte sein lässiges Schulterzucken direkt vor sich sehen. „Darf ich hereinkommen?"

„Nein."

„Keely, Ihr Ruf, ganz zu schweigen von meinem, ist von einem Moment zum anderen ruiniert, sollte jetzt irgendjemand diesen Gang entlang kommen und mich vor

Ihrer Tür stehen sehen. Also bitte, öffnen Sie die Tür, bevor eine solche Katastrophe unser beider Leben zerstört. Außerdem habe ich etwas für Sie."

Ihr Gefühl sagte ihr, dass er nicht verschwinden würde, bevor er sie gesehen hatte. Sie zog die Kette von der Tür und öffnete. Dax stand auf der Schwelle, ein Tablett in der Hand. Er trug lässige Jeans und ein Hemd, zudem noch eine Kappe, wie Botenjungen sie trugen.

Sie lachte und lehnte sich an den Türrahmen. „Was tun Sie hier?"

„Ich wohne hier", antwortete er und schob sich an ihr vorbei ins Zimmer. Das Tablett setzte er auf dem kleinen Tisch ab.

„Sie wohnen hier?" wiederholte sie ungläubig.

„Ja, im obersten Stockwerk. Für einen Junggesellen lohnt es sich nicht, ein Haus in D. C. zu besitzen. Viel zu teuer. Also miete ich oben eine Suite."

„Deshalb war es auch so bequem für Sie, mir hierher zu folgen. Sie fuhren sowieso nach Hause", neckte sie ihn.

„Das vereinfachte die Sache natürlich. Aber ich wäre Ihnen auch so gefolgt." Sein Ton war nicht scherzhaft, er meinte es ernst.

Sie rieb sich verlegen die Arme und schaute zu dem Tablett, das mit einem weißen Leintuch bedeckt war. „Was ist das?"

„Zimmerservice, sagte ich doch schon." Mit einem schwungvollen Ruck zog er das Tuch fort. „Ich lüge nie."

Bis jetzt hatte sie völlig vergessen, dass sie hier im Bademantel, mit bloßen Füßen und einem Handtuch um den Kopf dastand. Vor Verlegenheit schoss ihr das Blut in die Wangen, und sie mied seinen Blick. „Ich brauche nur eine Minute“, sagte sie und wollte an ihm vorbeihuschen, doch er hielt sie fest.

„Sie sehen großartig aus“, lachte er.

Hätte er sie nicht berührt, wäre es vielleicht nie geschehen. Aber er hatte sie berührt.

Es war mehr die Wärme seiner Finger an ihrem Handgelenk als der tatsächliche Griff, der sie davon abhielt, aus dem Zimmer zu eilen. Sie blieb mitten in der Bewegung stehen, drehte sich aber nicht zu ihm um. Sein Lachen wurde leiser, erstarb schließlich ganz.

Es war nur ein ganz sanftes Rucken an ihrem Handgelenk nötig, und sie wandte sich ihm zu. Ihre Augen waren voller Furcht und Schuld, in seinen lag eine demütige Bitte. Langsam, ganz langsam, kamen sie aufeinander zu, bis er seine Hand hob und sie an ihre Wange legte. Mit dunklen Augen betrachtete er ihr Gesicht, schien jede Einzelheit aufzunehmen und zu bewundern. Mit dem Daumen streichelte er sanft über ihre zitternden Lippen. Ihre Lider schlossen sich über tränengefüllten Augen.

Zögernd beugte Dax den Kopf und strich mit seinem Mund über ihren. Gleißende Hitze durchfuhr ihn. Keelys Atem kam in einem ängstlichen Wispern über ihre Lippen. Dax starrte auf ihren Mund, auf ihre Augenlider mit den seidigen langen Wimpern und erlag der Versuchung erneut. Er berührte ihren Mund mit seinem.

Instinktiv rückte sie näher an ihn heran. Körper rieben sich aneinander, zogen sich wieder zurück, berührten einander, verschmolzen. Dann ergriff ungestüme Leidenschaft Besitz von ihnen. Die Mauern brachen ein, alle Vorsicht wurde fahren gelassen. Die erotische Spannung, die sich vom ersten Augenblick an in ihnen aufgebaut hatte, brach sich Bahn, riss den Wall aus schlechtem Gewissen und Verbot ein.

Dax presste sie an sich, ihre Münder verschmolzen miteinander. Er schlang seine starken und doch so zärtlichen Arme um sie und zog sie noch enger heran. Sie passten so wunderbar zueinander, dass Keely schwindlig wurde. Ihre Hände fanden den Weg zu seinem Gürtel und blieben dort liegen, nur kurz, dann streichelte sie über seinen Rücken und erfühlte die Muskeln unter dem weichen Hemd.

Das Handtuch löste sich von ihrem Haar und fiel zu Boden. Mit den Fingern fuhr Dax durch ihre nassen Strähnen, bevor er ihr Gesicht umfasste und mit seinem Mund begann, den ihren noch intensiver und tiefer zu erforschen.

Er probierte, nahm jedes Detail in sich auf. Seine Zunge glitt über ihre Unterlippe, bevor sie in die warme Höhle eindrang, wieder und wieder, gebend und nehmend.

Der Kuss wurde so leidenschaftlich, so erotisch, dass sie es nicht mehr ignorieren konnten. Hastig lösten sie sich voneinander.

Eine einzelne Träne rann über ihre Wange, und Keely schlug zitternd eine Hand vor den Mund. Dax hielt sie bei den Schultern, suchte in ihrem Gesicht, der Blick aus seinen dunklen Augen flehte um Verständnis. Keely riss sich los und rannte ans andere Ende des Zimmers, lehnte sich mit dem Rücken an die kalte Fensterscheibe, schloss verzweifelt die Augen, weil Scham und Schluchzen sie übermannten.

Dax folgte ihr nicht. Er ließ sich auf einen Stuhl nieder, die Ellbogen auf die Knie gestützt, das Gesicht in den Händen verborgen. Nach einem endlosen Moment rieb er sich übers Gesicht und sah zu der Frau, die immer noch zitternd am Fenster stand. „Keely, bitte, nicht weinen. Ich hätte nicht herkommen dürfen. Ich hatte mir geschworen, dich nicht zu berühren, aber …“ Er sprach den Satz nicht zu Ende.

„Es ist nicht deine Schuld“, flüsterte sie kaum hörbar. „Ich hätte dich nicht hereinlassen dürfen.“ Und fügte dann ehrlich hinzu: „Ich wollte es.“

Er saß auf dem Stuhl und starrte mit gesenktem Kopf auf den Teppich zwischen seinen Schuhspitzen, als sie zu ihm hinsah. „Dax, ich war nicht fair zu dir. Ich möchte dir von mir erzählen, von meinem Leben. Da gibt es Dinge, die du wissen solltest. Damit du verstehen kannst.“

Er sah mit leerem Blick zu ihr auf. „Du brauchst mir nichts zu erklären, Keely. Ich weiß alles über dich. Ich bin einer der Kongressabgeordneten, vor denen du morgen dein Anliegen vorbringen wirst.“

3. KAPITEL

Hätte Dax ein Messer aus der Tasche gezogen und sie bedroht, sie hätte nicht erschütterter sein können. Sprachlos stand Keely da und starrte ihn an. „Das kann nicht sein", flüsterte sie.

Er schüttelte nur den Kopf, mehr nicht.

„Aber dein Name steht nicht auf der Liste. Seit Wochen habe ich die Liste mit den Namen aller Mitglieder des Komitees. Deiner war nicht dabei." Verzweifelt versuchte sie, bei klarem Verstand zu bleiben.

„Der Abgeordnete Haley aus Colorado wurde letzte Woche in den Steuerbewilligungsausschuss gewählt. Meine Partei hielt es für eine gute Idee, dass ich den Posten besetze."

Keely stand immer noch am Fenster. Was für ein Luftschloss hatte sie sich da gebaut? Irgendwann musste es einstürzen. Unbewusst band sie den Gürtel des Bademantels fester und stieß sich von der Fensterbank ab. Ging zum Bett, blieb kurz davor stehen. Da sie nicht wusste, wohin mit ihren Händen, verschränkte sie die Arme vor der Brust, bevor sie sich zu Dax umdrehte.

Ärger gewann nun die Oberhand über Scham. „Nun, Mr. Devereaux, Sie kommen vorbereitet, nicht wahr? Mit einem ganzen Arsenal an Waffen. Meine sorgfältig überlegte Rede darüber, dass wir hoffen, unsere Männer zurückzubekommen, ist nun wirklich keinen Pfifferling mehr wert."

„Keely ..."

„Sie können stolz auf sich sein. Sagen Sie mir, geben Sie sich bei jedem politischen Anliegen solche Mühe?"

„Hör auf damit!" knurrte er. „Ich wusste nicht, wer du warst, bis ich in meiner Suite war. Ich musste stapelweise Akten durchlesen, um mich für morgen vorzubereiten. Zufällig fiel mir der Name Mrs. Keely Williams als Vertreterin von PROOF auf. Wie viele Keelys kennst du? Am Empfang habe ich nachgefragt und herausgefunden, dass eine Keely Preston Williams eingecheckt hat. Erst da habe ich zwei und zwei zusammengezählt. Ich schwöre dir, dass ich es vorher nicht wusste."

„Aber als du es wusstest, hast du keine Zeit verschwendet, um zu überprüfen, wie ernst die Strohwitwen es wirklich meinen, nicht wahr?" Sie schlug die Hände vors Gesicht, wütend auf sich selbst, dass sie die Tränen nicht zurückhalten konnte.

„Verflucht, dass ich hier bin, dass ich dich geküsst habe, hat weder mit morgen noch mit dem Ausgang der Anhörung zu tun. Oder mit irgendetwas anderem."

„So?" fauchte sie.

„Nein!" brüllte er zurück. Er stand, mit dem Gesicht zu ihr, die Hände auf den Hüften, und war genauso wütend und zermürbt wie sie. Dann bemerkte er den Schmerz in ihrem Gesicht, und er wiederholte leiser, eindringlicher: „Nein."

Sie wandte sich ab, schlang die Arme fest um ihren Oberkörper, aus Angst, sie würde zusammenbrechen. Wenn sie sich vorher schon in einem Zwiespalt befunden hatte, so hatte Dax Devereaux ihre Qual vertausendfacht.

„Das kannst du nicht verstehen", flüsterte sie tonlos.

Wie gern wäre er zu ihr gegangen, hätte sie in die Arme genommen, ihr versichert, dass alles gut werden würde, aber er wagte es nicht. Ihre ganze Haltung drückte die Verwirrung aus, die sie ergriffen hatte. Es war besser, wenn sie es allein klärte. „Vielleicht kann ich ja doch verstehen. Warum erzählst du es mir nicht?"

Als sie ihn anklagend ansah, fügte er hastig an: „Nicht dem Abgeordneten Devereaux, erzähle Dax davon."

Sie setzte sich angespannt auf die Bettkante. Er setzte sich in den Stuhl zurück. Leise, sachlich und ohne jede dramatische Übertreibung erzählte Keely von ihrer Beziehung zu Mark Williams und ihrer kurzen Ehe, von seinem Verschwinden und dem Durcheinander, das seitdem in ihrem Leben herrschte.

„Ich habe weder den Status einer Witwe noch den einer geschiedenen Frau. Aber ich habe auch kein Heim oder einen Mann oder Kinder. Ich führe das Leben eines Singles, aber ich bin kein Single."

Sie brach ab, aber sie sah ihn nicht an. Schließlich fragte er leise: „Und du hast nie daran gedacht, das zu ändern? Dich zu befreien?"

Ihr Kopf schoss hoch. „Du meinst, Mark für tot erklären

zu lassen?“ Er zuckte unter ihrem scharfen Ton zusammen. „Nein. Entgegen unablässigen Ratschlägen bin ich meinem Mann treu geblieben und glaube, dass er noch lebt. Sollte auch nur die geringste Chance bestehen, dass er eines Tages zurückkommen wird, will ich für ihn da sein. Sonst hätte er niemanden mehr. Sein Vater ist tot, seine Mutter in einem Pflegeheim. Sie konnte nicht mehr allein zurechtkommen. Die Trauer und das Leid …“ Keely seufzte und massierte sich die schmerzenden Schläfen. „Von Marks Sold wird das Heim bezahlt, ich behalte nicht einen Cent davon.“ Sie sah zu ihm hin. „Dax, es sind Menschen wie sie und die Frauen mit Kindern, die dieses Geld brauchen. Wenn der Entwurf durchkommt, dass unsere Männer als tot gelten …“ Sie hob trotzig das Kinn. „Aber das wirst du morgen ja in meiner Rede alles hören, nicht wahr?“

Er erhob sich, genauso müde und mutlos wie sie. „Ja, ich höre es morgen.“

Ohne ein weiteres Wort ging er zur Tür. Er stand schon auf dem Gang, als er sich noch einmal umdrehte. „Iss etwas.“ Er deutete mit dem Kinn auf das längst vergessene Tablett. „Gute Nacht, Keely“, sagte er leise. Dann war er verschwunden.

Keely starrte auf die Tür, die sich hinter ihm geschlossen hatte. Hoffnungslosigkeit, wie sie sie schon lange nicht mehr gefühlt hatte, umhüllte sie wie ein Trauerflor, erstickte sie. Sie fühlte sich verlassen und einsam. Unendlich einsam.

Denn trotz allem sehnte sie sich nach dem Gefühl, in Dax' Armen zu liegen und seine Lippen auf ihrem Mund zu spüren.

Ein letzter kritischer Blick in den Spiegel sagte Keely, dass sie so gut wie möglich aussah. Vielleicht hätte sie doch nicht auf Nicole hören und lieber die graue Bluse mitnehmen sollen. Die hätte gesetzter gewirkt. Nun, jetzt war es zu spät. Vielleicht nahm diese weibliche Bluse mit Spitzenbesatz dem klassischen dunkelblauen Kostüm ja auch ein wenig von seiner Strenge.

Blaue Wildlederpumps, eine passende Handtasche und ihr Kamelhaarmantel vervollständigten ihre Erscheinung. Sie klemmte sich den ledernen Aktenkoffer unter den Arm und machte sich im Lift auf den Weg nach unten zur Lobby, um Betty Allway zum Frühstück zu treffen.

„Du siehst umwerfend aus wie immer", begrüßte Betty sie. „Wie schaffst du es nur, so schlank zu bleiben, wenn du in New Orleans, der Welthauptstadt der Delikatessen, wohnst? Ich würde innerhalb eines Monats hundert Kilo wiegen."

Bettys gute Laune war ansteckend, und schon bald unterhielt Keely sich angeregt mit ihr über die Arbeit und Bettys Kinder. Die ältere Betty war nur zu gern bereit, einige Episoden zum Besten zu geben.

„Das Baby war gerade mal vier Monate alt, als die Nachricht kam, dass Bill als vermisst galt. Er hat seinen neugeborenen Sohn nie gesehen. Und jetzt ist das ‚Baby' ein ellenlanger Kerl im Basketballteam der High School." Trauer umflorte ihren Blick, und Keely griff über den Tisch nach Bettys Hand und drückte sie.

„Es wird nie einfacher, nicht wahr?" überlegte Keely laut. „Wir lernen damit zu leben, aber wirklich akzeptieren können wir es nicht."

„Ich kann und will es nicht. Bis man mir Bills Tod eindeutig bestätigt, glaube ich, dass er lebt." Betty nippte an ihrem Kaffee. „Übrigens, der Abgeordnete Parker, der Vorsitzende des Unterausschusses, hat mich heute Morgen angerufen."

Keely ahnte, was kommen würde, brachte aber trotzdem ein kühles „So?" heraus und biss dann in ihr Brötchen.

„Einer der Abgeordneten, der auf unserer Seite stand, wurde zu einem anderen Ausschuss abgezogen. Für ihn übernimmt Daxton Devereaux aus Louisiana. Kennst du ihn?"

„Jeder in Louisiana hat von Dax Devereaux gehört", wich Keely einer Antwort aus. Dann fragte sie vorsichtig: „Glaubst du, er wird uns Schwierigkeiten machen?"

Betty sah auf ihre Kaffeetasse. „Ich weiß es nicht. Soviel ich gehört habe, ist Devereaux sehr ehrgeizig. Er wird schon als neuer Senator gehandelt."

„Das besagt natürlich gar nichts. Vielleicht sieht er es ja als vorteilhaft für seine Karriere an, sich unserer Meinung anzuschließen."

„Und seine Wirtschaftspolitik?“

„Ich lebe nicht in seinem Wahlbezirk, also weiß ich nicht viel darüber.“ Das war eine ehrliche Antwort.

„Ich habe gehört, er soll Steuersenkungen befürworten. Außerdem ist er geradezu fanatisch, wenn es um das Einschränken von Staatsausgaben geht. Und das macht mir Sorgen.“

Keely bemühte sich, so unbeschwert wie möglich zu klingen. „Nun, da sitzen noch zehn weitere Männer im Ausschuss. Wir sollten uns nicht gleich geschlagen geben.“

„Niemals!“ stimmte Betty inbrünstig zu. Sie blickte ernst. „Ich weiß, es ist nicht fair, Keely, aber es hängt alles vom Erfolg deiner Rede ab.“

Das war das Letzte, was Keely heute Morgen hören wollte. Sie kam sich wie ein Judas vor. „Das weiß ich“, sagte sie, „und deshalb werde ich auch mein Bestes geben.“ Was würde Betty wohl dazu sagen, wenn sie wüsste, dass sie Dax Devereaux gestern Abend mit einer Leidenschaft geküsst hatte, die ihr noch heute die Schamesröte ins Gesicht trieb?

„Wir sollten uns auf den Weg machen“, meinte Betty energisch. „Gönnen wir es ihnen nicht, dass wir zu spät kommen. Die anderen werden uns dort treffen.“

Sie zahlten die Rechnung und gingen hinaus. Der Regen hatte aufgehört, aber es wehte ein schneidend kalter Wind. Sie riefen ein Taxi. Der Fahrer kämpfte sich durch den Berufsverkehr und setzte sie schließlich vor dem Repräsentantenhaus ab.

Keely grauste davor, Dax Devereaux gegenübertreten zu müssen. In der Nacht hatte sie kaum Schlaf gefunden. Sie hatte von Mark geträumt, und das rieb sie immer auf. Seit er nach Vietnam eingezogen wurde, hatte sie diese Träume. Mit den Jahren waren sie weniger oft gekommen, waren schwächer, verschwommener geworden. Wenn Mark ihr in ihren Träumen erschien, dann immer als neunzehnjähriger Junge. Wenn er noch lebte, war er jetzt ein erwachsener Mann. Wie mochte er aussehen? Sie hatte keine Ahnung, und das bedrückte und verfolgte sie. Sie würde den Mann, mit dem sie durch ein heiliges Gelübde verbunden war, nicht einmal erkennen, wenn er auf der Straße an ihr vorbeiging.

„Keely?“ Bettys leichter Stoß mit dem Ellbogen riss sie aus ihren Gedanken.

„Sind wir schon da?“ fragte sie verdutzt. „Ich bin im Kopf noch mal die Rede durchgegangen.“ Wann hatte sie angefangen, so leichtfertig zu lügen? Seit sie Dax begegnet war. Seit sie mit ihm geredet und gelacht hatte, seit sie ihn berührt, ihn geküsst hatte. Seit sie sich zum ersten Mal seit Jahren eingestanden hatte, dass sie sich nach der körperlichen Liebe mit einem Mann sehnte.

Auf dem Korridor zum Anhörungssaal trafen sie auf die drei anderen Frauen, die sie im Kampf für die vermissten Soldaten unterstützten. Keely begrüßte sie freundlich.

Ein Beamter forderte sie auf, in den Konferenzsaal einzutreten, in dem die Anhörung stattfinden sollte. Auf

Keelys Tisch stand ein Mikrofon, Betty saß neben ihr, die anderen drei eine Reihe hinter ihnen.

Keely nahm ihre Notizen aus dem Aktenkoffer, sortierte Papiere, schob Aktenkoffer und Handtasche zurecht – kurzum, sie tat alles, um nicht nach vorn sehen zu müssen, obwohl sie nicht glaubte, dass Dax schon anwesend war. Beamte, Helfer, Reporter und die anderen Komiteemitglieder bewegten sich im Saal, grüßten einander, schüttelten Hände, unterhielten sich, lasen Zeitung. Keely zog ihren Mantel aus, und einer der Helfer nahm ihn ihr ab. Sie dankte ihm freundlich über die Schulter, als ihr Blick zur Tür ging und sie Dax eintreten sah.

Ihre Blicke trafen sich und ließen einander nicht mehr los. Gegen diese gewaltige Anziehungskraft waren sie beide machtlos, also konnten sie sich dem auch ergeben und sich den Luxus erlauben, sich anzuschauen. Die Anwesenheit der anderen war nicht wichtig. In seinem Gesicht erkannte Keely die gleiche Sehnsucht, die auch sie fühlte. Während der schlaflosen Nacht, die sie durchgemacht hatte, waren es nicht Marks Arme gewesen, nach denen sie sich gesehnt hatte, sondern die von Dax. Nicht ihr Mann hatte ihr Worte der Liebe zugeflüstert, sondern ein Mund, neben dem ein tiefes Grübchen saß. Es waren Dax' Augen gewesen, dunkel und samten, die ihre Seele gewärmt hatten.

Der Blickkontakt brach ab, als ein Kongressmitglied

auf Dax zutrat und mit einem kräftigen Handschlag und Schulterklopfen begrüßte. Keely drehte sich wieder nach vorn um, setzte sich, nahm ihre Unterlagen in die feuchten Hände und las ihre Notizen durch – oder tat zumindest so. Wie sollte sie das überstehen?

Wenige Minuten später wurde um Ruhe im Saal gebeten. Der Kongressabgeordnete Parker aus Michigan, der Vorsitzende, hielt die Eröffnungsrede und stellte die Anwesenden vor. Als er zu Dax Devereaux kam, stieß Betty Keely leicht mit dem Ellbogen an. Keely wusste nicht so recht, was Betty mit dieser Geste sagen wollte, und so sah sie Betty gar nicht erst an, um es herauszufinden. Dax war das jüngste Mitglied des Ausschusses. Und mit Abstand das attraktivste. Aber war er Freund oder Feind? Das Komitee bestand aus elf Mitgliedern. Eine Stimme reichte für die Mehrheit. Dax war das Zünglein an der Waage.

Der Abgeordnete Parker richtete seine Brille und sah über die silbernen Ränder zu Keely. „Nun, Mrs. Williams, ich gehe davon aus, dass Sie eine Erklärung im Namen von PROOF vorbereitet haben. Bitte lassen Sie sie uns hören."

„Danke." Keely richtete sich an die Mitglieder des Komitees, an die anwesende Presse und trug mit melodischer Stimme die PROOF-Erklärung vor. Sie sprach frei, ohne abzulesen, dafür mit umso mehr Überzeugung, so als würde sie sich an jedes einzelne Komiteemitglied wenden.

Abschließend sagte sie: „Wir legen all unsere Hoffnung

darein, dass Sie, als ehrwürdige und geschätzte amerikanische Bürger, den vorgelegten Gesetzesentwurf ablehnen werden. Dass Sie jene Soldaten, die dort draußen im Feld immer noch vermisst werden, leben lassen, bis wir eindeutige Beweise für das Gegenteil haben."

Einen Moment lang rührte sich niemand im Saal, alle waren von ihrer Rede beeindruckt. Neben sich hörte Keely ein leises „Bravo!". Es kam von Betty und wurde dann von den drei anderen Frauen hinter ihnen bekräftigt.

„Danke, Mrs. Williams." Der Abgeordnete Parker sah sich zu den Herren zu beiden Seiten des langen Tisches um, an dem er saß. „Gentlemen? Möchte jemand die Diskussion eröffnen?"

Während der nächsten anderthalb Stunden mussten Keely und ihre Gruppe viele Fragen beantworten. Sie hatten auch selbst viele Fragen. Auf beiden Seiten wurden Punkte gemacht und verloren, aber es schien, dass die Mehrheit der Komiteemitglieder gegenüber dem Anliegen von PROOF positiv eingestellt war.

Keely versuchte Dax nicht zu beachten, aber es war fast unmöglich. Er beteiligte sich kaum an der hitzigen Diskussion, saß zurückgelehnt da und hörte konzentriert zu. Sie wünschte, sie wüsste, was er dachte.

Der Abgeordnete Walsh aus Iowa war ganz offen feindselig. Seine Fragen waren geradezu unverschämt, und wenn er irgendetwas zu der Diskussion beitrug, dann mit abschätziger Herablassung.

„Mrs. Williams“, wandte er sich mit halb gelangweilter, halb ironischer Stimme an Keely, „entschuldigen Sie, wenn ich darauf hinweise, dass Ihre Erscheinung nicht gerade auf ein Leben in Armut schließen lässt. Die meisten Frauen oder Mütter der vermissten Soldaten haben sich längst ein neues Leben aufgebaut. Fühlen Sie nicht die geringsten Gewissensbisse, bei der Regierung um Geld anzufragen, das an anderen Stellen wesentlich besser eingesetzt werden könnte?“

Keely verkniff sich die bissige Bemerkung, die dem Abgeordneten eindeutig klar gemacht hätte, was sie von ihm und seiner Einstellung hielt. Stattdessen erwiderte sie sachlich: „Ich denke, keine von uns sollte sich schuldig fühlen, weil sie ein Entgelt für geleistete Arbeit annimmt, oder? Unsere Männer und Söhne stehen immer noch im Dienst ihres Landes. Deshalb sollten sie wie jeder Soldat ihren Sold erhalten.“

„Mrs. …“

„Bitte lassen Sie mich ausreden“, verlangte sie kühl. „Hier geht es um wesentlich mehr als nur Geld. Wenn unsere Vermissten für tot erklärt werden, werden sowohl Regierung als auch Armee von der Pflicht entbunden, uns über weitere Aktivitäten oder Neuigkeiten zu informieren. Das dürfen wir nicht zulassen, solange auch nur die geringste Chance besteht, dass Hunderte von Männern vielleicht gefangen gehalten werden und noch leben.“

Der anmaßende Mann lehnte sich selbstgefällig in

den Stuhl zurück und verschränkte die massigen Arme über dem ausladenden Bauch. „Mrs. Williams, glauben Sie wirklich allen Ernstes, dass Ihr Mann oder auch nur einer dieser anderen Männer noch lebt?“ Bevor sie zu einer Antwort ansetzen konnte, wandte er sich an Dax. „Abgeordneter Devereaux, von Ihnen haben wir bisher noch gar nichts gehört. Sie haben doch in Vietnam gedient, oder?“

Erstaunt blickte Keely zu Dax und war erschrocken, als sie seinen Blick fest auf sich gerichtet fand. „Stimmt“, hörte sie ihn antworten. Sie hatte keine Ahnung gehabt, dass er Kriegsveteran war.

„In welcher Funktion?“ fragte Walsh nach.

Alle Blicke richteten sich jetzt auf Dax. „Ich war Captain bei den Marines.“

„Wie lange waren Sie in Vietnam?“

„Drei Jahre.“

„Ich glaube, dass ein Captain der Marines ziemlich viel sieht und durchmacht“, fuhr der Abgeordnete fort. „Wenn Sie von Ihrer eigenen Erfahrung ausgehen, würden Sie sagen, es wäre denkbar, dass die vermissten Männer noch leben?“

Dax setzte sich vor und legte die Hände auf den Tisch. Lange sah er auf seine verschränkten Finger, bevor er antwortete. „Im Vietnamkrieg waren sämtliche Regeln der Kriegsführung außer Kraft gesetzt. Niemals hätte ich es für möglich gehalten, dass kleine Kinder dazu gebracht werden könnten, zu einer Gruppe von GIs zu gehen und eine Handgranate zu zünden. Aber ich habe es gesehen. Ebenso hätte ich es nie für möglich gehalten, dass kommandierende Offiziere von den eigenen Leuten, die auf Droge waren, erschossen werden könnten. Aber auch das habe ich gesehen. Während eines Einsatzes erlitt ich eine Verletzung. Ein alter Vietnamese hat meine Wunde versorgt und mir zu trinken gegeben. Am nächsten Morgen, als ich aufwachte, steckte ein Stock mit seinem Kopf keine drei Meter neben mir im Boden.“ Dax blickte kalt und fest in das feiste Gesicht des Abgeordneten. „In einem Krieg, in dem solch unvorstellbare Gräuel geschehen sind, ist alles denkbar. Das ist die einzige Antwort, die ich auf Ihre Frage habe.“

Im Raum war es totenstill, niemand wagte zu atmen. Tränen verschleierten Keelys Blick, als der vorsitzende Abgeordnete Parker eine Sitzungspause einberief.

Die Zuhörer beeilten sich, nach Dax’ düsterem Bericht den Saal zu verlassen. Die PROOF-Frauen gratulierten Keely für ihre beeindruckende Rede. Sie zog ihren Mantel an und sammelte ihre Unterlagen ein. Es kostete sie einige Anstrengung, nicht in Dax’ Richtung zu sehen, der von Reportern und Anhängern umringt war.

„Keely.“ Betty umarmte sie. „Du warst einfach großartig. Ob wir unser Ziel erreichen oder nicht, wir haben auf jeden Fall unser Bestes gegeben.“

„Wir sind noch nicht fertig. Ich kann mir nicht vorstellen, dass der Abgeordnete Walsh so schnell aufgibt.

Wenn überhaupt, dann hat D… Devereaux' Ausführung ihn nur noch mehr verärgert."

Betty sah dem massigen Mann nach, der sich unwirsch an den übereifrigen Reportern vorbeischob. „Dieser aufgeblasene Kerl", schnaubte Betty. „Der will nur seinen Namen in den Sechs-Uhr-Nachrichten sehen. Ich fürchte allerdings, dass er neben Dax Devereaux wie ein Trottel aussehen wird – für den ich persönlich ihn auch halte." Sie suchte in der Menge nach Dax, der von einem Fernsehreporter interviewt wurde. „Hast du jemals einen so umwerfenden Mann gesehen?" flüsterte sie Keely zu.

„Wen?" Obwohl ihr Herz zu pochen begann, spielte Keely die Ahnungslose. „Oh, du meinst den Abgeordneten Devereaux. Ja, er hat sicher Charisma. Aber du bist nicht die erste Frau im Staat, der das auffällt."

„Ich wette, der bringt es noch weit. Zumindest bei den weiblichen Wählern." Betty kicherte wie ein junges Mädchen. „Wer könnte diesem Grübchen schon widerstehen? Und was er da vorhin gesagt hat …"

„Entschuldigung. Mrs. Allway, Mrs. Williams?"

Die beiden drehten sich um zu einem Mann mittleren Alters in einem zerknitterten braunen Tweedanzug. Sein spärliches Haar, schon angegraut, stand ihm wirr vom Kopf, als wäre er gerade aus einem Sturm gekommen. Durch seine unmodische Nickelbrille musterte er die beiden Frauen ernst.

„Ja?" erwiderte Keely.

„Ich bin Al Van Dorf von der Associated Press. Sie beide repräsentieren PROOF. Ich habe mich gefragt, ob wir nicht vielleicht zusammen zum Lunch gehen könnten. Ich würde gern ein Interview mit Ihnen machen."

„Keely?" wandte Betty sich fragend an sie. Keely war dieser Reporter auf Anhieb sympathisch. Er schien nicht so aggressiv und aufdringlich zu sein. Seine leichte Nervosität und Unsicherheit gefielen ihr.

„Ich denke, das lässt sich machen."

„Danke", sagte Van Dorf bescheiden. „Ihnen beiden." Er schloss Betty in sein verlegenes Lächeln mit ein und reichte Keely dann einen Notizzettel. „Hier ist die Adresse des Restaurants. Wir können uns dort ...", er sah auf seine Armbanduhr, „... sagen wir, in einer halben Stunde treffen."

„Gut, wir werden da sein", stimmte Betty zu.

„Meine Damen." Er verbeugte sich leicht und zog sich zurück, während im gleichen Augenblick ein Fernsehreporter mit seinem Kameramann auf sie zukam. Betty trat zur Seite und überließ es Keely, sich der Kamera zu stellen.

Nachdem sie aus dem Saal heraus waren, hatten sie gerade noch Zeit, ein Taxi heranzuwinken und sich auf den Weg zu ihrer Verabredung zu machen. Sie waren nur wenige Minuten zu spät, als das Taxi vor einem kleinen Restaurant in einer ruhigen Seitenstraße hielt. Kaum dass sie eingetreten waren, führte ein Kellner sie auch schon an einen Tisch, noch bevor sie sich überhaupt vorgestellt hatten.

Keely wäre fast gestolpert, als sie Dax an dem Tisch erblickte. Van Dorf und die Abgeordneten Parker und Walsh erhoben sich, als die beiden Frauen an den Tisch kamen. Betty war genauso alarmiert wie Keely, als sie die kleine Gruppe begrüßten.

„Mrs. Allway, Mrs. Williams, ich freue mich, dass Sie es einrichten konnten.“ Van Dorf, der die Vorstellung übernahm, hörte sich jetzt sehr viel selbstsicherer an als noch vorhin im Sitzungssaal. Wo war der verlegene, unscheinbare Mann geblieben?

Man schüttelte sich die Hände, und Dax sagte zu Betty: „Es ist mir ein Vergnügen, Mrs. Allway.“

Als er Keelys Hand ergriff, wagte sie es endlich, ihn anzusehen. Sein Blick war warm und strahlte gleichzeitig Sehnsucht aus. Sie konnte nur hoffen, dass keiner der anderen Anwesenden es bemerkte. Umso schockierter war sie, als sie ihn sagen hörte: „Mrs. Williams, ich freue mich, Sie wiederzusehen.“

4. KAPITEL

Keely konnte ihr Entsetzen gerade noch in ein „Hallo, Mr. Devereaux“ umwandeln. „Sie kennen sich?“ Der Abgeordnete Parker fragte, was alle beschäftigte.

Keely wusste, dass Betty die Augen aufgerissen und den Mund zu einem erstaunten Ausruf geöffnet hatte, aber sie wagte es nicht, die Freundin anzusehen.

„Ja“, bestätigte Dax leichthin. „Wir saßen gestern Abend in der gleichen Maschine und haben uns während des Flugs bekannt gemacht. Mrs. Williams.“ Er geleitete Keely zu dem freien Platz zwischen ihm und dem Abgeordneten Parker. Sich an Dax ein Beispiel nehmend, gab der Abgeordnete Walsh sich galant und schob den Stuhl zwischen ihm und Al Van Dorf einladend für Betty zurück.

Keely bewunderte die Leichtigkeit, mit der Dax diese unangenehme Situation gemeistert hatte, obwohl sie seine Ehrlichkeit für gefährlich hielt. Was mochten die anderen Abgeordneten jetzt denken? Würde es negative Auswirkungen haben, weil sie jetzt wussten, dass Dax und sie sich schon vor der Sitzung getroffen hatten? Anscheinend nicht. Parker hatte sich bereits in die Speisekarte vertieft, und Walsh unterhielt sich dröhnend mit einem potenziellen Wähler am Nebentisch. Nur Betty schien erschüttert. Keely fiel auf, dass ihre Hand zitterte, als sie das Wasserglas zum Mund führte.

Dax dagegen half Keely völlig unbeeindruckt aus dem Mantel, während er Van Dorf eine Frage zu dem Bankenskandal stellte, den der Reporter kürzlich aufgedeckt hatte. Doch die Hand, mit der Dax über Keelys Rücken strich, während er den Mantel zusammenlegte, strafte seine Gleichgültigkeit Lügen.

Sobald der Ober die Bestellung aufgenommen hatte, fragte Van Dorf: „Stört es, wenn ich rauche?“ Ohne eine Antwort abzuwarten, steckte er sich eine filterlose Zigarette an und stellte dann sein Diktiergerät in die Mitte des Tisches. „Ich dachte mir, es wäre besser, ein lockeres Gespräch zu führen, außerhalb des Saales und ungestört. Bei der Angelegenheit geht es um Geld, Innen- und Außenpolitik, das Militär und menschliche Emotionen. Ich denke, Sie können verstehen, warum ich dieses Thema für wichtig halte. Würden Sie mir also den Gefallen tun und offen sprechen?“

„Jeder weiß, wie ich über diese Sache denke“, schnaubte Walsh.

„Bei Ihnen kann man sich immer darauf verlassen, dass Sie Ihre Meinung zu jedem beliebigen Thema kundtun“, sagte Van Dorf. Die versteckte Beleidigung ging an dem bulligen Abgeordneten vorbei. Van Dorfs Augen, die Keely und Betty vor einer Stunde noch so bescheiden durch die Brille angeschaut hatten, funkelten jetzt vor bissiger Schärfe. Wie hatte er sich nur so schnell verändern können? Keely wurde klar, dass sie auf Van

Dorf hereingefallen war, so wie viele seiner vorherigen Opfer.

Sie nahm die weiße Leinenserviette und breitete sie sich über den Schoß. Dax tat das Gleiche. Keelys Augen blitzten erschreckt auf, als er nach ihrer Hand griff und sie kurz drückte. Mit einem unschuldigen Gesichtsausdruck, der nichts verriet, legte er die Hände wieder auf den Tisch. Keely konnte nur hoffen, dass man ihr erschrecktes Luftholen als Reaktion auf den leicht anstößigen Witz ansehen würde, den der Abgeordnete Walsh gerade erzählt hatte.

Als der Ober die Bestellung brachte und einen kleinen Salat vor Keely hinstellte, sah Dax von seinem Steaksandwich auf und sagte gespielt tadelnd: „Das ist nicht unbedingt viel für ein Mädchen, das noch wachsen muss."

Keely lachte leise. „Genau deshalb esse ich ja nicht viel. Weil ich nicht mehr wachsen will."

„Sie essen nicht genug."

„Ich habe …" Fast hätte sie herausposaunt, dass sie eines der Sandwiches gegessen hatte, die er gestern Abend mitgebracht hatte, doch aus den Augenwinkeln erhaschte sie den Blick, mit dem Van Dorf sie beobachtete. Er sah aus wie ein lauernder Fuchs. Eine komische Vorstellung, aber sie konnte regelrecht sehen, wie groß seine Ohren geworden waren, um kein Wort der Unterhaltung zwischen ihr und Dax zu verpassen. „Ich habe generell keinen großen Appetit", endete sie den Satz.

Da Betty sich mit Walsh und Parker unterhielt, war es

nur normal, dass Dax und sie miteinander sprachen, aber Dax spürte, so wie sie auch, dass Van Dorfs Interesse geweckt war.

„Al, spielen Sie eigentlich noch immer Squash?"

Dax hatte ein untrügliches Gespür für die Schwächen seiner Mitmenschen. Prompt erging Van Dorf sich in einer detaillierten Beschreibung seines letzten Sieges. Keely fragte sich, was Van Dorf wohl daraus machen würde, wenn er wüsste, dass Dax' Wade unter dem Tisch ihr Schienbein streichelte.

Während des Essens beschränkte man sich auf allgemeine Konversation, niemand rührte an das Thema, das alle so beschäftigte. Doch sobald der Kaffee serviert wurde, legte Van Dorf eine neue Kassette ein, steckte sich eine weitere Zigarette an und schoss die erste Frage an Betty ab.

„Glauben Sie, dass Ihr Mann noch lebt, Mrs. Allway?"

Betty war völlig überrumpelt und verschluckte sich fast an dem heißen Kaffee. „Ich … ich … Wieso …"

Keely kam zu ihrer Rettung. „Darum geht es bei der Anhörung nicht, Mr. Van Dorf. Ob Bill Allway oder mein Mann oder die Hunderte anderer Männer noch leben oder nicht, ist nicht der Punkt. Unser vorrangiges Ziel ist es, die Informationskanäle offen zu halten, die eine endgültige Klärung über den Verbleib unserer Männer bringen. Und es geht darum, den Familien die Ansprüche zu erhalten, die ihnen zustehen."

„Stimmen Sie dem zu, Mrs. Allway?“ fragte Van Dorf.

„Ja.“ Betty hatte sich wieder gefasst.

„Ich bin neugierig, was das Militär heute Nachmittag dazu zu sagen hat“, warf Parker ein. „Haben Sie vielleicht eine Vorstellung, Mrs. Williams?“

„Bei unserem letzten Zusammentreffen mit Vertretern der Armee waren sie unserem Anliegen gegenüber positiv eingestellt. Ich hoffe, das hat sich zwischenzeitlich nicht geändert.“

Walsh lehnte sich in seinen Stuhl zurück. „Sehen Sie mal, kleine Lady …“

„Bitte reden Sie mich nicht mit ‚kleine Lady‘ an, Mr. Walsh. Ich finde das beleidigend“, unterbrach Keely ihn bestimmt.

Walsh sah für einen Moment verdutzt drein, dann grinste er herablassend. „Ich versichere Ihnen, ich hatte nicht die Absicht …“

„Natürlich hatten Sie die“, fiel Keely ihm erneut ins Wort. „Ihre Meinung über uns ist nur allzu offensichtlich. Sie halten uns für einen Haufen hysterischer Frauen, die Ihre kostbare Zeit verschwenden. Ich frage mich, wie Sie reagieren würden, wenn eine Gruppe Männer bei dieser Anhörung aufgetaucht wäre. Würde uns das eine größere Glaubwürdigkeit verleihen? Ich versichere Ihnen, wir haben sehr viele Männer in unserer Organisation. Väter, Brüder, Söhne. Sie sind ebenso betroffen wie wir, allerdings ist es für sie schwerer, eine so emotionale Angelegenheit öffentlich vorzutragen. Deshalb werden Sie mehr Frauen finden, die sich für unsere Belange einsetzen."

Es war still am Tisch geworden. Schließlich sagte der Abgeordnete Parker leise, mit einem vorwurfsvollen Blick auf Walsh: „Ich würde es nur ungern sehen, wenn ein Mitglied dieses oder irgendeines anderen Komitees durch derartige Vorurteile belastet wäre."

„Nun, ich wollte niemanden vor den Kopf stoßen, und ich will mir auch nicht nachsagen lassen, ich wäre chauvinistisch", plusterte Walsh sich auf. „Ich entschuldige mich, Mrs. Williams."

„Entschuldigung akzeptiert." Keelys Ton blieb fest und kühl. „Tut mir Leid, dass ich Sie unterbrochen habe. Was wollten Sie sagen?"

So ging es weiter. In der nächsten halben Stunde wurden Gedanken ausgetauscht und diskutiert. Während der ganzen Zeit beobachtete Van Dorf jeden genau, seine Augen huschten unablässig von einem zum anderen. Das Diktiergerät lief. Als die Rechnung gebracht wurde, kritzelte er seine Unterschrift darunter und erhob sich. „Wir sollten zurückkehren. Danke für Ihre Zeit. Der Ober wird uns Taxis rufen."

„Ich gehe die paar Blocks zu Fuß", sagte Parker. „Lassen Sie mich Ihnen in den Mantel helfen, Mrs. Allway."

„Devereaux, teilen wir uns ein Taxi?" fragte Walsh.

„Danke, aber ich muss noch in meinem Büro vorbeischauen. Ich werde mir später eins nehmen."

Walsh verließ den Tisch, und Van Dorf ging zum Zigarettenautomaten, um sich ein Päckchen zu ziehen, was Keely und Dax einen Augenblick Privatsphäre gewährte.

„Erinnere mich daran, dass ich dich nie provoziere", flüsterte er ihr ins Ohr, während er den Mantel für sie hielt. „Du hast scharfe Krallen."

„Dieser eingebildete, scheinheilige Kerl", sagte sie. „Eine Witzfigur. Man stelle sich vor, ein solcher Mensch sitzt im Kongress. Das ist erschreckend."

„Du warst großartig." Seine Hand lag auf ihrer Hüfte. Nur dem oberflächlichen Betrachter würde es wie eine höfliche Geste scheinen, jeder, der genauer hinsah, konnte die Zärtlichkeit darin erkennen.

„Warum hast du ihnen gesagt, dass wir uns schon vorher getroffen haben?" fragte sie über die Schulter.

„Du solltest wissen, dass Van Dorf absolut skrupellos ist. Er ist hinter der nächsten Watergate-Story her. Sei auf der Hut vor ihm, Keely, er ist ein Wolf im Schafspelz."

„Ich hatte ihn eher mit einem listigen Fuchs verglichen. Er hat bei Betty und mir bewusst den Eindruck erweckt, als wären wir seine einzigen Lunchgäste, er hat verschwiegen, dass ihr Abgeordneten auch dabei sein würdet. Und er hat so schüchtern und verlegen getan, während er uns für diese Falle geködert hat."

„Widerling. Ich würde ihm zu gern sein Diktiergerät in den Rachen stecken. Oder ganz woandershin."

Keely konnte das Lachen nicht zurückhalten und drehte sich zu ihm um. „Erinnere mich daran, dass ich dich nie provoziere“, wiederholte sie seine Worte. Er lächelte, was sein Grübchen tiefer werden ließ. „Dein wildes kreolisches Erbe kommt an die Oberfläche.“

„Wirklich? Tut mir Leid.“

„Muss es aber nicht. Es steht dir.“

„Meinst du?“

Sie sah sich nervös um. Betty und Parker standen beim Ausgang und warteten auf das bestellte Taxi. Van Dorf verfluchte den Automaten, der zwar das Kleingeld geschluckt, aber keine Zigaretten ausgespuckt hatte. Walsh war schon weg.

„Warum hast du ihnen gesagt, dass wir uns kennen?“

„Das war die Ausgangsfrage, nicht wahr? Jedes Mal, wenn ich in deiner Nähe bin, kann ich an nichts anderes denken als an … Egal. Um auf deine Frage zurückzukommen: Van Dorf oder jemand wie er könnte uns gestern Abend zusammen gesehen haben. Wenn wir dann heute so tun, als würden wir uns nicht kennen, könnte das eine Menge Spekulationen auslösen. Die Wahrheit zu sagen ist immer die beste Politik.“

„Und wenn dich jemand gestern Abend vor meinem Zimmer gesehen hat, was dann?“

Seine Augen funkelten vergnügt. „Dann ist Lügen die beste Politik.“

Sie lachte. „Du bist ein guter Politiker.“

Er war nicht beleidigt, auch er lachte. Sein Lächeln wurde zärtlich, als er fragte: „Wie geht es dir? Hast du dich etwas ausruhen können?"

Sie wünschte, er würde sie nicht so ansehen, so besorgt, so zärtlich. Warum wollte sich ihr Herzschlag nicht beruhigen? Ihr Puls ging so heftig, dass sich die feine Seide ihrer Bluse über ihrer Brust bewegte. Ein Detail, das Dax nicht entging. „Nein, ich habe nicht sehr gut geschlafen."

„Dafür übernehme ich die volle Verantwortung."

„Das solltest du nicht."

„Tue ich aber", bekräftigte er. „Ich hätte dich nicht so aufregen dürfen. Und leugne das jetzt nicht. Als du mir am Flughafen sagtest, dass du verheiratet bist, hätte ich dich in Ruhe lassen sollen. Das wäre das Beste gewesen."

„Wirklich?"

„Etwa nicht?"

Wie magnetisch angezogen, bewegten sie sich näher aufeinander zu. Dax spürte, wie das Blut in seine Glieder fuhr. Seine Fingerspitzen pochten, so sehr sehnte er sich danach, Keely zu berühren. Die Narbe unter seinem Auge zuckte. Er fixierte sie mit seinem Blick.

Unwillkürlich leckte sie sich über die Lippen. „Ja", hauchte sie, „es wäre wahrscheinlich besser gewesen."

„Ich habe schon wieder die Frage vergessen."

„Keely?"

„Was?" Sie wirbelte schuldbewusst herum, als Betty sie von der Tür her rief. „Ist das Taxi da?"

Betty betrachtete argwöhnisch die roten Wangen und die Brust, die sich heftig hob und senkte. „Ja."

Sie verabschiedeten sich von Dax und bedankten sich bei Van Dorf, der vom Manager sein Münzgeld zurückverlangte. Parker ging zusammen mit ihnen hinaus.

Auf dem Rücksitz des Taxis spielte Keely gedankenverloren mit dem Verschluss ihrer Handtasche.

„Du brauchst es mir nicht zu sagen", setzte Betty an. „Aber ich gebe zu, ich bin neugierig."

„Was meinst du?" Keely versuchte sich unbefangen zu geben, aber sie wusste, dass sie damit niemanden täuschen konnte. Allen voran sich selbst nicht.

„Komm schon, Keely. Als ich dich heute Morgen nach Dax Devereaux fragte, hättest du mir ruhig sagen können, dass ihr euch schon gestern getroffen habt. Hast du aber nicht."

„Ich hielt es nicht für erwähnenswert."

Betty streckte die Hand aus und griff nach Keelys Fingern. Sie hielt sie stumm, bis Keely den Blick hob und die ältere Frau ansah. „Frauen sind generell sehr viel einfühlsamer als Männer. Hoffentlich hat niemand anders am Tisch die unterschwelligen Spannungen zwischen dir und dem attraktiven Kongressabgeordneten bemerkt. Aber mir ist es aufgefallen. Ich will mich da in nichts einmischen, dein Leben geht allein dich etwas an, Keely. Ich würde es mir nie anmaßen, dir irgendwelche Vorschriften zu machen. Ich bitte dich nur, vorsichtig zu sein. Bitte, tu nichts, was dich in das Kreuzfeuer der Kritik bringen würde, etwas, das deinen Ruf und deine Integrität zunichte machen könnte, ganz zu schweigen von den möglichen Auswirkungen auf PROOF."

Keely schüttelte heftig den Kopf. „So etwas Dummes würde ich nie tun, Betty, das musst du doch wissen."

„Ich weiß, dass du davon überzeugt bist, so etwas nicht zu tun. Ich mag dir alt und vertrocknet erscheinen, Keely, aber ich bin eine Frau, die seit vierzehn Jahren ohne ihren Mann auskommen muss. Ein Mann mit Dax Devereaux' Charme könnte eine Heilige in Versuchung führen."

Keely wandte den Kopf und starrte mit leerem Blick aus dem Fenster auf das Washington Monument, das sich wie ein tadelnder Zeigefinger in den Himmel streckte. „Ich weiß, was du meinst."

Während der Nachmittagssitzung hielt ein Armeegeneral eine langweilige und monotone Rede. Er las eine eidesstattliche Erklärung der Armee nach der anderen vor. Die Namen und Ränge waren beeindruckend, aber die Unterlagen brachten keine neuen Erkenntnisse. Wann immer der erschöpfte Parker versuchte, den monotonen Redefluss des Generals zu unterbrechen, kam er damit nicht weit. Als schließlich die Glocke ertönte und damit das Ende der Sitzung ankündigte, standen ausnahmslos alle Zuhörer mit einem erleichterten Seufzer von ihren Plätzen auf.

Keely verlor Dax aus den Augen, als er den Saal verließ. Sie und die anderen Mitglieder von PROOF verabredeten sich zum Dinner im „Le Lion d'Or".

„Nach zwei Stunden mit General Adams haben wir uns das redlich verdient", sagte Betty.

Im Hotel gingen sie auf ihre Zimmer. Keely freute sich keineswegs so auf den Abend, wie sie es eigentlich hätte tun sollen. Selbst die heiße Dusche, das sorgfältige Zurechtmachen und das neue korallenrote Kleid konnten keine Begeisterung in ihr aufkommen lassen. Es war eine Willensanstrengung, sich mit Betty in der Lobby zu treffen und die Mutlosigkeit zu verdrängen.

Das Essen war exquisit, die Atmosphäre gepflegt, der Service perfekt. Als hätten sie sich abgesprochen, sprach keine der Frauen über die Anhörung und keine spekulierte über den möglichen Ausgang. Man redete über Mode, den neuesten Skandal in Hollywood, die Kinder, Frisuren, Bücher, Filme und Diäten. Man scherzte und lachte über die Vorstellung, was der Abgeordnete Walsh wohl sagen würde, würde er die PROOF-Mitglieder hier in diesem luxuriösen Restaurant sehen.

Keely beteiligte sich an der Unterhaltung, aß, trank und lachte, aber als sie im Hotel in ihrem Stockwerk aus dem Lift stieg, war sie völlig ausgelaugt. Sie wollte nur noch schlafen.

Den ganzen Abend über waren ihre Gedanken immer wieder zu Dax gewandert. Sie hatte ihn vor sich gesehen, wie er ihre Hände im Flugzeug hielt und ihr tröstend zusprach. Dann gestern Abend, wie er mit der Botenmütze und dem Tablett in der Hand vor ihrer Tür gestanden hatte, lachend und scherzend. Und dann waren vor ihrem geistigen Auge Bilder entstanden, die sie viel lieber vergessen hätte – seine Augen, sein Mund, leidenschaftlich und fest, seine Hände …

Sie schlug die Tür hinter sich zu, sobald sie in ihrem Zimmer war, warf ihren Mantel über einen Stuhl und ließ Handtasche und Schlüssel auf die Kommode fallen.

„Was, zum Teufel, tue ich da eigentlich?“ fragte sie ihr Spiegelbild verärgert. „Du quälst dich nur selbst, Keely.“

Ihre Glieder waren schwer wie Blei, als sie sich auszog. Als sie sich endlich zum Schlafen fertig gemacht hatte, ließ sie sich kraftlos aufs Bett fallen. Sie fluchte leise, als das Telefon klingelte.

„Hallo?“ Konnte das Dax sein?

„Hi! Wie geht's, wie steht's?“

„Nicole! Hi.“ Keely ignorierte den Stich der Enttäuschung und schob es auf die schwere Mahlzeit.

„Du hörst dich müde an“, sagte Nicole.

„So? Kein Wunder. Ich … äh … letzte Nacht habe ich schlecht geschlafen, und heute war es die reine Hölle. Diese Kongressräume scheinen aus Wänden zu bestehen, die immer weiter zusammenrücken, je länger die Sitzung dauert. Wie sieht's zu Hause aus? Alles in Ordnung?“

„Alles bestens. Charles hat mich heute Abend für ein

Dinner mit zwei Sponsoren eingespannt. Wenn du die Frauen gesehen hättest! Die typischen Mitglieder des Clubs der silbergrauen Haare und Nerzmäntel der kleinstädtischen Neureichen Amerikas! Ich sag dir, extrem! Und Charles hat sich eingeschleimt."

Charles Hepburn war der erfolgreichste Anzeigenverkäufer des ganzen Fernsehsenders. Mit seiner ruhigen, souveränen Art hatte er mehr Sendezeit verkauft als alle anderen zusammen.

„Nicole, mir kannst du das nicht erzählen. Ich weiß, dass du ihn anbetest."

Am anderen Ende ertönte ein theatralischer Seufzer. „Ja, eigentlich ist er ganz okay. Wenn sonst wirklich niemand in der Nähe ist und sich absolut keine andere Alternative finden lässt."

Keely lachte trotz ihrer bedrückten Laune. Nicole besaß das Talent, sie selbst an ihren schlechtesten Tagen aufzuheitern, denn Depressionen waren ihr völlig fremd.

„He, die Zeitungen sind voll über das Komiteemitglied Dax Devereaux. Ich wusste gar nicht, dass er auch dabei ist. Du etwa?"

„Nicht, bis ich hier ankam."

„Und?"

„Und was?"

„Also, bitte, Keely. Muss ich dir wirklich alles aus der Nase ziehen? Hast du ihn getroffen?"

„Ja."

„Und?"

„Und was?"

Bei Nicoles Fluch zuckte Keely zusammen. „Leg dir eine andere Ausdrucksweise zu, sonst schmelzen die Kabel noch, Nicole."

„Spiel nicht die Schulmeisterin, Keely." Nicole war eingeschnappt. „Also, was hältst du von Devereaux?"

„Ich weiß nicht viel über ihn. Ich habe ihn gerade getroffen, Nicole."

„Oh, Herrgott noch mal! Du weißt, dass er das anbetungswürdigste männliche Wesen ist, das seit langem auf dem freien Markt herumläuft. Wenn du auch nur einen Blick auf ihn geworfen hast, dann weißt du das. Um ehrlich zu sein, ich würde gern sehr viel mehr als nur einen Blick auf ihn werfen."

„Nicole!" Keely war entsetzt. „Wann hast du ihn denn getroffen?"

„Habe ich ja gar nicht – nicht so richtig, zumindest. Er war auf einer Party letzten Sommer, und auch wenn ich ihn nicht in Person getroffen habe, so wusste ich doch, dass er anwesend war. Er läuft mit dieser Robins am Arm herum, du weißt schon, die, die den reichen alten Mann geheiratet hat, der sechs Monate nach der Hochzeit das Zeitliche gesegnet und ihr sein gesamtes Vermögen hinterlassen hat, die Villa im Garden District, die Baumwollplantage am Mississippi und die Reederei."

Keelys Kehle war wie zugeschnürt. Dax und Madeline

Robins? Überrascht merkte sie, wie weh es tat, sich die schöne, lebenslustige Witwe mit Dax vorzustellen.

„Bist du noch dran?“ fragte Nicole, als keine Reaktion von Keely kam.

„Ja ... ja, sicher. Nicole, ich bin einfach nur müde. Danke für den Anruf, aber ich muss jetzt wirklich ins Bett.“

„Herzchen, bist du in Ordnung? Du hörst dich so komisch an. Alles okay?“ Nicoles neckender Ton war verschwunden, Keely wusste, dass die Sorge in der Stimme der Freundin echt war.

„Natürlich.“ Keely seufzte. „Es ist nur ... ich will dich nicht wieder aufregen, also fange ich gar nicht erst mit PROOF an.“

„Oh, das. Nun, deshalb bist du ja dort, nicht wahr? Und da du meine Meinung zu dem Thema kennst, will ich auch nicht darauf herumreiten.“

„Danke.“

„Es kann aber nichts schaden, wenn du dich auf einen leidenschaftlichen Flirt einlassen würdest, während du da bist. Geh in ein Pornokino und setze dich am besten neben einen richtigen Lüstling. Oder lass dich auf eine heiße Affäre mit irgendeinem Diktator aus einem wunderbar dekadenten Land ein, der gerade zu Besuch ist.“

„Auf Wiederhören“, flötete Keely.

Nicole lachte. „Spielverderberin. Also, bis dann.“

Ohne ein weiteres Wort hängte Nicole ein. Keely lächelte vor sich hin, als sie den Hörer auf die Gabel zurücklegte. Und sie hätte gar nicht so recht sagen können, wie sie ins Bett gekommen war und die Augen geschlossen hatte.

Als das Telefon erneut klingelte, war Keely zuerst nicht klar, dass bereits mehrere Stunden vergangen waren. Sie angelte im Dunkeln nach dem Hörer, bekam ihn aber nicht richtig zu fassen. Es brauchte zwei Anläufe, bevor sie die Muschel am Ohr hatte. „Hallo?"

„Guten Morgen."

Sie riss die Augen auf. Was für eine wunderbare Art, geweckt zu werden – durch die Stimme eines Mannes. Dieses Mannes.

„Ist es schon Morgen?" fragte sie verschlafen.

„Habe ich dich geweckt?"

„Nein." Sie gähnte. „Ich musste aufstehen, um ans Telefon zu kommen."

„Sehr lustig."

„Nein, das war nicht als Witz gemeint. Für Witze ist es viel zu früh. Wie viel Uhr ist es eigentlich?"

„Sieben."

Sie rollte sich auf die andere Seite, ein Blick auf den Wecker bestätigte ihr die Zeit. „Du liebe Güte!" stöhnte sie. „Ich habe verschlafen."

„Wieso? Die Anhörung ist doch erst für zehn angesetzt. Du hast also noch genügend Zeit."

„Ja, schon, es ist nur so, dass ich für meinen Job immer

früh aufstehe. Ich fühle mich richtig faul, wenn ich lange schlafe."

„Wann stehst du normalerweise auf?"

„Um fünf."

„Igitt! Warum?"

„Weil wir um halb sieben mit dem Helikopter in der Luft sein müssen. Berufsverkehr, erinnerst du dich?"

„Ich rufe eigentlich nur an, weil ich gestern Nachmittag keine Möglichkeit hatte, mich zu verabschieden. Im Büro warteten Berge von Papierkram auf mich, und außerdem war mir sowieso klar, dass wir uns nicht allein treffen könnten."

„Ich bin gestern Abend mit den anderen Frauen zum Dinner gegangen." Mit wem hatte er wohl gegessen? „Ich war völlig ausgelaugt, als ich hier ankam. Mein Kopf lag kaum auf dem Kissen, da war ich auch schon eingeschlafen."

„Du brauchst den Schlaf. Heute erwartet dich noch ein langer Tag."

„Ja."

Stille folgte. Lastete auf ihnen. Ungesagte Worte hingen in der Luft, flehten darum, geäußert zu werden.

„Nun", brach Dax schließlich das Schweigen, „ich sehe dich dann später." Es war nicht das, was er hatte sagen wollen.

„Ja." War das alles, was sie zu Stande brachte? Sie wiederholte sich wie ein Papagei.

„Auf Wiedersehen.“ Ein tiefer Seufzer.

„Auf Wiedersehen.“ Das Echo des Seufzers am anderen Ende.

„Keely?“

„Ja?“

„Wenn du da nachher an dem Tisch sitzt, ganz energische Dame, dann sei dir gewiss, dass es mindestens einen Mann im Saal gibt, der dich umarmen möchte.“

Damit legte er auf.

5. KAPITEL

Die Anhörungen dauerten weitere anderthalb Tage. PROOF fand einen zugkräftigen Fürsprecher in einem ehemaligen Kriegsgefangenen, der bei einer späten Entlassungswelle nach Hause gekommen war. In seiner Rede beschrieb er dem konzentriert lauschenden Publikum, wie er und seine Kameraden nie die Hoffnung aufgegeben hatten, doch noch befreit zu werden. Dass sie immer daran geglaubt hatten, dass ihr Land alles für sie tun würde, um sie zurückzuholen.

Keely und die anderen PROOF-Vertreterinnen feierten diesen kleinen Sieg, aber die Freude währte nur kurz. Ein Beamter des Finanzministeriums gab Auskunft über die Summen, die es den Steuerzahler kostete, weiterhin den Sold der Männer zu zahlen, die bis heute als vermisst galten und vielleicht schon lange tot waren. Der Abgeordnete Walsh und ein paar andere Mitglieder des Ausschusses nickten weise, während der Beamte die Zahlen vorlas. Keely wünschte sich, Walsh würde Magenschmerzen bekommen, und zwar proportional zum Umfang seines Bauches.

Während der endlosen Stunden im Saal vermied sie geflissentlich jedweden Kontakt mit Dax. Auch er war ganz offensichtlich der Meinung, dass eine Verbindung zu ihr nur von Nachteil sein konnte, denn er wandte sich kein einziges Mal an sie.

Sie waren wie Fremde, die einander nicht einmal registrierten. Doch unter der Oberfläche waren sie sich des anderen auf geradezu magische Weise bewusst. Keely fühlte Dax' Blick auf sich ruhen. Als sie sich an den morgendlichen Anruf erinnerte, schoss ihr das Blut in die Wangen. Sie musste daran denken, wie oft sie ihn heimlich gemustert hatte.

Seine Gesten und Bewegungen waren ihr so schnell so vertraut geworden. Seine geschmackvollen Krawatten blieben nie lange korrekt gebunden, höchstens für eine Stunde. Dann löste er mit ungeduldigen Fingern den akkuraten Knoten, der oberste Knopf seines Hemdes stand dann offen, und er konnte endlich befreit durchatmen.

Er saß zurückgelehnt da, die Ellbogen auf die mit dunkelbraunem Leder gepolsterten Armlehnen gestützt. Das Kinn lag auf den beiden Daumen, drei Finger bedeckten Oberlippe und Mund, während sein Zeigefinger nach oben auf die feine Narbe unter seinem Auge deutete.

Er hörte aufmerksam zu, beobachtete genau und schrieb Notizen nieder.

Er sah zu Keely.

Einmal war sein Blick so bezwingend, dass sie nicht anders konnte, als ihn zu erwidern. Das Herz blieb ihr stehen, ihr Atem stockte und Millionen Schmetterlinge flatterten in ihrem Bauch. Der Ausdruck in Dax' Augen bedeutete ihr, dass er mit den Gedanken genauso wenig bei der Rede war wie sie.

Er hob den Finger, der an seiner Wange lag, zu einem stillen Gruß. Die Bewegung war so unmerklich, dass es niemandem auffallen würde, nur demjenigen, für den der Gruß bestimmt war. Keely antwortete mit einem kurzen Schließen der Lider. Diese Geste war mehr als nur ein „Hallo". Sie drückte aus: „Ich wünschte, ich könnte mit dir reden. Ich wünschte, wir wären nicht hier an diesem Ort, zu dieser Zeit, und würden nicht tun, was wir gerade tun. Ich wünschte …" All die Dinge, die unmöglich waren.

Zum Mittag des dritten Tages, bevor der Abgeordnete Parker die Pause ausrief, schlug er vor, den Nachmittag und den nächsten Tag frei zu lassen.

„Wir haben jetzt drei Tage lang Argumente gehört und diskutiert, ich denke, wir alle brauchen Zeit, um das Gehörte zu verarbeiten. Uns noch einmal mit unserer eigenen Meinung auseinander zu setzen, noch einmal alles zu überdenken, bevor wir eine endgültige Entscheidung fällen." Der Vorschlag wurde einstimmig angenommen, und so wurde die Anhörung verschoben.

„Das war auch nötig", sagte Betty erleichtert. „Ich brauche dringend einen Tag für mich. Außerdem geht mir das Geld aus, ich muss zur Bank. Was ist mit dir, Keely? Sollen wir zusammen einkaufen gehen?"

Keely schüttelte lächelnd den Kopf. „Nein, besser nicht, Betty, aber ein paar von den anderen werden sich sicher gern mit dir zusammentun. Sei nicht böse, aber ich passe. Ich denke, ich gehe einfach auf mein Zimmer und lege mich mit einem guten Buch ins Bett."

Betty tätschelte lachend Keelys Arm. „Dann bis später. Sehen wir uns zum Dinner?"

Keely überlegte einen Moment. „Ja, sicher. Ruf mich an, wenn du zurück im Hotel bist."

Betty drehte sich um und ging fort, nicht ohne Keely noch einen letzten besorgten Blick zuzuwerfen. Bevor Keely sich jedoch nach dem Grund fragen konnte, tippte ihr jemand leicht von hinten auf die Schulter. Dax stand da und lächelte übertrieben erfreut, damit auch gar nicht erst der Hauch von Intimität aufkam.

„Mrs. Williams", sagte er sofort. „Ich hatte nach unserem gestrigen Lunch gar keine Gelegenheit mehr, mit Ihnen zu reden. Ich hoffe, Sie finden die Anhörung nicht zu langatmig."

„Nein, ganz und gar nicht. Ich war darauf eingestellt, dass es lange dauern würde. Es wird zu unserem Vorteil sein, wenn alle genügend Zeit haben, die Argumente sorgfältig abzuwägen."

Er nickte, so als hätte sie etwas sehr Wichtiges gesagt, dann trat er näher, die Arme vor der Brust verschränkt, und studierte die Spitzen seiner polierten Schuhe. Seine Stimme war so leise, dass sie ihn kaum hören konnte. „Wie geht es dir wirklich?"

„Gut."

„Ich muss heute Abend auf diese verfluchte Cocktailparty in der französischen Botschaft. Man sagte mir, ich könne in Begleitung kommen. Du würdest nicht zufälligerweise …?"

Auch wenn er die Einladung nicht ausgesprochen hatte, so gab sie doch die entsprechende Antwort. „Nein, Dax, du weißt, das wäre unklug. Ich würde gern, aber das geht auf keinen Fall."

Seine grimmige Miene passte genau zu dem Thema, über das sie sich unterhalten sollten – die vermissten Soldaten. „Ja, ich weiß", murmelte er. „Nun, lassen Sie uns hoffen, dass ein für alle Beteiligten akzeptables Ergebnis dabei herauskommt, Mrs. Williams", sagte er jetzt lauter und hielt ihr seine Hand hin. Ihre Blicke verschmolzen, als sie sich die Hände schüttelten, und für einen Herzschlag lang existierte die Welt um sie herum nicht mehr. Aber sie drängte sich sofort wieder in ihr Bewusstsein.

„Hallo, Mr. Devereaux", ertönte Al Van Dorfs Stimme hinter ihnen. „Ich fragte mich gerade, ob ich wohl eine Erklärung zu der neuesten Vorlage für den Rüstungshaushalt von Ihnen bekommen könnte."

„Natürlich, Al. Genießen Sie die freie Zeit, Mrs. Williams", sagte er höflich zu Keely.

„Danke, das werde ich. Mr. Van Dorf." Sie nickte den beiden Männern zu und ging mit bleiernen Beinen davon. Es dauerte mehrere Minuten, bis sie ein Taxi erwischte. Es machte ihr nichts aus. Fast wünschte sie, sie wäre mit Betty bummeln gegangen. Alles war besser, als in einem sterilen

Hotelzimmer zu sitzen und sich nach etwas zu sehnen, das man nicht haben konnte.

Der Nachmittag war trostlos gewesen. Sie war schnell ins Hotel zurückgekehrt, auf ihr Zimmer gegangen und fast sofort eingeschlafen. Erst als Betty Stunden später an ihre Tür klopfte, erwachte sie. Wegen des wenig einladenden Wetters beschlossen sie, direkt im Hotelrestaurant zu essen.

Nachdem sie ihr Mahl beendet hatten und schon wieder auf dem Weg zum Lift waren, sagte Betty: „Ich habe mir heute ein neues Kostüm gekauft. Warum kommst du nicht mit nach oben und ich führe es dir vor? Außerdem gibt es einen dieser wunderbaren alten Filme im Fernsehen, mit Barbara Stanwyck und Robert Taylor. Aber wahrscheinlich erinnerst du dich gar nicht mehr an sie."

Keely lachte. „Aber ganz bestimmt! Und du hast nichts gegen ein bisschen Gesellschaft?" Ihr grauste davor, allein in ihrem Zimmer zu sitzen. Nach ihrem ausgedehnten Nickerchen würde sie noch lange wach sein.

„Nein, im Gegenteil. Komm, wir werden uns so richtig danebenbenehmen und eine Flasche Wein aufs Zimmer kommen lassen." Betty zeigte den überschäumenden Unternehmungsgeist eines Teenagers.

Einige Stunden später hatte Keely die richtige Bettschwere, nach ein paar Gläsern Wein und dem romantischen Schwarz-Weiß-Film. Der Wein hatte sie beschwipst, und sie und Betty hatten wie übermütige Schulmädchen gekichert und sich bei dem alten Liebesfilm die Augen ausgeweint. Keely verabschiedete sich von der gähnenden Betty und schwankte den leeren Korridor entlang.

Die Türen des Aufzugs glitten auf. Keely war mit einem Schlag nüchtern, als sie Dax vor sich stehen sah. Er lehnte lässig an der Rückwand, aber er richtete sich sofort auf, als er sie erblickte, wie auf militärischen Befehl. Ein breites Grinsen erschien auf seinem Gesicht. „Nach oben?"

„Nein, runter."

„Komm mit auf eine Tour", lud er sie ein. Er sah ihr Zögern und den hastigen Blick, den sie über den Korridor warf. „Niemand kann uns vorwerfen, dass wir uns zufällig im Aufzug begegnen, vor allem nicht, wenn wir im gleichen Hotel wohnen. Außerdem, was könnte schon in einem Aufzug passieren?" Er meinte es als Scherz, doch Keelys Blick ging automatisch zu dem dicken weichen Teppich, mit dem der Lift ausgelegt war. „Vergiss, was ich gesagt habe", knurrte er. „Steig ein."

Die Schiebetüren glitten hinter ihr zu, schlossen sie beide in ein kleines Universum ein, das sie vom Rest der Welt trennte.

Keely räusperte sich verlegen. „Wie war die Party?"

„Laut. Verraucht. Überfüllt."

„Hört sich nach Spaß an."

Die Party hatte ihn keinen Deut gekümmert, er konnte sich kaum daran erinnern, obwohl er sie erst vor wenigen Minuten verlassen hatte. Er hatte sich zu Tode gelangweilt, exquisite Kanapees gegessen und dabei überlegt, was Keely wohl am liebsten aß. Sich gewünscht, sie könnten gemeinsam Sandwiches mit Erdnussbutter und Popcorn vor einem offenen Kamin essen, auf einer Couch, in einem Bett ...

Wahrscheinlich hatte er deshalb dem Alkohol ein wenig zu viel zugesprochen und sich gefragt, ob sie wohl gern gekühlten Weißwein trank. Und während er der schrillen Stimme einer drallen, juwelenbehängten Diplomatengattin gelauscht hatte, sah er Keelys Mund vor sich, ihre Lippen schimmernd von der goldenen Flüssigkeit, hatte sich vorgestellt, wie er mit der Zunge jeden einzelnen Tropfen von den samtweichen Lippen leckte ...

Einige Männer auf der Party hatten die Sekretärin eines Senators mit den Augen verschlungen, deren gut gebauter Körper für kaum einen der Herren auf Capitol Hill noch ein Rätsel war. Heute Abend steckte der Luxuskörper in einem feuerroten Kleid, üppige Brüste und runde Hüften wiegten sich einladend und herausfordernd. Nur vor einer Woche wären Dax' Kommentare zu der weiblichen Anatomie dieses Prachtexemplars ähnlich bewundernd und geistreich ausgefallen wie die der anderen. Heute jedoch wirkte diese Frau nur vulgär und albern auf ihn. Seine Gedanken drehten sich um eine dezentere Figur. Weich und feminin, doch zierlich. Mit allen Reizen, doch elegant. Berührbar ... und doch unerreichbar.

„Du bist zu Hause“, sagte sie leise.

Der Lift war im obersten Geschoss angekommen, die Türen glitten auf. Auf der gegenüberliegenden Seite war seine Suite. Kalt und leer. Die einzige Wärme, die er heute empfunden hatte, war hier, mit ihr im Lift.

„Wo warst du gerade?“ fragte er.

„Bei Betty. Wir haben uns einen alten Film angesehen und eine Flasche Wein geleert.“

„Rot oder weiß?“

Sie schloss die Augen und rief sich den Geschmack ins Gedächtnis. „Golden“, flüsterte sie. Sie riss die Augen auf, als sein gequältes Stöhnen wie das Brüllen eines gereizten Tigers durch den winzigen Raum hallte. Mit einem Finger drückte er den Knopf für die siebte Etage. Die Türen schlossen sich wieder.

„Was …?“

„Ich bringe dich zu deinem Zimmer“, erklärte Dax.

„Das solltest du nicht tun.“

„Das musst du mir nicht sagen.“ Sie wandte den Blick, verletzt durch seinen scharfen Ton. „Tut mir Leid“, stieß er zerknirscht hervor. „Ich bin nicht wütend auf dich, ich bin wütend auf …“

„Ich weiß“, unterbrach sie ihn. Je weniger gesprochen wurde, desto besser.

Der Lift hielt auf ihrem Stockwerk, die Tür ging auf, doch bevor sie hinaustreten konnte, hatte Dax schon wieder den nächsten Knopf gedrückt. Sie wusste nicht, welchen, und es war ihr auch egal. Die Türen schlossen sich wieder. „Dax ..."

„Ich hole dich morgen vor dem Hotel ab. Zehn Uhr. Zieh etwas Legeres an."

„Ich kann nicht", widersprach sie und schüttelte den Kopf.

„Was? Nichts Legeres anziehen?" Zum ersten Mal sah sie wieder das vertraute Lächeln, das das Grübchen tiefer werden ließ und die schwarzen Augen warm.

Sie bedachte ihn mit einem vernichtenden Blick. „Ich kann mich nicht mit dir treffen."

„Natürlich kannst du."

Der Lift hielt, die Türen öffneten sich, und Keely und Dax schauten überrascht auf das ältere Paar, das auf dem Gang stand. Sie hatten vergessen, dass sie nicht die einzigen beiden Menschen auf der Welt waren. „Guten Abend", grüßte Dax liebenswürdig. „Welcher Stock?"

„Dritter", antwortete der Mann.

Dax drückte den Knopf für das gewünschte Stockwerk und lehnte sich lässig an die Wand zurück. „Kommen Sie von außerhalb?" begann er ein Gespräch.

„Aus Las Crusas, New Mexico", sagte der Mann. Die Frau starrte misstrauisch auf Dax, dann wandte sie den Blick zu Keely, die zerknirscht lächelte. Sie griff nach dem Arm ihres Mannes, so als suche sie Schutz vor diesen amoralischen Großstadtmenschen.

„Ah, Las Crusas hat eine gute Universität", sagte Dax.

„Ja, New Mexico State“, verkündete der Mann sofort voller Stolz.

„Stimmt.“ Dax schnippte mit den Fingern. Keely hätte ihn erwürgen mögen, er genoss die Situation.

Der Lift hielt im dritten Stock, und der Mann schob seine Ehefrau hinaus. „Genießen Sie Ihren Aufenthalt“, rief Dax ihnen mit einem Lächeln nach, das jedem Werbeplakat Ehre gemacht hätte. Die Türen schlossen sich. „Also, wie ich gerade sagte …“

„Nein, wie *ich* gerade sagte, Dax. Ich kann nichts mit dir zusammen unternehmen.“

„Wir nehmen uns den Tag frei. Machen einen Ausflug. Ein Tag an der frischen Luft wird uns gut tun. Wir beide sind schon viel zu lange in diesem stickigen Raum eingeschlossen, und langsam geht es mir an die Nerven. Wenn ich mir die Bemerkung erlauben darf, du siehst auch ein bisschen blass aus.“

Um genau zu sein, war es umgekehrt. Ihre Wangen brannten vor Verlegenheit und Weinkonsum. Ihre Augen waren groß und glänzten, zum einen wegen des ausgiebigen Schlafs am Nachmittag und zum anderen wegen der rührseligen Heulerei während des Films. Ihr Haar war verführerisch wirr. Sie hatte nie schöner, nie verlockender, nie so sexy ausgesehen.

Seine Augen glitten gierig zu ihrem Mund, den sie leicht geöffnet hatte, um etwas zu sagen, aber jeder Widerspruch erstarb. Auch ohne künstlichen Glanz schimmerten ihre Lippen, und er verzehrte sich danach, von ihnen zu trinken.

„Warum können zwei Freunde nicht ein paar Stunden gemeinsam verbringen?“ Sie waren keine Freunde, würden es nie sein, und sie beide wussten es. Aber seine Worte gaben ihm noch ein bisschen Zeit, hielten ihn davon ab, sie in seine Arme zu reißen und diesen Mund mit Küssen zu bedecken.

Sie sprachen nicht mehr, sahen einander nur an. Und ihre Blicke sagten mehr als jedes Wort. Als sich die Aufzugtüren dieses Mal öffneten, hielt er den Finger auf den „Öffnen“-Knopf gepresst.

„Morgen, um zehn Uhr.“

„Man könnte uns sehen, Dax. Van Dorf …“ Ihr Einwand war bedeutungslos. Keiner von ihnen beiden zweifelte daran, dass sie morgen dort sein würde.

„Keiner wird es merken. Ich habe mir ein Auto von einem Freund geliehen, ein silberner Datsun. Ich fahre um den Block, bis du herauskommst. Nimm den Seitenausgang und sieh bloß nicht schuldig oder verlegen aus. Öffne einfach die Wagentür und steige ein.“

„Dax …“

„Gute Nacht.“ Er stieß sie mit einem Finger leicht über die Schwelle des Aufzugs. Es ging ihm nicht darum, sie loszuwerden, er wollte nicht der Versuchung erliegen und sich der Erregung öffentlichen Ärgernisses schuldig machen. Er ließ den Knopf los, und die Türen schlossen sich zwischen ihnen.

Für einen langen Moment stand Keely da und starrte auf die geschlossene Tür, ohne etwas zu sehen. Noch während sie sich schwankend in Richtung ihres Zimmers umdrehte, überlegte sie schon, was sie morgen anziehen sollte.

Sie entschied sich für eine graue Flanellhose und einen schwarzen Rollkragenpullover, dazu passend einen Fischgrätblazer. Schwarze Wildlederstiefel würden ihre Füße warm halten, denn es war kalt und regnerisch. Nichts deutete darauf hin, dass der Frühling bald Einzug halten würde. Sie hatte keine Ahnung, wohin Dax mit ihr wollte, also wollte sie auf alles vorbereitet sein. Um fünf Minuten vor zehn nahm sie ihren Mantel und verließ das Zimmer.

Das Herz pochte ihr bis zum Hals, als sie die überfüllte Lobby mit – wie sie hoffte – lässiger Eleganz durchquerte. Sie hatte kaum den Ausgang erreicht, als sie auch schon den silbernen Wagen vorfahren sah. Ein kurzer Blick ins Wageninnere, ob es auch wirklich Dax war, dann öffnete sie die Tür. Beide lachten, als sie sich in den tiefen Ledersitz fallen ließ und der Wagen davonfuhr.

„Guten Morgen." Die Ampel stand auf Rot, und so nahm er sich die Zeit, sie genau zu betrachten.

„Guten Morgen."

„Pünktlich auf die Minute."

„Pünktlichkeit ist eine meiner Tugenden. Wie oft bist du schon um den Block gefahren?"

„Dreimal. Ungeduld gehört zu meinen Tugenden."

Wieder lachten sie, aus purer Freude, endlich allein zu sein. In Gedanken verfluchte er die Ampel, als sie auf Grün umsprang und ihn damit zwang, seine Aufmerksamkeit auf den Verkehr zu richten.

„Wohin fahren wir?“ fragte Keely, ohne sich wirklich dafür zu interessieren.

„Nach Mount Vernon.“

„Mount Vernon!“ wiederholte sie und sah hinaus in den grauen Tag mit den bedrohlich tief hängenden Wolken. „Heute? Wer würde an einem solchen Tag nach Mount Vernon herausfahren?“

Er hielt vor der nächsten Ampel, bevor er ihr antwortete. Er drehte sich zu ihr und kniff ihr zärtlich in die Nase. „Keiner. Genau deshalb fahren wir ja dahin.“

Sie würdigte seine Gerissenheit mit einer angedeuteten Verbeugung. „Sie sind nicht umsonst der Kandidat für den Senatorensitz, Mr. Devereaux. Das ist einfach brillant.“

„Manchmal ist es beängstigend, wie clever ich bin“, prahlte er vergnügt und erntete dafür einen Ellbogenstoß zwischen die Rippen.

Während er fuhr, behelligte sie ihn nicht. Sie faltete ihren Mantel zusammen und legte ihn auf die Rückbank, stellte ihre Tasche auf den Boden zwischen ihre Füße und suchte einen Sender im Autoradio, dessen Musik ihnen beiden zusagte.

Sie überquerten den Potomac River auf der Arlington Memorial Bridge und fuhren am Fluss entlang zu George

Washingtons Geburtshaus. Die kahlen Bäume, die die Straße säumten, erinnerten daran, dass es immer noch Winter war.

„In ein paar Wochen wird es hier richtig hübsch aussehen, wenn die Hartriegelsträucher und Judasbäume zu knospen beginnen“, bemerkte Keely.

„Ja, ich liebe es hier, wenn alles blüht. Unser ganzes Haus ist von Azaleen umgeben. Ein wirklich beeindruckender Anblick, wenn sie in voller Blüte stehen. Wir heuern dann einen Mann an, der sich um nichts anderes als die Blütenstände kümmert.“

„Wir?“

„Na ja, ganz richtig ist das nicht. Ich betrachte das Haupthaus immer noch als das Zuhause meiner Eltern. Dabei sind sie schon vor Jahren in ein kleines Haus auf der anderen Seite des Anwesens umgezogen. Ursprünglich, um meinem Vater das Treppensteigen zu ersparen, aber ich glaube, sie haben das nur getan, damit ich mich so richtig einsam fühle, wenn ich in dem riesigen Haus umhergehe. Das soll wohl ein Anreiz für mich sein, mir eine Frau zu suchen und Enkelkinder in die Welt zu setzen.“

„Und warum hast du das noch nicht getan?“

„Bis jetzt habe ich keine Frau gefunden, die mir so wichtig war, dass ich mein Leben mit ihr teilen möchte.“ Sein Blick glitt von der Straße und zu ihrem Gesicht. „Wenn ich sie finde, werde ich Himmel und Hölle in Bewegung setzen, um sie zu mir in dieses Haus zu holen.“

Ihre Kehle war wie zugeschnürt, so wie auch ihre Hände

in ihrem Schoß zu Fäusten geballt waren. Sie musste die Augen von seinem durchdringenden Blick fortreißen. „Wie ist es denn, dein Haus? Stammt es noch aus der Zeit vor dem Krieg?“

Er konzentrierte sich wieder auf die Straße. „Nein. Die Devereaux’ hatten zwar ein Stammhaus, aber das wurde während des Krieges leider völlig zerstört. Es hat bis 1912 gedauert, bis wir uns endlich von dem Verlust erholt hatten und ein neues bauten. Ich liebe dieses Haus sehr, aber mehr werde ich nicht verraten. Ich will, dass du es dir selbst ansiehst.“

„Liegt es in Baton Rouge?“

„Zwanzig Meilen davon entfernt.“

„Wie viel Land besitzt ihr?“

Er zuckte achtlos die Schultern. „Genug, um Gewinn bringende Landwirtschaft zu betreiben und ein paar Pferde zu züchten.“

„Weichen Sie meinen Fragen etwa aus, Mr. Devereaux? Ein Talent, das Sie sicher durch den Kontakt mit den Reportern perfektioniert haben.“

Er lachte. „Du hast mich durchschaut.“

Keely bestand nicht weiter auf dem Thema, und Dax sagte freiwillig auch nicht mehr. Offensichtlich machte ihn der Reichtum seiner Familie verlegen. Es war Hauptgegenstand mehrerer wenig schmeichelhafter Artikel über ihn gewesen.

Der Rest der kurzen Fahrt verlief in einvernehmlichem

Schweigen. Als Dax den Wagen auf den Parkplatz lenkte, war dieser fast leer.

„Siehst du, was habe ich dir gesagt!“ Dax tippte ihr spielerisch unters Kinn, bevor er nach seinem Mantel auf dem Rücksitz griff und ausstieg.

Auf der Beifahrerseite half er ihr aus dem Wagen und in den Mantel. Seine Hände ruhten nur kurz auf ihren Schultern, dann fasste er ihren Ellbogen und führte sie zum Eingangstor.

Die Dame in Kolonialtracht im Kassenhäuschen begrüßte sie freundlich: „Sie haben sich keinen sehr schönen Tag ausgesucht, um uns zu besuchen, aber ich hoffe, Sie machen sich nichts aus dem Regen und besuchen auch die Nebengebäude. Ungefähr alle zwanzig Minuten gibt es eine Führung. Wir halten keinen allzu strengen Plan ein, nur im Sommer, wenn es voll ist. Da wartet bereits eine Gruppe darauf, das Haus zu sehen. Schließen Sie sich ruhig an. Der Führer kommt bald.“

„Danke.“ Dax lächelte sein berühmt-berüchtigtes Lächeln. „Ich wäre ja gerne im Sommer gekommen, aber meine Schwester kann leider nur heute.“

Keely starrte ihn perplex mit offenem Mund an. Sie wusste, wie albern sie aussehen musste. Dax schlenderte lässig weiter und zog sie mit sich.

„Du bist verrückt!“ stieß sie unter angehaltenem Atem hervor.

Dax sah sie nicht einmal an, er war voll und ganz damit

beschäftigt, in seiner Manteltasche nach dem kleinen Automatikschirm zu fischen und ihn dann aufzuspannen.

„Glaubst du wirklich, die Leute nehmen uns ab, dass ich deine Schwester bin?“ fragte sie und blieb auf dem Kiespfad stehen.

Er hielt den Schirm über sie beide, sah auf sie herab und musterte sie genau. „Nein“, meinte er sachlich, „wohl kaum. Wir müssen üben. Hier, halt das mal.“ Ohne weitere Umschweife drückte er ihr den Schirm in die Hand.

„Schwesterherz!“ rief er laut und griff sie bei den Schultern. „Sieh sich nur einer an, was für eine schöne Frau aus dir geworden ist.“ Er beugte den Kopf und küsste sie herzhaft mitten auf den Mund. „Lass dich ansehen!“

Keely war so überrumpelt über seine kleine Einlage, dass sie regungslos dastand, auch als er ihren Mantel und ihren Blazer auseinander schlug und seinen Blick ausgiebig über ihren Oberkörper wandern ließ. „Wer hätte geahnt, dass sich das alles so schön auswachsen und runden würde?“

Eingeschnappt wollte Keely etwas erwidern, aber sie hatte keine Chance, ihn zurechtzuweisen. „Du siehst in jeder Farbe großartig aus“, fuhr er fort, „weißt du das eigentlich?“ Sein Ton hatte jetzt einen völlig anderen Anstrich bekommen. Zärtlich fuhr er ihr mit den Fingerspitzen über die Wangen. „Du bist wunderschön in Schwarz. Das Grün, das du im Flugzeug anhattest, gefiel mir auch.“ Seine Stimme wurde heiser. „Und du siehst ganz bezaubernd in gelbem Frottee aus. Gibt es überhaupt eine Farbe, die deine Augen nicht zum Leuchten bringt, deinem Teint nicht schmeicheln würde oder dein Haar nicht schimmern ließe?“

Mit dem Daumen strich er betörend über ihr Kinn. Sie sah ihr Spiegelbild in seinen dunklen Augen und erschreckte über die Sehnsucht, die sie in ihrem Gesicht erkannte. Er sollte nicht so nahe bei ihr stehen, aber sie wollte diesen Moment auch nicht durch eine entsprechende Bemerkung zerstören.

Seine Finger sollten ihre Lippen nicht berühren. Das war viel zu intim und entlarvte diese Geschwister-Geschichte als Bluff. Doch obwohl ihr Verstand protestierte, gehorchten ihre Lippen seinem Drängen und öffneten sich leicht.

Er hatte den Kopf schon gefährlich weit zu ihr gebeugt, als hinter ihnen eine Gruppe von vier Leuten über den Pfad eilte. Dax trat zurück. „Komm, Schwesterherz“, murmelte er, nahm den Schirm und schob sie in Richtung der kleinen Touristengruppe, die am Fuße des Hügels wartete, auf dem das Haus lag.

Wenig später kam die Touristenführerin und geleitete die nasse, aber aufgeräumte Gruppe zum Haus hinauf. Die Ausführungen waren auswendig gelernt, aber die Frau lieferte einen heiteren und lebendigen Vortrag, der alle in der Gruppe, auch Dax und Keely, fesselte. Sie stiegen Stufen hinauf, blickten in Räume, richteten ihre Aufmerksamkeit auf das, was Aufmerksamkeit verdiente, und erinnerten sich später an kein Wort mehr.

Nachdem der offizielle Teil der Führung vorbei war, wurden sie eingeladen, sich die Nebengebäude und das Anwesen anzusehen. Die meisten anderen wanderten in Richtung Küche oder Sattelraum, Keely und Dax schlenderten zu einem kleinen Haus, in dem die persönlichen Gegenstände der Washingtons aufbewahrt wurden.

„Kannst du dir vorstellen", fragte Keely, „dass, solltest du je Präsident werden, in zweihundert Jahren irgendwelche Leute durch dein Haus stapfen und sich dein Rasiermesser ansehen?"

„Ich benutze Einwegrasierer, aber sie werden sehen, dass ich mein Gebiss immer gut gereinigt halte." Sie lachten, und spontan drückte er sie an sich.

Sie gingen zu der Grabstätte, wo die Washingtons beerdigt lagen. „Wusstest du eigentlich", begann Dax leise, „dass das Gerücht kursiert, Washington soll die Frau eines anderen Mannes geliebt haben?"

„Wirklich?" fragte Keely unsicher.

„Ja, so wird gemunkelt."

„Wie tragisch."

„Vielleicht auch nicht", widersprach Dax. „Die Liebe zu dieser Frau muss etwas ganz Besonderes gewesen sein."

„Ja, vielleicht." Warum nur hatte sie plötzlich Tränen in den Augen?

„Mit Sicherheit ändert es nichts daran, was er für sein Land getan hat. Deshalb sehe ich auch nicht ein, warum es so wichtig sein sollte."

„Jetzt nicht mehr", sagte Keely mit belegter Stimme und warf ihm einen Seitenblick zu. „Aber damals muss es für diejenigen, die davon betroffen waren, sehr wichtig gewesen sein."

Er seufzte. „Ja, wahrscheinlich."

Sie wanderten zurück zum Hauptplatz. Um die nachdenkliche Stimmung abzuschütteln, schlug Dax vor, dass sie noch etwas essen sollten, bevor sie sich auf den Rückweg machten.

„Wie ich gehört habe, soll das Restaurant hier ganz gut sein, und eine Reservierung brauchen wir heute bestimmt nicht", fügte er an, als er Keely die Tür zu dem so gut wie leeren Speisesaal aufhielt.

Tische und Bänke aus Ahornholz standen in ordentlichen Reihen auf dem rustikalen Holzboden. An den Fenstern hingen gestärkte weiße Gardinen. Kerzenständer aus Messing auf jedem Tisch verbreiteten warmes Licht im Raum.

Nur drei der Tische waren mit anderen Gästen besetzt. Anheimelnde Feuer flackerten in den offenen Kaminen. Dax führte Keely zu einem Tisch am Fenster, das den Blick auf die gepflegten Gärten freigab. Eine Kellnerin kam, um die Bestellung aufzunehmen. Nachdem sie jeder einen Teller Suppe gegessen hatten, winkte Dax die Kellnerin noch einmal herbei.

„Wir hätten gern noch einen Nachtisch. Was können Sie empfehlen?"

„Hausgemachte Kuchen sind unsere Spezialität. Kirsch, Apfel oder mit Pecannüssen.“

„Hört sich großartig an. Zweimal Kirsch, bitte.“

„Nein, ich möchte lieber Pecan“, warf Keely ein.

Dax sah gespielt entsetzt drein. „Du kannst unmöglich zu George Washingtons Geburtshaus kommen und dann keinen Kirschkuchen essen. Das ist anti-amerikanisch.“

Sie lachte zwar, aber trotzdem sagte sie zu der Kellnerin: „Pecan, bitte.“

„Na schön“, gab Dax knurrend nach. „Und wir hätten gern zwei Kugeln Vanille-Eis obendrauf.“

„Ich hätte lieber Sahne auf meinem.“

Er wandte sich an Keely und funkelte sie an. „Wer bestellt hier, du oder ich?“

Beide, Keely und die Kellnerin, lachten über seine grimmige Miene. „Du hast mich nicht gefragt, was ich möchte, und ich möchte Sahne.“

Dax schüttelte den Kopf, dann fragte er übertrieben höflich: „Möchtest du Kaffee?“

„Tee.“

Die Kellnerin amüsierte sich königlich. „Milch dazu?“ fragte sie grinsend.

„Nein.“

„Ja“, antwortete Keely gleichzeitig.

Dax sah verschwörerisch zu der Kellnerin auf. „Sie bildet sich ein, eine emanzipierte Frau zu sein“, flüsterte er.

„Ich liebe Ehen, in denen jeder Partner als gleichberechtigtes Individuum angesehen wird“, sagte die Kellnerin lachend, und dann ging sie mit aufreizend schwingendem Rock zurück zur Theke.

Keely starrte auf ihre linke Hand, die auf dem Tisch lag. Ein simpler und durchaus nachvollziehbarer Irrtum. An ihrem Ringfinger steckte ein schmaler goldener Reif. Aus den Augenwinkeln sah sie, wie Dax seine Hand ausstreckte, dann fühlte sie seine Finger auf ihren.

„Sie denkt, dass du mit mir verheiratet bist“, sagte er leise. „Solange sie das denkt und uns nicht erkennt, können wir ruhig Händchen halten, meinst du nicht?“ Er drückte ihre Finger.

„Ja, wahrscheinlich schon.“ Keely erwiderte den Druck.

Sie sahen in die fröhlich flackernden Flammen des Kamins. Sie schauten hinaus in den Regen, der unablässig fiel und an den Fensterscheiben herunterlief. Die Welt draußen war verschwommen, das harte Licht der Realität abgemildert. Das machte es ihnen leicht, für eine Weile so zu tun, als wären die Dinge nicht so, wie sie waren. Und weil sie nicht anders konnten, sahen sie einander an.

Die wohlige Wärme im Restaurant umhüllte sie wie ein Kokon. Das Klappern von Geschirr und Besteck in der Küche konnte die stummen Botschaften nicht überlagern, die sie einander sandten. Die Bewegungen der Kellnerin oder der anderen Gäste konnten ihre Blicke nicht voneinander ablenken.

„Mir fällt gerade erst auf, dass deine Ohrläppchen

durchstochen sind", meinte Dax leise. „Hat es wehgetan?"

„Zum Schreien."

Er grinste breit. „Aus Ihnen würde nie ein guter Politiker, Miss Preston. Sie sind viel zu direkt."

Miss Preston. Nicht Mrs. Williams. Hier und jetzt, mit ihm, war sie Miss Preston. „Wie bist du zu der Narbe unter dem Auge gekommen?"

„Ist sie sehr unansehnlich? Wenn ja, lasse ich das von einem plastischen Chirurgen richten."

„Wage es ja nicht! Sie ist ..." Sie hatte sagen wollen „schön", aber sie fürchtete, er würde wenig Verständnis für ein solch feminines Adjektiv aufbringen. Er zog eine dunkle Augenbraue fragend in die Höhe, als sie nicht weitersprach. „Sie lässt dich unglaublich verwegen aussehen", sagte sie schließlich.

„Oh, ich bin ein ganz normaler Draufgänger. Aber es gab da mal einen Devereaux, der sogar mit den Laffites unter einer Decke steckte."

Sie musterte ihn mit zusammengekniffenen Augen. „Ja, ich kann mir dich durchaus als Pirat vorstellen."

„Vielleicht sollte ich mir meine Ohrläppchen auch durchstechen lassen. Oder nein, besser nur eines, das wäre noch viel verwegener."

Sie lachten noch, als die Kellnerin an ihren Tisch kam, um abzuräumen.

„Möchtest du noch etwas?" fragte Dax.

„Oh nein, ich kann ja kaum noch atmen", wehrte Keely ab.

„Sollen wir zum Wagen rennen, um ein paar von den Kalorien zu verbrennen?"

„Ich bin froh, wenn ich mich überhaupt bewegen kann", gestand sie, als er ihr in den Mantel half. Sie beglichen die Rechnung und traten aus der Wärme hinaus in die Kälte. Tiefe Pfützen standen auf dem Weg, als sie zum Auto rannten. Es regnete in Strömen.

Der kalte Motor sprang nur stotternd an, doch endlich konnte Dax den Wagen vorsichtig auf den Highway lenken.

„Es gießt wie aus Eimern", bemerkte Keely, besorgt, nachdem sie ein paar Meilen durch eine wahre Wand aus Wasser gefahren waren. Obwohl die Scheibenwischer auf die höchste Stufe eingestellt waren, gelang es ihnen kaum, freie Sicht zu schaffen.

„Es ist absolut verrückt, bei diesem Wetter fahren zu wollen. Ich denke, hier irgendwo war doch …" Dax sprach nicht weiter, sondern suchte den Straßenrand durch die beschlagenen Fenster ab. „Ah, da ist es", rief er und bremste den Wagen langsam ab, um in die kleine Seitenstraße einzubiegen. „Wir warten hier, bis sich das Wetter etwas beruhigt hat."

6. KAPITEL

Der Wagen holperte noch ein paar Meter auf der unebenen Straße weiter, bevor Dax abbremste und unter einer mächtigen Eiche anhielt. Die Stille, als er den Motor abstellte, war ohrenbetäubend. Das Radio hörte abrupt zu spielen auf, die Scheibenwischer stellten ihr rhythmisches Klicken ein, nur der Regen trommelte weiter.

Dax griff über die Lehne und legte die Hand auf Keelys Schulter. „Ist dir warm genug? Brauchst du deinen Mantel?“ Sie beide hatten ihre Mäntel auf den Rücksitz gelegt, bevor sie losgefahren waren.

„Nein, es ist warm genug im Wagen.“

„Wenn dir kalt wird, sag es mir. Entweder gebe ich dir dann deinen Mantel, oder ich kann auch den Motor ein paar Minuten laufen lassen.“ Er nahm ihre Hand und massierte ihre Finger. „Du hast kalte Hände.“

„Ich weiß. Sie sind immer kalt.“

„Steck sie in deine Taschen.“

„Das hilft auch nicht.“

„Dann steck sie in meine Taschen.“ Er meinte es durchaus ernst.

„Und was würdest du dann tun, um deine Hände warm zu halten?“ Sie konnte der Herausforderung nicht widerstehen.

Seine Augen funkelten in dem trüben Licht. „Mir

würde schon etwas einfallen", antwortete er heiser. Er hob ihre Hand an seine Lippen und hauchte zarte Küsse auf die Fingerspitzen.

„Wenn ich unbedingt die Ehefrau eines vermissten Soldaten im Flugzeug treffen musste, warum muss sie dann so aussehen wie du? Warum so sein wie du?" Er küsste ihre Handfläche.

„Du solltest so etwas nicht sagen …"

„Schsch. Wenn ich schon nichts anderes machen kann, dann lass mich wenigstens reden, Keely." Er fuhr mit seiner Zungenspitze über die Innenfläche ihrer Hand, und sie schnappte unwillkürlich nach Luft. „Aber wenn diese Frau nicht so ausgesehen hätte wie du, wäre ich bestimmt nicht über den Gang gehechtet, um ihr ritterlich zu Hilfe zu eilen, nicht wahr?"

Sie konnte nicht antworten, nichts sagen. Seine Zunge spielte mit ihrer Hand, schlüpfte heiß und feucht zwischen ihre Finger, langsam, träge. Ein zu erotisches Spiel, um es zu erlauben, viel zu erregend, um es zu verbieten. Er sah ihr in die Augen.

Die Luft im Wagen vibrierte vor unerfüllter Leidenschaft. Ihrer beider Atem legte einen feuchten Schleier auf die kalten Autoscheiben. Jeder Laut schien sich in der Stille zu vervielfältigen. Als Dax sich zu Keely herüberlehnte, glich das Rascheln seiner Kleidung dem von Laub in einem Herbststurm. Alles, was der Blick erfasste, war übergroß, überdeutlich. Dax glaubte die Wimpern an Keelys unterem

Augenlid einzeln zählen zu können. Ihre Mundwinkel zitterten leicht bei jedem Atemzug. Es war ein wunderschöner Mund, und Dax hatte ihn zu dem seinen gemacht, im ersten Augenblick, als er ihn gesehen hatte.

Keely konnte sich nicht erinnern, sich je so hilflos gefühlt zu haben – nein, anders gesagt, sie hatte noch nie in ihrem Leben so gefühlt. Sie schwebte, leicht wie eine Feder, und doch verspürte sie einen so starken Druck, dass ihr Unterleib vor Sehnsucht schmerzte. Sie spürte eine Kraft in sich fließen wie nie zuvor, und doch meinte sie, ihre Muskeln hätten sich aufgelöst. Sie erzitterte vor Lebendigkeit, und gleichzeitig wusste sie, dass dieses atemlose Gefühl dem Sterben ähnlich sein musste.

Ihr war nicht klar, dass sie nach Dax gegriffen hatte, bis sie ihre Hand sah, die eine Strähne feuchten dunklen Haars aus seiner Stirn strich. Sie sah auch, wie ihr Daumen sacht über die feine Narbe unter seinem Auge fuhr.

Ehrfürchtig, als wäre es ein Gebet, hauchte Dax Keelys Namen, als seine Lippen die ihren fanden. Hätte sie die Augen geschlossen, hätte sie vielleicht nie gewusst, dass sein Mund sie berührte, so leicht war seine Liebkosung. Aber sie hatte die Lider offen gehalten, und jetzt sah sie, wie er sich von ihr zurückzog. Enttäuschung überkam sie. Sie wollte die Hitze und die Leidenschaft seines Mundes erfahren. Er hatte ihr gesagt, Ungeduld sei eine Tugend von ihm. Sie verzehrte sich nach einer Demonstration dieser Ungeduld.

Doch Dax machte keine Anstalten, die Situation auszunutzen. Er nahm Keelys Hände und schob sie sich unter den Pullover, presste sie an seine muskulöse Brust. „Wärme deine Hände an mir.“ Er richtete seinen Pullover und umfasste zärtlich ihr Gesicht. Vorsichtig bewegte sie ihre Finger auf seiner Haut, die brannte wie Feuer. Forschend betrachtete er ihre Miene. Sie schloss die Augen, als ihre Hände mutiger wurden und immer größere Kreise auf seiner Haut beschrieben. Lippen, sanft und weich, öffneten sich, um einen Seufzer entschlüpfen zu lassen. Und dann lag sein Mund auf ihrem, sog den süßen Hauch ein, den sie ausgestoßen hatte.

Er ließ seine Zunge zwischen ihre Lippen, über ihre Zähne gleiten. Seine Zungenspitze fand die ihre, erforschte und ertastete mit exquisiter Langsamkeit die warme Höhle ihres Mundes, erotisch und auffordernd, fand Orte, die Keely dazu brachten, sich an ihn zu pressen.

Seine Zunge zog sich zurück, aber ihre folgte. Zögernd, schüchtern verlangte sie Einlass, und er öffnete die Lippen für sie.

Dax war überrascht von Keelys Unerfahrenheit, der Scheu, mit der sie ihn küsste. „Du brauchst niemals Angst vor mir zu haben, Keely“, flüsterte er heiser. „Dazu besteht kein Grund.“

„Das weiß ich.“ Er hatte ihre Schüchternheit missgedeutet als Ängstlichkeit. „Das ist es nicht. Es ist nur … Ich fürchte, ich bin nicht sehr gut im … Ich meine, ich war so jung, und es ist so lange her …“

„Das macht dich nur noch verführerischer, du ahnst nicht, wie sehr. Und du wirst lernen. Wir werden zusammen lernen.“ Er liebkoste ihren Hals mit seinen Lippen, wanderte zu ihrem Ohr und begann an ihrem Ohrläppchen zu knabbern. Sie beide lachten leise, doch Keelys Lachen wurde zu einem erregten Stöhnen, als Dax seine Zunge zärtlich in ihr Ohr stieß. Sie erschauerte.

„Ist dir kalt?“ fragte er.

„Nein“, hauchte sie.

Kalt? In seiner Nähe würde ihr nie kalt sein. Sein Mund war so unnachgiebig und doch so weich. Sie hätte nie gedacht, dass ein Mann derart genau wissen konnte, wonach eine Frau sich sehnte, was sie … brauchte. Dax schien jeden ihrer körperlichen Wünsche zu erahnen und vorwegzunehmen. Er war nicht gierig, jede Bewegung war langsam, erfahren und darauf ausgerichtet, ihr Vergnügen zu bereiten.

Das immer stärker werdende Pochen in ihrem Hals erschreckte sie. Sie hatte Angst, bald nicht mehr atmen zu können. Ihre Hände unter seinem Pullover glitten über seine Haut, hin zu seinem Rücken, suchten nach Halt, bevor sie vom Rande der Welt stürzen würde.

Dax küsste sie wieder, tiefer, lustvoller. Er ließ ihre Wangen los und legte die Hände an ihren Hals. Mit dem Daumen rieb er an ihrem Schlüsselbein. Als er die Arme senkte, um Keely fest zu umschließen, streiften seine Hände kurz und leicht ihre Brüste.

Gott, steh mir bei, rief Dax in Gedanken. Lass mich sie nicht berühren. Denn wenn ich es tue, werde ich sie nie wieder gehen lassen können.

Er spürte ihre kaum merkbare Reaktion. Ein kurzes, schnelles Ein- und Ausatmen. Zärtlich fasste er ihre Unterlippe mit den Zähnen und knabberte sanft daran. Er wartete, und sie drängte sich seinen Händen entgegen.

Das ließ seine ehrenhaften Vorsätze dahinschmelzen. Er schloss die Hände um die sanften Rundungen, und Keely seufzte vor Vergnügen. Sie entspannte sich, schlang die Hände um seinen Rücken und lehnte sich in den Wagensitz zurück, zog Dax mit, enger an sich.

Er liebkoste, erforschte mit geschlossenen Augen, stellte sich hinter geschlossenen Lidern die Stellen vor, die er berührte, die Beschaffenheit, die Farbschattierungen. Es war eine Qual, nichts zu sehen, aber das Paradies, es sich vorzustellen. Er hatte den BH gefühlt, aber es konnte nur ein Hauch sein. Denn sobald er die Hand auf ihre Brust legte, fühlte sein Daumen die aufgerichtete Knospe.

„Du fühlst dich so gut an", flüsterte er, bevor er die Lippen um die harte Knospe legte und mit seiner Zunge daran spielte.

„Oh, Dax!" Keely schob ihn von sich. Er stieß sich den Kopf an der Wagendecke, weil er sich so abrupt aufsetzte.

„Habe ich dir wehgetan?" fragte er besorgt.

Nein, Schmerz war es nicht, was sie empfand. Mark hatte sie dort berührt, aber nie etwas so Intimes getan wie

Dax. Nie hatte sie eine solche Lust verspürt, wie ein Pfeil, der sie durchdrang bis in die Tiefen ihres Schoßes und dort einen Damm der Leidenschaft öffnete, die sie nicht mehr zurückhalten konnte. Es versetzte sie in Begeisterung, es erregte sie, es ängstigte sie zu Tode.

Er bemerkte ihren ängstlichen Gesichtsausdruck und gab sich die Schuld dafür. Bedrückt schüttelte er den Kopf. „Es tut mir Leid, Keely. Ich wollte dich nur berühren, dich küssen."

Bekümmert und traurig starrte sie aus dem Fenster, während er den Gang einlegte. Die Reifen drehten durch, versuchten auf dem lehmigen Untergrund zu fassen. Schließlich schoss der Wagen vorwärts, und Dax fuhr wieder auf den Highway auf.

Der Regen hatte nachgelassen, feiner Niesel fiel jetzt unablässig. Die Scheibenwischer klickten vor und zurück, es war das einzige Geräusch im Wagen. Als das Radio zusammen mit dem Motor wieder angesprungen war, hatte Dax es abgestellt. Er fluchte leise über den dichten Berufsverkehr, der sich Stoßstange an Stoßstange durch die Straßen der Stadt quälte.

Mit quietschenden Bremsen hielt Dax vor dem Hotel. Lange hielt er den Kopf gesenkt, bevor er Keely anblickte. Entsetzt bemerkte er die Tränen in ihren Augen. Ihr Mund zitterte.

„Keely ..."

„Es war ein wunderschöner Tag. Verzeih, Dax, weil

ich ... Deine Zärtlichkeiten haben mir keine Angst gemacht. Im Gegenteil, ich fürchtete mich davor, dass du aufhören würdest."

Bevor er etwas erwidern konnte, war sie zum Auto hinaus und rannte auf den Eingang des Hotels zu.

Keely lag zusammengekauert unter der Bettdecke. Sie hatte keine Ahnung, wie viel Zeit vergangen war, seit sie in das kalte, leere Hotelzimmer gekommen war, sich ausgezogen hatte und in ihr Bett geschlüpft war, fest entschlossen, in den Schlaf zu fliehen.

Doch ihr Geist ließ sie nicht zur Ruhe kommen, es gab kein Entrinnen vor ihren Schuldgefühlen – Schuld, weil sie Mark betrogen hatte. Wenn nicht mit Taten, so doch in Gedanken. Schuld, weil sie sich Dax so schamlos angeboten hatte. Von jetzt an würde er sie nur noch verachten, und sie konnte es ihm nicht verübeln.

Ihr Herz setzte einen Schlag lang aus, als sie das leise Klopfen an der Tür vernahm. Sie hatte das „Bitte nicht stören"-Schild an die Klinke gehängt und den Hörer neben das Telefon gelegt, aber wer immer auf der anderen Seite der Tür stand, schien das nicht zu respektieren.

Sie warf die Bettdecke zurück und ging auf bloßen Füßen zur Tür, um durch den Spion zu sehen. Draußen stand ein Mann in Hoteluniform. „Ja?"

„Mrs. Williams?"

„Ja", wiederholte sie, diesmal entschlossener.

„Ist alles in Ordnung mit Ihnen? Ich heiße Bartelli und bin Assistant Manager hier im Hotel. Mrs. Allway macht sich Sorgen um Sie, sie hat versucht, Sie zu erreichen. Sie bat mich, nach Ihnen zu sehen. Geht es Ihnen gut?"

„Ja, Mr. Bartelli. Ich wollte nur ungestört sein, deshalb habe ich das Telefon ausgestellt. Bitte richten Sie Mrs. Allway aus, dass es mir gut geht und ich sie morgen früh sehen werde." Sie hätte ihre Freundin auch selbst anrufen können, aber sie wollte einfach mit niemandem reden.

„Natürlich. Und Sie sind sicher, dass wir nichts für Sie tun können?"

„Nein, wirklich nicht, danke."

„Dann gute Nacht. Entschuldigen Sie die Störung."

„Gute Nacht." Durch den Spion sah sie ihn davongehen.

Da sie nun schon einmal aus dem Bett war, beschloss sie, erst unter die Dusche zu gehen, bevor sie sich wieder hinlegte. Das half ihr, sich zu entspannen. Fast war es zu viel des Guten.

Als Keely aus der Kabine trat, erhaschte sie einen Blick auf ihr Spiegelbild. Ihre Haut war rosig von dem heißen Wasser, ihre Brüste prickelten von dem Massagestrahl der Dusche. Wie sie vor dem Spiegel stand und sich betrachtete, hob sie die Hände und fuhr sich leicht über die sanften Hügel. Eine Berührung, die sofort die Erinnerungen in ihr aufsteigen ließen an das, was Dax getan hatte, an seine Liebkosungen, an seinen Mund. Unerträgliche Hitze breitete sich aus, brannte auf ihrer Haut.

Beschämt und verlegen über ihre körperlichen Bedürfnisse hastete sie ins Bett und wickelte die Decke fest um sich. Nie war ihr ein Bett so leer und ungemütlich erschienen. Sie legte ein Kissen neben sich, schmiegte sich daran, strich mit der Hand darüber, stellte sich vor, es wäre warme, feste Haut, wünschte sich, es würde Worte zu ihr sagen – die Worte eines Liebhabers.

Doch es bot ihr keine Erleichterung. Der Schmerz in ihrem Herzen gewann die Oberhand, und die Tränen begannen zu fließen.

Am nächsten Morgen fühlte Keely sich besser – oder zumindest hatte sie einen Entschluss gefasst. Sie hatte mit dem Feuer gespielt, und wenn sie sich die Finger verbrannt hatte, dann war das allein ihre Schuld. Hatte sie Nicole nicht immer und immer wieder erklärt, dass es keinen Sinn machte, sich mit einem Mann einzulassen, weil es unweigerlich in einer Katastrophe endete? Bei Dax Devereaux hatte sie ihre eigenen Ratschläge missachtet. Nur schade, dass sie ihrer Freundin gegenüber nicht auftrumpfen konnte, dass sie, Keely, am Ende doch Recht hatte. Niemand, weder Nicole noch irgendjemand anders, würde je von Dax erfahren. Was gab es da auch schon groß zu erzählen? Es war vorbei, noch bevor es angefangen hatte.

Ihr zimtfarbenes Crepe-Kleid passte keineswegs zu ihrer militärischen Haltung, aber sie redete sich ein, es wäre so. Das Haar hatte sie zu einem strengen Knoten im

Nacken zusammengebunden, auf Schmuck verzichtete sie. Sie wollte weder feminin wirken noch sich verletzlich fühlen.

Sie hatte Betty vorhin angerufen und sich mit ihr verabredet, um zusammen zum Capitol Hill zu fahren, wie am ersten Tag. Bei ihrer Ankunft streckte Keely den Rücken durch und hob das Kinn, bevor sie den Sitzungssaal betrat. Sie blickte weder nach links noch nach rechts. Sie nahm ihren Platz ein und steckte die Nase tief in ihre Unterlagen, ohne jedoch ein Wort zu begreifen.

Erst als der Abgeordnete Parker die Sitzung eröffnete, blickte sie auf. Ganz bewusst vermied sie es, in Dax' Richtung zu sehen, trotzdem wusste sie, dass er anwesend war. Er trug ein graues Jackett und ein hellblaues Hemd, das hatte sie aus dem Augenwinkel erkannt. Sie verbot es sich jedoch, den Blick von Mr. Parkers Gesicht zu nehmen.

„Wir werden jetzt noch einmal einen Vertreter des Militärs hören. Colonel Hamilton wird eine eidesstattliche Erklärung über die Schritte abgeben, die diverse militärische Abteilungen unternommen haben, um die Vermissten zu finden. Colonel Hamilton, Sie haben das Wort."

Volle zwei Stunden lang las der Colonel mit näselnder Stimme jedes einzelne Wort vom Papier ab. Wäre Keely nicht innerlich so angespannt gewesen, wäre sie wahrscheinlich eingenickt. Ab und zu ließ sich über der monotonen Litanei Mr. Walshs Schnarchen ausmachen.

Keely studierte ausführlich ihre Fingernägel, die Holzmaserung des Tisches, die Spinnweben im Kronleuchter des Saales. Zu Dax schaute sie nicht. Betty neben ihr rutschte unruhig auf dem Stuhl und lehnte sich zu ihr hinüber.

„Gut, dass er ein solcher Langweiler ist“, flüsterte sie. „Diese Erklärung könnte uns wirklich schaden, wenn ihm auch nur irgendjemand zuhören würde.“

Erst kurz vor Mittag fand Colonel Hamilton endlich zu den abschließenden Worten. Mr. Parker schlug den Hammer und weckte damit alle auf. Er blickte zu Keely. „Mrs. Williams, bevor die Sitzung geschlossen wird, möchten Sie noch etwas anfügen?“

Diese außerplanmäßige Höflichkeit überrumpelte Keely, nervös befeuchtete sie mit der Zungenspitze ihre Lippen. Sie setzte sich gerade in ihrem Stuhl auf und war selbst überrascht über die Gefasstheit in ihrer Stimme. „Nur, dass wir alles Nötige aufgeführt haben. Ich spreche für uns alle, wenn ich sage, dass ich nicht glauben kann, dass Sie, als Vertreter des amerikanischen Volkes, auch nur mit dem Gedanken spielen, ein Gesetz vorzulegen, welches einen Bürger unseres Landes für tot erklärt, ohne Beweise für dessen Tod vorlegen zu können. Sicher, es würde Steuergelder sparen. Aber was ist das Leben eines Menschen wert? Kann etwas so Wesentliches überhaupt in Zahlen ausgedrückt werden? Ich persönlich denke, dass viele dieser Männer noch am Leben sind und gefunden werden können. Aber selbst wenn sie nicht gefunden werden, haben ihre Familien es dann nicht verdient, für die ertragenen Leiden respektiert zu werden? Sollte der Kongress diese Männer für tot erklären lassen und die Zahlungen einstellen, dann hat Amerika seine Söhne auf grausamste Weise verstoßen."

Mr. Parker lächelte sie zustimmend an, während die Zuhörer im Saal applaudierten. Er blickte zu beiden Seiten des Tisches entlang, so als wolle er jeden davor warnen, ihr zu widersprechen. Da niemand es tat, nahm er den kleinen Holzhammer zur Hand und schlug damit laut auf den Tisch. „Wir legen eine Pause ein. Die Sitzung wird um vierzehn Uhr dreißig fortgesetzt. Dann werden wir unsere Entscheidung verkünden. Die Mitglieder des Ausschusses werden sich nach einer kurzen Mittagspause bitte um Viertel vor zwei wieder hier zur Diskussion versammeln." Noch einmal krachte der Hammer auf das Pult, damit waren alle entlassen.

Keely wurde sofort von Reportern und Fotografen umringt. Sie beantwortete die Fragen, so gut sie konnte, während sie auf den Ausgang zustrebte. Kaum aus dem Saal heraus, machte sie sich von dem aufdringlichen Pulk frei und flüchtete auf die Damentoilette. Betty folgte ihr auf dem Fuß.

„Du warst wunderbar, Keely. Danke." Die ältere Frau umarmte sie. Doch als sie wieder zurücktrat, war sie erschreckt über Keelys mitgenommenen Gesichtsausdruck. „Ist alles in Ordnung mit dir? Du bist bleich wie ein Gespenst."

„Nein, schon gut, wirklich.“ Es fiel schwer, das zu glauben, wenn sie so nach Luft rang. „Es war so voll da drinnen, und dann die Kameras und Blitzlichter. Ich will nicht ständig im Mittelpunkt stehen.“

„Es würde helfen, wenn du nicht so schön, so tragisch und so heldenhaft aussehen würdest.“ Da auf Keelys Lippen nicht das geringste Anzeichen eines Lächelns erschien, schob Betty hastig nach: „Warum gehe ich nicht vor und verscheuche die Meute? Ich warte bei der Treppe auf dich. Lass dir nur Zeit.“ An der Tür drehte sie sich noch einmal um. „Keely, ich glaube, wir haben gewonnen.“

Zum ersten Mal lächelte Keely jetzt. „Ich denke auch.“

„Also, bis gleich.“

Keely ließ sich auf einen abgenutzten Stuhl sinken und schlug die zitternden Hände vor das blasse Gesicht. Es war vorbei. Oder zumindest so gut wie. Jeder klopfte ihr voller Anerkennung auf die Schulter, und sie hatte es nicht verdient. In Gedanken sagte sie sich das immer wieder. Sie atmete tief durch und zwang sich dazu aufzustehen. Sie ging zum Waschbecken hinüber, wusch sich die Hände, strich sich glättend über das Haar und trug frischen Lippenstift auf, was ihre Blässe noch deutlicher hervortreten ließ.

Sie nahm Mantel und Handtasche, öffnete die Tür und trat auf den leeren Gang. Sie blickte erst in die eine Richtung, wollte sich dann umwenden, doch sie verharrte mitten in der Bewegung und schnappte nach Luft. Dax stand direkt vor ihr.

„Langsam, langsam. Das ist nur ein weiteres unserer zufälligen Treffen“, sagte er leise mit einem unverfänglichen Lächeln.

Keely sah über seine Schulter und erkannte Bettys Gestalt am Ende des langen Korridors. „Was tust du hier?“

„Ich arbeite als Mitglied der Kommission“, gab er knapp zurück. Sie wollte sich an ihm vorbeischieben, doch er hielt sie am Arm fest. „Entschuldige, eine dumme Bemerkung. Aber … Herrgott noch mal, ich muss mit dir reden.“ Er ließ ihren Arm los, und als sie nicht sofort davoneilte, fuhr er leise und viel sagend fort: „Die ganze Nacht habe ich versucht, dich zu erreichen, aber du hast den Hörer neben das Telefon gelegt. Ich habe an der Rezeption angerufen und darum gebeten, dass man nach dir sieht, aber ein Mr. Bartelli teilte mir mit, dass er bereits bei dir gewesen und alles in Ordnung sei. Du wolltest nur allein gelassen werden.“

„Das stimmt. Das gilt auch jetzt.“

„Dann hast du Pech.“

„Dax …“

„Pst, da kommt Lauscherohr Van Dorf. Fliegst du mit der Acht-Uhr-Fünfzig-Maschine zurück nach New Orleans?“

„Ja.“

„Wir werden dann weiterreden.“ Er sprach jetzt lauter. „Nun, Mrs. Williams, aus dem Bauch heraus würde ich sagen, das Komitee wird diese Gesetzesvorlage vom Tisch wischen. Hallo, Al. Warum sind Sie nicht mit den anderen netten Presseleuten zum Lunch gegangen?"

„Weil ich nicht nett bin." Al Van Dorf lächelte sein verschlagenes Lächeln. „Mrs. Williams, Sie waren eloquent wie immer. Meinen Sie auch wirklich alles so, wie Sie es sagen?"

Seine unverschämte Frage überrumpelte sie. „Aber natürlich!" antwortete sie hitzig.

„Schon gut, schon gut. Ich frage ja nur. Übrigens, ich habe gestern den ganzen Tag versucht, Sie zu erreichen. Für einen Kommentar. Der Portier im Hilton sagte mir, Sie wären am Vormittag von einem silbernen Sportwagen abgeholt worden."

Keely widerstand der Versuchung, Dax einen besorgten Blick zuzuwerfen. Stattdessen erwiderte sie völlig gelassen: „Ja, das ist richtig. Ich habe mit einem Freund eine kleine Besichtigungstour gemacht."

„Nicht gerade das ideale Wetter für einen Ausflug, was, Mrs. Williams?"

„Nein, da haben Sie Recht."

„Aber Sie sind trotzdem gefahren. Hmm. Sie würden mir nicht verraten wollen, um wen es sich bei diesem Freund gehandelt hat, wie?"

„Nein, Mr. Van Dorf, das würde ich nicht. Es geht Sie nämlich nichts an."

Van Dorf rieb sich das Kinn und musterte sie durchdringend. Keely hielt seinem Blick stand, ohne mit der

Wimper zu zucken. Sie konnte nur hoffen, dass er nicht merkte, wie hart ihr Herz gegen die Rippen hämmerte. Schließlich drehte er sein fuchsgleiches Gesicht zu Dax. „Sie waren auch nicht aufzufinden, Mr. Devereaux. Seltsam, nicht wahr, dass man Sie beide entweder zusammen antrifft, so wie jetzt, oder gar nicht."

„Ich muss schon sagen, es ist ausgemachtes Pech, dass ich Ihnen gestern nicht für ein Interview zur Verfügung stand, Al. Sie wissen doch, ich lasse mir nur äußerst ungern die Chance auf ein wenig Publicity entgehen." Dax' Lächeln war so echt, dass selbst Keely es ihm glatt abgenommen hätte. Wie weit konnte man überhaupt etwas, das Dax von sich gab, für bare Münze halten?

„Wenn die Herren mich dann entschuldigen würden … Mrs. Allway wartet auf mich." Ohne ein weiteres Wort ließ Keely die beiden stehen und ging davon. Nur ihrer Willenskraft war es zu verdanken, dass sie nicht fluchtartig den Gang hinunterrannte.

Es war keine große Überraschung, als der Abgeordnete Parker den gespannt lauschenden PROOF-Mitgliedern und allen anderen im Saal verkündete, dass die Gesetzesvorlage, die als vermisst geltenden Soldaten für tot erklären zu lassen, vorerst in der Schublade verschwinden würde. Er würdigte den Einsatz aller und schloss ein letztes Mal die Sitzung.

Die PROOF-Mitglieder umarmten Keely und Betty

gerührt. Presseleute kamen und gratulierten. Ausschussmitglieder, die offensichtlich gegen die Vorlage gestimmt hatten, kamen zu Keely, um sie persönlich für den errungenen Sieg zu beglückwünschen.

Keely spürte die magnetische Anziehungskraft von Dax' Blick von der anderen Seite des Raumes und erwiderte ihn. Al Van Dorfs Andeutungen waren eine Warnung gewesen, und Dax hatte nicht vor, seinen oder Keelys Ruf zu untergraben, indem er erneut in aller Öffentlichkeit mit ihr sprach. Doch sein Blick beglückwünschte sie zu ihrem Triumph. Und er drückte noch mehr aus: Stolz. Stolz auf die Frau, die sie war. Unter seinem stillen Lob gaben Keelys Knie leicht nach.

Er nickte ihr unmerklich zu, bevor er sich zum Gehen wandte, so als wolle er ihr damit sagen: „Wir sehen uns später."

Aber sie würden sich nicht sehen. Nach einem hastigen Lunch – sie nahm kaum wahr, was sie aß – war Keely ins Hotel gefahren, hatte ihren Koffer gepackt und das Gepäck vom Hotelservice am Flughafen einchecken lassen. Dann hatte sie telefonisch ihren Flug umgebucht. Sie würde eine frühere Maschine nehmen.

Sie und Dax hatten sich nichts zu Schulden kommen lassen – noch nicht. Aber man durfte das Glück nicht in Versuchung führen. Dieses Mal war sie unbeschadet davongekommen, was sie nur noch entschlossener machte, sich nicht mit einem Mann einzulassen, bis sie genau wusste, was mit Mark passiert war. „Ich bin immer noch verheiratet", hatte sie unablässig vor sich hin gebetet.

Auch jetzt wiederholte sie still die Worte, während sie dem davongehenden Dax nachschaute und gegen den Drang ankämpfte, ihm nachzurennen und ihn anzuflehen, sie zu halten und mit seiner Stärke zu beschützen.

Betty war enttäuscht, als sie erfuhr, dass Keely früher abreiste. „Ich dachte, wir könnten heute Abend alle zusammen ausgehen und noch einmal so richtig feiern. Ich weiß, dass die anderen erst morgen abfliegen."

„Sei nicht böse, Betty, aber ich muss wirklich zurück. Beim Sender waren sie nicht gerade begeistert, dass ich so lange freinehme." Was nicht stimmte. Ihr Arbeitgeber war stolz auf sie, dass sie sich für die vermissten Soldaten einsetzte und so viel Energie in PROOF steckte. Noch eine Lüge. Seit sie Dax getroffen hatte … „Ich habe schon angerufen und Bescheid gesagt, dass ich morgen wieder arbeite. Trinkt ein Glas Champagner für mich mit."

„Das werden wir." Betty lachte. „Mehrere sogar, wahrscheinlich. Pass auf dich auf, Keely. Du weißt gar nicht, wie viel du uns bedeutest. Keiner hätte uns besser vertreten können als du. Nochmals vielen Dank."

Vor dem Kongressgebäude winkte Keely ein Taxi heran und ließ sich direkt zum Flughafen bringen. Automatisch durchlief sie die Prozedur des Eincheckens für den Inlandsflug. Ihre Gedanken kreisten um Dax. Was würde er tun und wie würde er sich fühlen, wenn er feststellte, dass sie nicht mit der gleichen Maschine wie er flog? Würde er sich Sorgen machen? Wütend sein? Oder beides? Würde er wissen wollen, welchen Flug Mrs. Keely Williams genommen hatte? Oder würde er nach Keely Preston fragen? Weder noch. Er konnte sich beides nicht leisten.

Worüber hatte er mit ihr reden wollen? Er war nicht verärgert gewesen wie gestern Abend, als sie vor dem Hotel aus dem Wagen gestiegen war. Was hätte er ihr heute Abend gesagt? Es war unwichtig. Nichts würde die Umstände ändern können.

Keely legte den Sicherheitsgurt an, als die Maschine startete. Sie lehnte das Dinner freundlich ab und klappte den Sitz zurück, tat, als schliefe sie, um der Fürsorge der Stewardess zu entgehen.

Es war ein Routineflug. Diesmal gab es kein Gewitter. Aber es wäre ja sowieso niemand da gewesen, um ihre Hand zu halten.

7. KAPITEL

„Warum kommst du denn nicht mit uns?“ „Das habe ich dir doch schon erklärt, Nicole. Ich habe einfach keine Lust.“

„Das ist keine Erklärung.“

„Das ist die beste überhaupt.“

„Himmel, wie mich dieses Schmollen anödet.“

„Dann lass mich doch endlich in Ruhe“, rief Keely und stieß sich aufgebracht von ihrem Schreibtisch ab. Mit verschränkten Armen stellte sie sich ans trübe Fenster und starrte aus dem zweiten Stock auf die Chartres Street hinab. Es war ein grauer, verregneter Tag im French Quarter und er passte daher genau zu ihrer Stimmung. Während der letzten Tage war sie Nicole ausgewichen, aber jetzt hatte die Freundin sie in ihrem Büro beim Sender festgenagelt.

Ihr „Büro“ war eigentlich kaum mehr als eine Abstellkammer am Ende eines langen, dämmrigen Korridors auf der Rückseite des Gebäudes. Zwei alte Schreibtische in abstoßendem Olivgrün waren hier hereingepfercht worden. Keely teilte sich das Zimmer mit einem Musikmoderator, der von Mitternacht bis sechs Uhr morgens arbeitete und den sie noch nie gesehen hatte. Sie kannte ihn nur von dem Foto auf seinem Schreibtisch, das ihn zusammen mit einer langbeinigen Blondine zeigte und signiert war mit: „Es hat Spaß gemacht, Cindy.“

Keely schloss seufzend die Augen. Sie wünschte sich, dass, wenn sie die Augen wieder aufmachte, der Regen etwas von dem Schmutz auf dem Fenster weggewaschen haben würde. Aber dem war nicht so. Genauso wenig, wie der dumpfe Schmerz in ihrem Herzen verschwunden war. Weder das eine noch das andere war Nicoles Schuld, und jetzt tat es ihr Leid, dass sie die Freundin so angefaucht hatte. Nicole belagerte sie bloß so, weil sie sich Sorgen machte. Keely drehte sich wieder zu ihr um.

„Entschuldige", sagte sie, „ich habe nur schlechte Laune. Ich sollte sie nicht an dir auslassen."

Nicole setzte sich schwungvoll auf den Schreibtisch des Diskjockeys, wobei sie das Foto von Cindy gefährlich ins Wanken brachte. „Nein, das solltest du wirklich nicht. Wenn man dich so ansieht, könnte man glauben, ich sei der letzte Freund, den du auf Erden noch hast. Also solltest du mich besser anständig behandeln." Sie verschränkte die Arme über der üppigen Oberweite und betrachtete Keely lauernd. „Ich komme halb um vor Neugier, ist dir das klar? Wann gibst du endlich nach und erzählst es mir?"

„Was sollte ich dir denn erzählen?" stellte Keely unschuldig die Gegenfrage und widmete sich mit voller Aufmerksamkeit einer Fluse auf ihrem Blazerärmel.

„Du sollst mir erklären, warum du hier wie ein Zombie durch die Gänge schleichst, seit du aus Washington zurück bist. Erkläre mir, warum du so miserabel aussiehst. Und vor allem, warum du deiner besten Freundin nicht anvertrauen willst, was dich erkennbar bedrückt."

„Sag mal, sind das neue Ohrringe?"

„Wage es nicht, mich mit so plumpen Ablenkungsmanövern abzufertigen, Keely Preston", warnte Nicole. „Ich will wissen, was dir passiert ist, dass du jetzt noch schlechter drauf bist als vorher. Und das will weiß Gott was heißen. Also, komm schon. Ich werde dieses Zimmer nicht eher verlassen, bis du es mir gesagt hast."

„Wer hat dich denn aufgefordert, mir zu sagen, wie ich drauf bin?" fragte Keely schnippisch.

„Ich. Du brauchst nämlich ganz offensichtlich jemanden, der dich davon abhält, dich gänzlich in dein Schneckenhaus zurückzuziehen. Also Keely, was ist los?"

Keely ging die paar Schritte zurück zu ihrem Tisch und ließ sich auf den ächzenden Stuhl fallen. Sie schloss die Augen und lehnte den Kopf an das abgewetzte Lederimitat, doch auch das half nicht, die Kopfschmerzen, die seit ihrer Rückkehr immer wiederkehrten, zu mildern. „Du weißt doch, was los ist, Nicole. Du sagst selbst, dass ich immer so bin, nachdem ich mit PROOF zu tun hatte."

„Schon, aber diesmal hast du wirklich den Vogel abgeschossen. Du müsstest doch überglücklich sein. Jetzt streite bloß nicht ab, dass du dich miserabel fühlst. Denn das weiß ich besser. Neben dir wirkt Hamlet ja wie ein Zirkusclown."

Keely lächelte müde. „Ich bin glücklich über das, was wir erreicht haben. Ich bin einfach nur erschöpft."

„Das reicht nicht. Versuch's noch mal."

„Mir steht im Moment nicht der Sinn nach Gesellschaft, das ist alles." *Ich habe einen Mann getroffen. Einen wunderbaren Mann. Er hat mich geküsst, mich berührt. Wie nie ein Mann vor ihm. Ich glaube, ich habe mich in ihn verliebt. Was soll ich jetzt nur machen?* Wie würde Nicole wohl reagieren, wenn sie das laut aussprach?

„So funktioniert das nicht, Keely. Du musst mal unter Menschen. Komm schon, geh mit uns zusammen auf diesen Empfang. Wir werden auch nicht lange bleiben, Ehrenwort. Wenn du sagst, es wird Zeit zu gehen, brechen wir sofort auf."

„Ich will nicht."

„Es ist aber das, was du brauchst, verflucht!" Nicole wurde ärgerlich. „Schmeiß dich in Schale, genehmige dir einen Drink oder auch zwei. Tanze. Lebe, Keely." Sie sprang vom Schreibtisch und stemmte die Hände in die Hüften. „Wenn du nicht mitkommst, muss ich Charles ganz allein ertragen. Das würdest du mir doch nicht antun, oder?"

Diesmal musste Keely lachen. „Wann erbarmst du dich endlich des armen Kerls? Ich weiß, wie verrückt du nach ihm bist. Du willst es nur nicht zugeben. Na schön, also gut." Sie hob abwehrend die Hände, als Nicole etwas sagen wollte. „Außerdem wärst du ja gar nicht allein mit

Charles. Du hast etwas von einem zusätzlichen Mann erwähnt."

„Stimmt. Um ehrlich zu sein, ist er genauso langweilig wie Charles. Wenn ich das aushalte, kannst du das auch. Aber es geht vor allem darum, dass du mal rauskommst und dich nicht nur zu Hause einschließt, dass du mal andere Menschen triffst, anstatt dich immer nur mit dir selbst zu beschäftigen."

„Wo findet es statt, und was ist es überhaupt?" Keelys Widerstand erlahmte.

„Im Marriott Hotel, ganz formell. Irgendwas mit der Künstlerliga. Charles repräsentiert den Fernsehsender, weil der irgendwelche Clips für die Liga übernimmt. Wir holen dich dann um acht Uhr ab."

„Ach, ich weiß nicht recht, Nicole", zögerte Keely immer noch.

„Acht Uhr", wiederholte Nicole bestimmt. „Und mach um Gottes willen etwas mit deinem Haar. Ich hasse es, wenn du es so streng zurückkämmst. Du siehst aus wie Jane Eyre."

„Du hast heute ja regelrecht eine literarische Ader, Nicole. Erst Hamlet und jetzt Jane Eyre. Hast du überhaupt je eines dieser Bücher gelesen?"

Nicole lachte gutmütig und rauschte zur Tür. „Der Himmel bewahre, nein. Ich lese nur pornografische Literatur. So bleibe ich immer in Übung." Sie blinzelte herausfordernd, bevor die Tür hinter ihr ins Schloss fiel.

Noch auf dem Gang hörte Keely sie rufen: „Denk dran, um acht."

Acht Uhr. Würde sie sich bis dahin in der Lage fühlen, sich der Welt zu stellen? Sie bezweifelte es. Bis jetzt war sie ja auch nicht bereit dazu gewesen. Irrtümlicherweise hatte sie sich eingebildet, sobald sie aus Washington fort und wieder bei der Arbeit war, würden die Erinnerungen an Dax und alles Geschehene verblassen. Doch so war es nicht. Je länger sie von ihm getrennt war, umso mehr bemächtigte er sich ihrer Gedanken. Jede einzelne Minute des Tages fragte sie sich, was er wohl gerade machte, mit wem er gerade zusammen war, was er wohl anhatte, was er fühlen mochte, ob er an sie dachte.

Es war falsch. Und es war verrückt, an einem unmöglichen Traum festzuhalten, aber sie konnte nicht anders. Oft starrte sie auf das Telefon, versuchte es mit ihren Gedanken zum Klingeln zu bringen. Irgendwo in einer geheimen Ecke ihres Bewusstseins wünschte sie sich, er würde anrufen. Immerhin war sie nicht im Flugzeug gewesen, wie sie gesagt hatte. Interessierte es ihn denn gar nicht, was mit ihr geschehen war? Sicher, wenn er in New Orleans war, hatte er sie in den vergangenen Tagen im Radio hören können und wusste zumindest, dass sie noch lebte.

Ganz augenscheinlich drückte sein Desinteresse seine Einstellung zu dem kleinen Zwischenspiel in Washington aus. Mehr war es wohl nicht gewesen. Ein Zwischenspiel. Für ihn musste es noch dazu ein enttäuschendes gewesen sein. Dax Devereaux brauchte sich nicht mit Frauen wie ihr aufzuhalten, es gab genügend, die ihm nur allzu gern zur Erfüllung seiner Wünsche zur Verfügung standen.

Nicole hatte Recht. Sie war am Ende einer Sackgasse angekommen. Sie musste sich umdrehen und die andere Richtung einschlagen, sonst würde sie nur weiter gegen die Wand rennen. Heute Abend würde sie sich bewusst bemühen, in die Welt der Lebenden zurückzukehren.

Keely sah auf ihre Armbanduhr. Sie musste bald zu einem Meeting mit einem Sponsor, und sie hatte sich noch nicht einmal die Unterlagen angesehen.

Sie nahm einen kleinen Handspiegel aus ihrer Handtasche und musste zugeben, dass Nicole auch hier Recht hatte. Sie sah grauenhaft aus. Ihr Teint war fahl, ihre Augen trübe, ihr Haar eine Zumutung. Sie hatte sich nicht mehr um ihre Nägel gekümmert, seit sie aus Washington zurück war.

„Okay, Keely, du hast lange genug Trübsal geblasen", sagte sie grimmig zu ihrem Spiegelbild und klappte den Spiegel wieder zu. Bevor sie sich in die Kopie der Reklamesendung über die Vorteile von stahlverstärkten Autoreifen vertiefte, rief sie in einem Schönheitssalon an und machte einen Termin aus.

Nicht schlecht, dachte Keely, als sie das Resultat von zwei Stunden im Salon und einer Stunde Körperpflege zu Hause betrachtete. Ihr Haar war nachgeschnitten, keine gebrochenen Spitzen mehr, sondern jetzt zu einer lockeren Frisur aufgesteckt, weich und elegant. Einige Strähnen umspielten Nacken und Wangen.

Sie hatte eine Gesichtsmaske aus Weizenmehl aufgelegt, ihr Teint strahlte wieder. Das dezente, geschmackvolle Make-up war perfekt, und wenn auch der traurige Ausdruck in ihren Augen nicht ganz verschwunden war, so war er doch zumindest bei weitem nicht mehr so offensichtlich.

Als es klingelte, griff sie ihre Abendtasche, schwang sich das schwarze Satincape über die Schultern und ging zur Tür, um ihre „Verabredung“ zu begrüßen.

Wie Nicole schon gesagt hatte, war der Mann nicht sehr aufregend, stellte sich aber höflich als Roger Patterson vor und geleitete sie galant zum Wagen, der am Straßenrand auf sie wartete. Er vermittelte zwischen der Künstlerliga und den Medien. Keely fand, dass er seinen Beruf unklug gewählt hatte, denn er war ein so zurückhaltender und unauffälliger Mensch, dass man ihn keine fünf Minuten nach der Vorstellung vergessen haben würde.

Er hielt ihr die hintere Tür von Charles' Mercedes auf, und sie stieg ein. „Du siehst fantastisch aus“, grüßte Nicole.

„Woher willst du das wissen?“ fragte Keely düster zurück. „Du hast mich doch noch gar nicht gesehen.“

„Na, es konnte ja nur besser werden.“

„Du siehst wirklich bezaubernd aus, Keely“, meldete sich jetzt Charles und lächelte sie im Rückspiegel an.

„Hallo, Charles. Wie geht es dir?"

„Danke, gut."

„Hast du dich mit Randy schon bekannt gemacht?" Nicole drehte sich auf dem Beifahrersitz nach hinten um.

„Roger", korrigierte der ruhig.

„Oh, tut mir Leid."

„Ja, wir haben uns vorgestellt", warf Keely hastig ein und schenkte ihrem Begleiter ein freundliches Lächeln.

Sie fuhren bis zum Eingang des Marriott Hotels, wo Charles den Wagen einem der Angestellten zum Parken überließ. Dann betraten sie das Hotel durch die Seitentür und durchquerten die Lobby, die bereits voll von Männern im Smoking und Frauen in Abendkleidern war.

„Ich denke, der Empfang ist im dritten Stock in einem der Ballsäle", sagte Roger unnötigerweise, denn überall in der Lobby wiesen Schilder auf Messingtafeln den Weg.

„Oh, ich liebe solche Veranstaltungen!" Nicole ließ den Blick über die Menge schweifen und registrierte genauestens, wer mit wem gekommen war und was sie trugen.

Sie waren auf dem Weg zu den Rolltreppen, als Nicole leise ausrief: „Madeline Robins trägt mal wieder ihre berühmten Diamanten, wie ich sehe. Mit diesem Kleid sehen sie aus wie billiger Tand. Und bei wem hängt sie da am Arm? Oh, das ist Dax Devereaux. Sieh nur, Keely, du hast ihn doch bestimmt kennen gelernt, oder?"

Keely blieb das Herz stehen. Als sie zu stolpern drohte, legte Roger stützend eine Hand an ihren Ellbogen. Sie folgte Nicoles Blick, und der Atem stockte ihr, als sie den dunklen Schopf erblickte, der an den Schläfen mit diesem faszinierenden Silber gesprenkelt war und unverkennbar nur einem Mann gehören konnte.

Im gleichen Moment, als sie Dax sah, lehnte er sich ein wenig nach hinten und lachte herzlich über eine amüsante Bemerkung, die die umwerfend attraktive Frau neben ihm wohl gemacht haben musste. Dann erblickte er Keely.

Seine Reaktion auf sie war ebenso heftig wie ihre auf ihn. Sein Lachen erstarb abrupt. Er wirkte, als hätte ihm jemand einen Schlag versetzt, und er könnte es nicht ganz begreifen.

„Wirst du ihn ansprechen, Keely?“ wollte Nicole gespannt wissen.

„N… nein“, stotterte Keely und wandte hastig den Blick. „Er ist mit anderen Leuten hier. Vielleicht, wenn ich ihn später sehen sollte. Schließlich kenne ich ihn kaum. Wahrscheinlich erinnert er sich nicht einmal an mich.“

Der Blick, mit dem Nicole sie bedachte, war eindeutig: Lügnerin, drückte er aus. Aber Nicole hakte nicht nach, während sie mit der Rolltreppe nach oben fuhren. Unter dem Vorwand, ihr Cape zu richten, sah Keely über die Schulter in die Lobby hinunter. Dax schaute ihr nach, während sie immer höher fuhr.

Sie zwang sich dazu, sich abzuwenden und wieder an dem Geplauder der anderen zu beteiligen. Im dritten Stock erlaubte sie Roger, ihr das Cape von den Schultern zu nehmen. Er verschwand in dem Pulk anderer Männer, die zur Garderobe strebten.

Charles blieb kurz die Luft weg, als er Nicole den Fuchsmantel abnahm. „Dir springen gleich die Augen raus", neckte sie. Allerdings trug sie auch wirklich ein gewagtes Kleid. Georgette, schwarz, mit großzügigen Schlitzen an Ärmeln und Seiten. Es ließ mehr erahnen als es enthüllte, aber die Wirkung war überwältigend. Nicole sah – wie immer – atemberaubend aus.

Und obwohl es ihr nicht bewusst war, sah Keely ebenfalls umwerfend aus. Der schwarze ausgestellte Cocktailrock gab den Blick auf ihre verlockenden Beine frei, die kirschrote Bluse schmiegte sich an ihren Oberkörper wie eine zweite Haut, betonte jede Kurve. Die schwarzen Satinpumps waren mit dünnen Riemchen aus Strasssteinen an ihren Fesseln befestigt.

„Hört euch nur diese herrliche Musik an", schwärmte Nicole und wiegte sich leicht im Takt. „Komm, Charles, tanz mit mir."

Der Angesprochene warf einen besorgten Blick auf ihre Brüste, die nur von dem weichen Stoff bedeckt wurden. „Gut. Aber solltest du dich mitreißen lassen und aus diesem Kleid herausfallen, werde ich dich sofort nach Hause bringen."

„Und was würde dann dort passieren?" fragte sie mit einem zweideutigen Lächeln und zog Charles auf die Tanzfläche.

Keely lachte. Sie mochte Charles Hepburn, und sie wusste, er liebte Nicole wirklich. Er war schon etwas älter, mindestens Mitte vierzig, aber die ersten Anzeichen seines sich lichtenden Haars vermittelten Zuverlässigkeit. Seinen Körper hielt er durch tägliches Training in einem Fitnessstudio in Form. Seine schlanke, drahtige Gestalt strahlte eine Kraft aus, auf die so manch jüngerer Mann stolz sein würde. Er war ein ruhiger Mensch und verfügte über tadellose Manieren. Manchmal dachte Keely, es würde Nicole ganz gut tun, wenn er endlich einmal aufbrausen würde, aber seine Geduld schien unerschöpflich.

Ganz gleich, wie vehement Nicole es auch abstritt, Keely wusste, dass der Freundin sehr viel an Charles lag, mehr, als sie zugeben wollte. Vielleicht ängstigte Charles' unerschütterliche Gelassenheit die scheinbar so sorglose Nicole. Während Keely den beiden beim Tanzen zuschaute, war sie überzeugt, dass, welche Gefühle auch immer zwischen den beiden bestanden, diese sehr tief gingen. Nicole lächelte Charles an und schmiegte sich in einer Art an ihn, der er unmöglich widerstehen konnte. Mit der Hand streichelte er über ihren Rücken. Keely wünschte, die beiden würden endlich aufhören, sich und anderen etwas vorzumachen, und zugeben, was sie füreinander empfanden.

„Möchten Sie vielleicht tanzen?“ Rogers zögerliche Frage riss sie aus ihren Gedanken. Sie hatte den armen Mann glatt vergessen.

„Im Moment lieber nicht. Später vielleicht. Aber ich

hätte gern etwas zu trinken." Sie trank eigentlich nur selten, aber Dax wiederzusehen, vor allem zusammen mit Madeline Robins, hatte ihr mehr zugesetzt, als sie hätte ahnen können.

„Ja, natürlich, sofort." Roger schien erleichtert, etwas zu tun zu haben. „Was hätten Sie denn gern?"

„Etwas Kühles. Einen Wodka auf Eis?"

„Wodka auf Eis also. Ich bin gleich wieder zurück." Roger bahnte sich einen Weg durch die Menge und war gleich darauf verschwunden. Jetzt ganz allein, fühlte Keely sich unsicher. Sie ging zu einem freien Tisch und reservierte die Plätze. Als die Musik ausklang, winkte sie Nicole und Charles zu, die von der Tanzfläche kamen.

Mit Drinks versorgt, verging die erste Stunde des Empfangs in unbeschwerter und angenehmer Gesellschaft. Leute, die sie kannten, kamen zum Tisch, um zu plaudern. Andere, die sie nicht kannten, kamen, um sich vorzustellen und sie kennen zu lernen. Keely war sich bewusst gewesen, dass Nicole eine gefeierte Persönlichkeit war, aber es erstaunte sie immer wieder, dass man sie offenbar in dem gleichen Licht sah. Oft, wenn man sie vorstellte und ihr Gegenüber das Gesicht der bekannten Stimme aus dem Radio zuordnete, wurden die Leute verlegen und verstummten.

Gesellschaftsgrößen waren anwesend, ein paar Spieler der New Orleans Saints waren ebenfalls da, viele Stars, die in der Stadt gastierten, waren eingeladen worden, an diesem Wohltätigkeitsball teilzunehmen. Es war eine illustre, schillernde Gesellschaft, die Atmosphäre aufregend. Das üppige Büfett war exquisit, die Musik nicht zu übertreffen.

Und Keely wäre am liebsten gleich nach ihrer Ankunft wieder gegangen.

Entsetzt und elend hatte sie feststellen müssen, dass der Tisch, an dem Dax mit Madeline und drei anderen Paaren saß, ganz in der Nähe ihres Tisches stand. Sie war gezwungen, mit anzusehen, welche Aufmerksamkeit Dax der anderen Frau zuteil werden ließ. Er brachte ihr die Getränke. Sie stibitzte etwas von seinem Teller, und er schlug ihr spielerisch auf die Finger. Sie küsste ihn auf die Wange. Er half ihr, den verlorenen Ohrring zu finden. Sie tanzten zusammen, sie flüsterten miteinander. Er küsste sie leicht auf den Mund.

Keely entschuldigte sich und machte sich auf die Suche nach der Damentoilette. Dort blieb sie ungebührlich lange. Als sie zurückkam, saßen Nicole und Charles nicht mehr am Tisch, Roger stand auf der anderen Seite des Saales und unterhielt sich mit dem Kapellmeister. Sie nippte an ihrem verwässerten Drink, nur um ihre Hände zu beschäftigen.

„Bereitet es dir eigentlich ein besonderes Vergnügen, Männer an Flughäfen zu versetzen?“

Das Glas rutschte ihr fast aus den Fingern. Sie setzte es vorsichtig ab und drehte den Kopf zu Dax herum, der sich mit beiden Händen auf der Rückenlehne ihres Stuhls abstützte.

„Nein, ich war an jenem Tag nicht sonderlich vergnügt."

„Ich schon. Bis ich am Flughafen ankam, in der Maschine saß und auf dich wartete, ohne zu wissen, wo, zum Teufel, du abgeblieben warst."

Sie hielt seinen vorwurfsvollen Blick nicht aus. „Es tut mir Leid."

„Dann tanze mit mir."

„Wo ist denn Madeline?" konnte sie sich nicht verkneifen zu fragen.

„Kümmert dich das?"

„Dich etwa nicht?"

Er zuckte nur die Schultern, ergriff ihre Hand und führte sie auf die Tanzfläche. Da man sie bereits mit Roger, Charles und einigen anderen Männern hatte tanzen sehen, würde es auch kein Aufsehen erregen, wenn sie mit dem Kongressabgeordneten auf die Tanzfläche ging, oder?

Seine Berührung brannte auf ihrer Haut, sie hätte sich selbst unter Androhung der Todesstrafe nicht davon zurückhalten lassen, sich in seine Arme zu schmiegen. Die Band spielte eine Ballade, ein langsames Liebeslied, dessen Klänge sie beide einhüllten. Das Licht war stimmungsvoll heruntergedreht worden. Dax' Hand lag auf ihrem Rücken, übte leichten Druck aus, streichelte, ohne sich zu bewegen. Seine Lippen berührten ihr Haar.

„Weißt du, was ich jetzt tun möchte?"

Sie schüttelte den Kopf.

„Ich würde gern an deinen Strasssteinen knabbern."

Es dauerte einen Moment, bevor ihr klar war, was er damit sagen wollte. Die einzigen Strasssteine, die sie trug, saßen an ihren Fesseln. Sie lachte atemlos. „Schäm dich."

„Das sind zweifelsohne die verführerischsten Schuhe, die ich je gesehen habe. Ich könnte direkt zum Schuhfetischisten werden."

Sie sah ihn gespielt entsetzt an. „Und deine politische Karriere ruinieren?"

„Oder sie beschleunigen." Er lachte und drückte ihren Kopf wieder sanft an seine Schulter. „Sexuelle Fantasien sind im Moment sehr ‚in', weißt du. In letzter Zeit habe ich mich zu einem regelrechten Experten in Sachen Fetisch entwickelt. Möchtest du mehr darüber hören?"

„Nein, das würde mich nur in Verlegenheit bringen."

Er legte den Kopf schief und sah auf sie herunter. „Ja, das ist sehr wahrscheinlich", flüsterte er. „Schließlich spielst du eine sehr aktive Rolle darin."

„Dax, du solltest nicht so reden."

„Schon gut, entschuldige." Doch er strafte seine Zerknirschtheit Lügen, indem er den Rücken durchstreckte und sich an ihre Brüste presste. Gekonnt wirbelte er Keely über die Tanzfläche, was ihm eine Entschuldigung dafür bot, seine Hand fester in ihr Kreuz zu pressen und sie enger an sich zu ziehen. „Ist es okay, wenn ich dir sage, wie schön du heute Abend aussiehst?"

Sie senkte kurz den Blick, ehe sie Dax wieder ansah. Sie musste diesen Mann einfach ansehen. Es war ein ständiger innerer Kampf. „Ich denke schon. Danke. Du siehst auch sehr elegant in deinem Smoking aus. Er steht dir."

„Wer ist der Mann?" fragte Dax abrupt und lenkte sie tanzend geschickt in die dunkelste Ecke der Tanzfläche.

„Wie?"

„Der Mann, mit dem du gekommen bist. Ist er jemand, wegen dem ich meine Beherrschung vergessen müsste?"

Seine Eifersucht schmeichelte ihr so sehr, dass sie errötete. „Nein. Ich habe ihn erst heute Abend kennen gelernt. Eigentlich bin ich mit Nicole und Charles hier."

„Gut." Er lächelte, und sie erwiderte sein Lächeln. Er legte den Arm fester um sie, aber niemand konnte es bemerken, es sei denn, er hätte den Ausdruck in beider Augen gesehen.

Keely bedauerte jede Frau im Saal, die das Gefühl nicht kannte, von Dax' Armen gehalten zu werden. Der Druck seiner harten Schenkel ließ sie erschauern. Sein Atem strich warm über ihr Gesicht, sie musste sich zurückhalten, um ihn nicht gierig in die Lungen einzuziehen.

Auch Dax setzte es zu, Keely in seinen Armen zu halten. Im Ausschnitt ihrer Bluse wölbte sich der Ansatz ihrer zarten Rundungen, bei deren Anblick und Duft ihm schwindlig wurde. Es verlangte ihn danach, die Lippen auf das zarte Fleisch zu pressen, ihre Haut an seinem Mund zu spüren, seine Zunge darüberfahren zu lassen.

Viel zu früh war der Song zu Ende. Dax lächelte genauso bedauernd wie sie, als er sie zum Tisch zurückgeleitete. Keely stockte, als sie Madeline Robins am Tisch stehen sah, die sich angeregt mit Nicole unterhielt. Dax schob sie vorwärts, bis sie bei der Gruppe angekommen waren.

„Ah, da bist du ja, Darling. Ich fragte mich schon, wann du dich daran erinnern würdest, mit wem du hergekommen bist.“ Madeline hatte ein Lächeln aufgesetzt, doch ihr Blick wanderte abschätzend über Keely.

„Madeline, das ist Keely Williams. Oder Preston, wenn du den Namen vorziehst, den sie in ihrem Beruf benutzt. Sie engagiert sich intensiv für die Sache der vermissten Soldaten. Wir trafen uns kürzlich in Washington.“ Dax sagte all dies so unbeteiligt, als würde er von der stetig steigenden Spannung am Tisch nichts wahrnehmen. „Keely, das ist Madeline Robins.“

„Mrs. Robins“, grüßte Keely kühl.

„Erfreut, Sie kennen zu lernen“, erwiderte Madeline mit falscher Freundlichkeit. „Es tut mir so Leid wegen Ihres Mannes. Nicole erzählte mir gerade, wie tapfer Sie durchs Leben gehen, ohne zu wissen, ob Sie Ehefrau oder Witwe sind.“

Darauf gab es keine Erwiderung, also versuchte Keely es erst gar nicht. Nicole mischte sich ein. „Keely, wir sind dem Herrn Abgeordneten noch gar nicht vorgestellt worden.“

„Oh.“ Keely wandte den Blick von Madeline, die sich besitzergreifend bei Dax eingehakt hatte. In dem glitzernden grünen Kleid, das Madeline trug, mit den langen Gliedmaßen und wie sie sich verführerisch an Dax schmiegte, drängte sich Keely das Bild von wogenden Algen auf. „Entschuldigt. Mr. Devereaux, meine Freundin Nicole Castleman, Charles Hepburn und Roger … äh …“

„Patterson“, ergänzte der bereitwillig und streckte die Hand aus. „Mr. Devereaux, es ist mir eine Ehre, Sie kennen zu lernen. Ich bin ein großer Bewunderer von Ihnen.“

„Danke, Roger. Nennen Sie mich Dax.“

Gott segne Nicole, dachte Keely still, als ihre Freundin die Situation in die Hand nahm. Nicole flirtete unverfänglich mit Dax, sagte ihm, wie lange sie ihn schon habe kennen lernen wollen, ihn aber immer verpasst habe. Er erwiderte, er habe das Gefühl, sie schon zu kennen, weil er sie so oft im Fernsehen gesehen habe. Er unterhielt sich mit Charles darüber, was es kostete, Wahlwerbung im Fernsehen zu schalten.

„Rufen Sie mich nächste Woche an“, sagte Charles, „dann machen wir einen Termin aus und besprechen alles genauer. Generell lässt sich sagen, je mehr Werbefenster Sie kaufen, desto kostengünstiger wird es. Werden die Werbesendungen als Blöcke in neue Sendungen gesetzt, ist es teurer, aber damit erreichen Sie ein größeres Publikum.“

„Das soll einer verstehen“, lachte Dax. „Ich werde Ihrer Expertenmeinung vertrauen müssen, also nehme ich Ihr Angebot für ein Gespräch gerne an.“

„Ich freue mich darauf. Sie werden sicher bald Ihre Medienkampagne planen müssen“, fuhr Charles fort. „Das kann kostspielig werden. Ich hoffe, Sie sind darauf eingestellt."

„Ich helfe ihm schon dabei, sich darauf einzustellen." Madeline rückte näher an Dax heran. „Ich habe bereits Ideen für die Kampagne. Ich werde persönlich dafür sorgen, dass Dax in den Senat gewählt wird."

Für einen flüchtigen Augenblick erschien ein harter Zug um Dax' Mund, aber dann lächelte er charmant. „Ich kann alle Hilfe gebrauchen."

Man plauderte über den Empfang und stellte Spekulationen darüber an, wie viel Gelder er für die verschiedenen Kunstbereiche einbringen mochte. Man diskutierte übers Wetter, bis sich ein unangenehmes Schweigen ausbreitete. Man hatte alles gesagt, was Fremde sich zu sagen hatten.

„Nett, Sie kennen gelernt zu haben, Mrs. Williams", sagte Madeline.

Nur die Höflichkeit zwang Keely dazu, die Bemerkung zurückzugeben. „Ja, hat mich auch gefreut."

Dax verabschiedete sich per Handschlag von Charles und Roger, küsste Nicole weltgewandt auf die Wange und tat dann das Gleiche bei Keely. Seine Lippen berührten ihre Haut nur flüchtig, und doch zitterte sie am ganzen Körper, als Dax den Kopf hob und ihre Blicke für einen Moment verschmolzen. „Ich habe unseren Tanz genossen, Mrs. Williams. Es war ein Vergnügen, Ihnen in einer weniger steifen Atmosphäre zu begegnen. Nochmals herzlichen Glückwunsch zu Ihrem Sieg in Washington."

„Haben Sie unsere Sache unterstützt, Mr. Devereaux?" fragte sie neckend. Die anderen hätten genauso gut nicht anwesend sein können, sie sah nur Dax, hörte nur seine Stimme. Ertrank in den Seen seiner dunklen Augen.

„Müssen Sie das überhaupt fragen?" Sein Grübchen wurde tiefer, als er lächelte. Dann reckte er sich und nahm Madelines Arm. „Gute Nacht Ihnen allen."

Roger hielt Keely den Stuhl. Während sie sich setzte, hörte sie Madeline noch schnurren: „Ich denke, jeder, der uns sehen sollte, hat uns auch gesehen. Ich bin jederzeit bereit zu gehen, wann immer du möchtest."

Keely schnürte es die Kehle zusammen, und selbst der hastige Schluck von dem frischen Drink, den Roger ihr besorgt hatte, half nicht, den Druck zu lösen. Charles machte eine amüsante Bemerkung, aber als sie mit einem aufgesetzten und eingefrorenen Lächeln aufblickte, bemerkte sie, dass auch Nicole nicht lachte. Stattdessen musterte sie Keely durchdringend. Ihr Blick folgte dem davonschlendernden Paar, dann sah sie wieder zu Keely. Sie schlug die Wimpern nieder und lächelte engelsgleich. Keely jedoch ließ sich von diesem unschuldigen Gehabe nicht täuschen. Der Glanz in den Augen ihrer Freundin hatte sie sofort misstrauisch gemacht.

Sie bedienten sich am Dessertbüfett, dann beschlossen sie, dass sie genug von der Gala hatten. Während die Männer die Mäntel holten, lehnte Nicole sich zu Keely herüber.

„Dieser Devereaux ist ein echt starker Typ. Zum Anbeißen, was?“

Keely blieb völlig ruhig. „Ja, ich denke, man könnte ihn so bezeichnen.“

„Du erzähltest mir doch, in Washington hättest du kaum Kontakt zu ihm gehabt.“

„Das stimmt auch.“

„Also ... mich hättest du glatt täuschen können, so, wie ihr zusammen getanzt habt. Ihr schient doch recht vertraut miteinander zu sein.“

„Er war nur höflich.“

„Ah, sicher. Und ich bin ein paarhufiges Erdferkel, aber lassen wir das mal. Was hältst du von Madeline Robins?“

„Sie ist nett, nehme ich an.“

Nicole lehnte sich noch weiter zu ihr herüber. „Und du bist eine Lügnerin, Keely Preston. Sie ist auf der Pirsch, und du weißt es. Und du hältst genauso wenig von ihr wie jede andere Frau hier auch.“ Nicole zog einen nachdenklichen Schmollmund. „Ich frage mich, wie weit er sich wohl mit ihr einlassen will.“

„Gibt es denn da noch Zweifel?“ warf Keely bitter ein. Wohin mochte Dax Madeline wohl jetzt bringen, nachdem jeder sie zusammen gesehen hatte? Zu ihrer Villa? Oder seinem Haus in Baton Rouge? Vielleicht auf ein Zimmer in diesem Hotel?

„Oh, ich bin sicher, dass sie mehr als nur ein Auge auf ihn geworfen hat“, stimmte Nicole zu. „Aber irgendwie habe ich das Gefühl, dass er lange nicht so begeistert von der Vorstellung ist, wie sie es gerne hätte."

„Weder habe ich die geringste Ahnung von dem Liebesleben der beiden noch interessiert es mich."

Nicole lächelte nur milde, während Charles ihr den Pelzmantel um die Schultern legte. Keely war dankbar dafür, dass sie dem anderen Paar beim Verlassen des Hotels nicht mehr begegneten. Sie bemühte sich darum, unverkrampft und natürlich zu wirken, aber sie wünschte, sie wäre heute Abend nicht mitgekommen. Sie hätte ihrem Instinkt folgen und zu Hause bleiben sollen. Die Wunden wegen Dax Devereaux waren wieder aufgerissen worden, gerade, als sie angefangen hatten zu heilen. Jetzt ging alles wieder von vorn los. Allerdings steckte diesmal ein zusätzlicher Stachel im Fleisch – Madeline Robins. Und wie viele andere noch?

Vor ihrer Haustür verabschiedete Keely sich mit einem höflichen Handschlag von Roger. „Ich hoffe, Sie haben sich gut amüsiert", sagte er, und Keely bezweifelte, dass er an diesem Abend mehr Spaß als sie gehabt hatte. Charles hupte noch einmal kurz, bevor er wieder anfuhr.

In ihren eigenen vier Wänden durfte Keely die eiserne Selbstbeherrschung endlich fallen lassen. Erschöpft lehnte sie sich gegen die Tür. Entmutigt und ausgelaugt ging sie zum Sofa hinüber und schaltete die kleine Tischlampe ein. Cape und Abendtasche landeten achtlos auf der Couch. Keely bückte sich, um die Riemchen ihrer Pumps von ihren Fesseln zu lösen. Dax' Worte fielen ihr wieder ein, und das Blut schoss ihr in die Wangen. Sie versuchte sich damit zu beruhigen, dass es nur daran lag, weil sie vornüber gebeugt stand, trotzdem drängten sich ihr alle möglichen erotischen Bilder auf. Sie kickte die Pumps von den Füßen und wurde damit um mehrere Zentimeter kleiner.

Auf dem Weg zur Treppe ins Obergeschoss knöpfte sie ihre Bluse auf, als die Klingel durchs Haus schallte.

Habe ich etwa etwas im Auto vergessen? war ihr erster Gedanke.

Eilig schloss sie die Knöpfe wieder, zog die Tür einen Spaltbreit auf und lugte hinaus.

„Hi", sagte er.

„Hi", gab sie zurück.

8. KAPITEL

Instinktiv griff Keely zum Schalter des Verandalichtes, um es auszuschalten.

Dax' Stimme in der plötzlichen Dunkelheit klang amüsiert. „Glaubst du, man beschattet uns?"

„Ich weiß es nicht. Wäre das möglich?"

Sie fühlte sein lässiges Schulterzucken mehr, als sie es sah. „Ich bin bereit, das Risiko einzugehen."

Sie trat beiseite und ließ ihn ein. Er machte drei Schritte in den Raum und sah sich anerkennend um. Keely war stolz auf ihr Heim. Das Gebäude war in einem bedauernswert heruntergekommenen Zustand gewesen, bis es vor zehn Jahren jemand gekauft, komplett renoviert und in zwei Doppelhaushälften aufgeteilt hatte. Vor drei Jahren hatte sie die eine Hälfte gekauft und nach ihrem Geschmack eingerichtet.

Von außen war es eines der typischen alten Häuser New Orleans', mit einer roten Backsteinfassade, weißen Fensterläden und schwarzen Gitterstäben aus Gusseisen vor den Fenstern und als Geländer für den Balkon im ersten Stock. Keely hatte ihre Einrichtung geschmackvoll aus Alt und Neu zusammengestellt. Hatte antike Möbel von Speichern und aus Trödelläden beschafft und sie liebevoll mit modernen Stoffen aufgebessert. Weißes Holz passte bestens zu sandfarbenen Wänden, gebrochene Schattierungen von Rosé, Blau und Grün boten Farbtupfer in Form von

Kissen, Grafiken und einer Stofftapete an der Wand des Esszimmers. Ein wunderbar behagliches Ambiente.

„Dein Haus gefällt mir“, sagte Dax. „Es ist wie du.“

„Hundertundsieben Jahre alt?“

Erst jetzt wandte er sich zu ihr um, ein herausforderndes Funkeln in den Augen. „Schon erstaunlich, wie manche Dinge sich halten.“ Er schüttelte seinen Mantel von den Schultern und hängte ihn an den Messingkleiderständer bei der Haustür. Langsam drehte er sich wieder zu Keely.

Es hätten Stunden sein können, Jahre, kleine Ewigkeiten oder auch nur Sekunden, als sie einander anschauten. Wie lange auch immer, es reichte aus, um all die Sehnsucht, all das Verlangen und die Enttäuschung auszudrücken, die sie gefühlt hatten, seit sie zuletzt zusammen gewesen waren.

Die Fassade bröckelte, und alles, was übrig blieb, war das nackte Verlangen, das sie füreinander spürten. Jetzt gab es keine Zuschauer, keine Regeln, die zu beachten waren, keine Konventionen, die eingehalten werden mussten. In diesem Moment gab es nur sie beide. Sie gaben der Anziehungskraft nach, die sie beständig zueinander hinzog, und lebten nur für die Gegenwart.

Unendlich langsam streckte Dax die Arme aus und zog Keely an sich. Er beugte den Kopf und barg sein Gesicht in ihrem Haar, wanderte mit den Lippen zu ihrem Ohr, ihren Augen, über ihre Wange, bis zu ihrem Mundwinkel.

„Ich konnte nicht wegbleiben. Ich hab’s versucht. Ich konnte es nicht.“

Er küsste sie ausgiebig und voller Leidenschaft. Dann lockerte er die Umarmung, doch nur, um Keelys Gesicht mit beiden Händen zu umfassen und ihr in die glänzenden Augen zu sehen. „Warum hast du mir das angetan, Keely? Warum bist du ohne ein Wort abgereist? Kannst du dir vorstellen, welche Sorgen ich mir gemacht habe? Woher hätte ich wissen sollen, dass du nicht entführt worden warst, dass dir nichts passiert war? Mir schossen Horrorvisionen aus den schrecklichsten Albträumen durch den Kopf. Warum hast du das getan?"

„Dax", stöhnte sie. „Ich hielt es für das Beste, wenn wir uns nicht mehr allein wiedersehen. Die Dinge ... liefen aus dem Ruder."

„Es tut mir Leid, was auf der Rückfahrt von Mount Vernon passiert ist, Keely. Ich würde nie etwas tun, um dich zu verletzen oder zu beleidigen. Herrgott! Ich wollte mich bei dir entschuldigen, aber du hattest dein Telefon abgestellt, und am nächsten Tag bot sich keine Gelegenheit mehr."

Er streichelte ihr Gesicht. „Im Gegensatz zu dem, was meine Kontrahenten behaupten, besitze ich sehr wohl so etwas wie ein Moralgefühl. Ich weiß, du bist die Frau eines anderen Mannes. Wärest du meine Frau, würde ich jeden Mann umbringen, der dich anfassen sollte." Er riss sie in seine Arme. „Gott vergebe mir, aber ich will dich berühren."

„Bitte auch für mich um Vergebung, Dax."

Er brauchte keine weitere Aufforderung. Seine Zunge

glitt zwischen ihre Lippen, er presste sich an sie, verschmolz mit ihr.

Keely tauchte ein in ein Universum der Glückseligkeit. Dax' Kuss entführte sie jenseits der Grenzen von Gewissen oder Reue, und sie wollte nie wieder zurückkehren. Ohne Anker, schwerelos, schwebte sie in einem Meer aus Leidenschaft. In ihren ganzen dreißig Lebensjahren hatte sie nur geahnt, dass der Mund, die Berührungen eines Mannes solche Macht haben konnten.

„Du bist so schön", murmelte er an ihrem Mund. „Bei unserem gemeinsamen Tanz wollte ich das hier tun, ich konnte an nichts anderes denken." Er beugte den Kopf, um das Tal zwischen ihren Brüsten, gerade oberhalb ihres BHs, zu küssen. Er küsste sie mit exquisiter Langsamkeit, streichelte ihre Haut mit Mund, Nase, Kinn, eine Hand massierte träge eine der zarten Rundungen. Und er küsste sie wieder. Und wieder …

„Keely, oh Keely." Ihr Name kam wie ein heiserer Aufschrei über seine Lippen. Er lehnte die Stirn an ihre. „Wir können so nicht weitermachen, Keely."

„Ich weiß."

„Ich halte das nicht aus."

„Ich auch nicht."

„Ich muss gehen."

„Ja, ich verstehe."

„Stehst du morgen früh um fünf auf?" fragte er, nahm seinen Mantel vom Haken und zog ihn über.

„Ja." Sie bemühte sich um ein Lächeln, doch ihre Lippen zitterten unkontrolliert.

Dax blickte auf seine Armbanduhr. „Da bleibt dir nicht mehr viel Schlaf. Es ist schon spät."

Es hätte ihr nicht gleichgültiger sein können. „Fährst du heute Abend zurück nach Baton Rouge?"

Er schüttelte den Kopf. „Nein, ich habe hier morgen etwas zu erledigen. Wenn ich in New Orleans bin, übernachte ich im Bienville House. Kennst du es?"

„Ja, aber ich habe es noch nie von innen gesehen."

„Es ist sauber und ruhig."

„Den Eindruck macht es, ja."

Keiner von ihnen sagte, was er wirklich sagen wollte. Sie versuchten nur den Abschied hinauszuzögern.

„Wer wohnt eigentlich in der anderen Haushälfte?"

„Ein älteres Ehepaar. Er ist Philosophieprofessor an der Tulane. Sie teilen sich das Haus mit einer Dänischen Dogge, die größer ist als ich." Ein weiterer Versuch zu lächeln. Ein weiterer Fehlschlag.

„Du hast Glück gehabt, die Hälfte zu bekommen, die …" Seine Gelassenheit war erschöpft, und sein Temperament brach durch. Er fluchte unflätig und schlug sich mit der Faust in die Handfläche. „Was mache ich hier eigentlich? Stehe dumm rum und rede belangloses Zeug. Mir ist völlig egal, wer auf der anderen Seite lebt. Ich rede nur, damit ich die Finger von dir lasse. Ich denke an nichts anderes als daran, wie wir uns lieben, nackt und heiß und frei, nicht wie zwei linkische, verlegene Teenager. Ich will dich nackt sehen, Keely. Ich will nackt neben dir liegen. Ich will deine Brüste küssen und deinen Bauch. Ich will wissen, wie deine Schenkel sich anfühlen. Wenn dir das nicht gefällt, dann tut es mir Leid, aber das ist es, was ich fühle, seit ich dich zum ersten Mal in diesem verdammten Flugzeug gesehen habe."

Seine Stimme war laut geworden, so laut, wie sie es nie zuvor gehört hatte. „Es geht hier nicht nur um etwas, das ich in meinen Lenden fühle, das ließe sich schnell und überall befriedigen. Es ist etwas, das ich in meinem Herzen spüre. Ich hatte mir vorgemacht, wir könnten einfach nur Freunde sein, aber das geht nicht, Keely. Ich kann nicht in deiner Nähe sein, ohne dich zu berühren. Begreifst du das? Diese heimlichen Treffen kompromittieren uns beide und führen, was mich betrifft, direkt in den Wahnsinn. Es ist besser für uns beide, wenn wir uns nicht mehr sehen. Leb wohl."

Er riss die Tür auf und stapfte ohne ein weiteres Wort hinaus.

Er hat Recht. Er hat Recht, war alles, was Keely denken konnte. Wir wussten beide die ganze Zeit, dass es zu nichts führen kann. Es ist besser so. Ja, es ist wirklich das Beste für alle.

Warum aber strömten ihr dann unablässig Tränen über die Wangen?

„Es ist jetzt acht Uhr sechsundfünfzig, und Olivia Newton-John wird Sie in die nächste Stunde unserer

Show begleiten. Vorher aber noch ein Wort von dir, Keely. Was hast du heute zu berichten? Wie sieht es denn von da oben aus?"

Keely sprach in das kleine Mikro direkt vor ihrem Mund, das an ihrem Kopfhörer befestigt war. „Ganz gut heute Morgen, Ron", teilte sie dem DJ der Morgenshow mit. „Die Polizei hat noch immer alle Hände voll mit der Massenkarambolage auf der Schnellstraße an der Ausfahrt Broad Street zu tun. Bisher ist nur eine Spur freigegeben. Autofahrer, die in diese Richtung müssen, sollten sich besser für eine andere Route entscheiden. Insgesamt gesehen jedoch war es ein ruhiger Morgen."

„Vielen Dank, Darling. Wie wäre es nachher mit einem gemeinsamen Kaffee?"

„Tut mir Leid, Ron, aber mein Terminkalender ist schon voll."

Der DJ seufzte herzzerreißend. „Leute, unser Engel der Lüfte hat wirklich ein Herz aus Stein."

Keely schaltete ihr Mikro ab, während der Moderator sich beim Publikum bedankte und die angekündigte Platte anspielte. Jeden Tag ging dieser alberne kleine Schlagabtausch über den Äther, und die Hörerschaft ergötzte sich daran. Recht häufig erhielt Keely Briefe von Fans, in denen sie gebeten wurde, sich des armen Ron zu erbarmen und nicht so hart zu ihm zu sein, da er doch so offensichtlich in sie verliebt sei. Nur die wenigsten Leute wussten, dass er glücklich verheiratet war, Vater von drei

Kindern und unbehelligt von der Öffentlichkeit unter seinem richtigen Namen in Metairie wohnte.

Sie seufzte, als Joe Collins, Helikopterpilot und Kriegsveteran, den Hubschrauber herumzog und die Richtung änderte. Wie immer klammerte sie sich an den Sitz, bis ihre Fingerknöchel weiß hervortraten, als die Maschine sich schräg legte. Ihr Mann war nach einem Hubschrauberabsturz verschwunden. Das würde sie nie vergessen.

„Geht es dir heute auch gut, Engel?“ neckte Joe, musterte seinen Passagier aber mit besorgtem Blick.

„Ja.“ Keely lächelte schwach. „Ich habe letzte Nacht nicht viel Schlaf abbekommen.“ Was stimmte. Nachdem Dax gegangen war, hatte sie wach gelegen und gegrübelt, bis der Morgen graute und es Zeit gewesen war, aufzustehen und sich auf den Weg zur Arbeit zu machen.

„Bist du sicher, dass das alles ist?“ fragte Joe nach, als er den Hubschrauber auf den Landeplatz setzte.

„Ja. Ich bin einfach nur etwas niedergeschlagen, kein Grund zur Sorge.“

„Irgendwie glaube ich dir nicht so recht, aber du musst es ja wissen. Wir sehen uns dann heute Nachmittag.“

„Ja, bis später.“ Sie stieg aus dem Hubschrauber und schlug die Tür zu, dann lief sie gebeugt unter den sich drehenden Rotorblättern davon und winkte Joe noch einmal zu, als er wieder abhob.

Sie ging zu ihrem Wagen und schloss die Tür auf. Heute Morgen hatte sie ernsthaft mit dem Gedanken gespielt, sich krankzumelden, aber sich dann doch dagegen entschieden. Immer noch besser, sich mit Arbeit abzulenken, als in einem leeren Haus zu sitzen und über ihr leeres Leben nachzugrübeln.

Sie fuhr durch die engen Straßen des French Quarter zurück zu den Studios von KDIX. Nach dem gestrigen Regen hatte der heutige Tag sich mit zaghaften Sonnenstrahlen angekündigt, die durch die dunstige Wolkendecke zu scheinen versuchten – ein Versuch, den Keely als taktlos empfand. Sie wollte nicht, dass irgendetwas diesen Tag erhellen würde, das entsprach nicht ihrer Stimmung. Dunkle Wolken umzogen ihr Gemüt, und das sollte auch die ganze Welt wissen.

Lange starrte sie aus dem Fenster ihres Büros, durchlebte in Gedanken immer wieder die Momente mit Dax, wie er sie gehalten, sie geküsst hatte. Seine Worte hallten ihr deutlich im Gedächtnis nach. Sie hatte jedes einzelne geglaubt. Genau deshalb war sie auch überzeugt, dass sie sich nie wiedersehen würden. Sie würden nie „Freunde“ sein können, die Anziehung zwischen ihnen war zu stark. Jedes Mal, wenn sie zusammen waren, betrogen sie nicht nur Mark, sondern auch ihrer beider Prinzipien. Sie brauchte niemanden in ihrem Leben, der ihre schon kaum zu ertragende Situation noch komplizierter machte. Und Dax konnte sie mit Sicherheit auch nicht unbedingt gebrauchen. Seine Gegner würden sich höchst erfreut die Hände reiben, wenn er sich auf eine Beziehung mit der Ehefrau eines vermissten Soldaten einlassen würde, noch dazu einer, die so bekannt war wie sie.

Fest entschlossen, nicht mehr an Dax zu denken, ging sie zu ihrem Schreibtisch zurück und machte sich an den Stapel unbeantworteter Post, erledigte Rückrufe und schloss sich mit dem Produzenten der Morgenshow kurz. Da ihre Schicht in zwei Hälften aufgeteilt war, konnte sie gegen Mittag gehen und brauchte erst um halb vier wieder zurück zu sein, um sich dann mit Joe zu treffen.

Es war schon fast Zeit für sie aufzubrechen, als die Tür ihres Büros aufflog und Nicole hereinrauschte. „Gut, dass du noch da bist", grüßte sie atemlos. „Du hast mir gerade das Leben gerettet."

Keely lachte über das theatralische Auftreten ihrer Freundin. „Jetzt musst du mir nur noch sagen, was genau ich getan habe."

„Du machst mit mir das Live-Interview bei den Mittagsnachrichten."

„So? Das ist ja ganz was Neues."

„Keely, du kannst mich jetzt nicht hängen lassen. Unser geplanter Studiogast hat gerade abgesagt. Wenn du nicht möchtest, dass unsere Zuschauer sich fünfzehn Minuten lang meine Urlaubsdias ansehen müssen, wirst du für ihn einspringen. Ich werde dich über die vermissten Soldaten interviewen und was letzte Woche in Washington gelaufen ist. Das ist aktuelles Nachrichtenmaterial. Wo liegt also das Problem?"

Das Problem war, dass sie sich unendlich schlecht fühlte. „Nicole, an jedem anderen Tag gern, aber heute nicht. Ich fühle mich nicht gut, und ich sehe noch schlimmer aus."

„Unsinn. Du siehst umwerfend wie immer aus."

„Ich habe Ringe unter den Augen!" rief Keely aus.

„Ich auch", gab Nicole genauso heftig zurück. „Ein bisschen Make-up wirkt Wunder. Außerdem würdest du doch nicht wegen ein paar dunkler Augenringe meinen Ruin riskieren, oder?"

„Nicole, ich weiß, wenn du in Ruhe nachdenkst, könntest du jemanden anrufen, der dir noch einen Gefallen schuldig ist. Den Bürgermeister zum Beispiel, der eignet sich immer als Lückenbüßer."

„Ja, und er ist auch immer tödlich langweilig. Du hast hier eine gute Story, Keely. Komm schon, nimm dich zusammen. In zehn Minuten gehen wir auf Sendung." Nicole sah auf ihre Armbanduhr. „Himmel, und ich habe mir noch nicht mal das Skript angesehen." Sie ging zum Schreibtisch und zog Keely hoch.

„Ich habe Krämpfe", jammerte Keely.

„Nimm eine Tablette."

„Dieses Kleid ist ..."

„Wunderbar."

Sie waren an der Tür angekommen. „Ach, was soll's", gab Keely sich geschlagen.

„Das ist die richtige Einstellung." Nicole zog Keely den Gang entlang. An der Tür zur Damentoilette hielt sie an. „Da. Geh rein und mach dich frisch. Dann komm ins Studio. Das Interview läuft erst nach dem Wetterbericht, aber beeil dich trotzdem, damit wir dich noch verkabeln können. Sollte ich eine total idiotische Frage stellen, unterbrich mich einfach mit einer längeren Erklärung. Ich habe nämlich praktisch überhaupt keine Hintergrundinformationen." Sie schob Keely in den Raum.

Keely starrte in den großen Spiegel über dem Waschbecken und bemühte sich ernsthaft, einen heiter-gelassenen Ausdruck auf ihr Gesicht zu bringen. Sie trug Rouge auf ihre Wangen auf, zog den Lippenstift nach und bürstete sich das Haar. Das jadegrüne Seidenkleid würde sich gut vor der Kamera machen, wenigstens trug sie nichts mit Streifen oder Karos.

Die Uhr zeigte Punkt zwölf Uhr Mittag, als Keely die Damentoilette verließ. Sie stieg die Treppe zu dem durch dicke Türen geschützten Fernsehstudio hinunter. Das rote „Sendung"-Licht blinkte bereits, Keely öffnete die Tür gerade weit genug, um hineinschlüpfen zu können. Der Raum lag völlig im Dunkeln, der einzige Lichtpunkt war weiter vorn das Podest, wo Nicole an ihrem Pult saß und zusammen mit ihrem Kollegen die Nachrichten verlas.

Keelys Augen gewöhnten sich an das Dunkel, sodass sie jetzt vorsichtig über die Kabel steigen konnte, die sich überall über den Boden schlängelten. Als eine Werbeunterbrechung eingeblendet wurde, nahm der Redakteur vom Dienst seine Kopfhörer ab und kam zu ihr herüber.

„Hallo, Schönheit“, begrüßte er sie keck und nahm ihren Arm. „Ich werde dich zu deinem Interview begleiten, wenn du erlaubst. Würdest du dich auf eine Affäre mit mir einlassen?“

„Nur, wenn deine Frau es dir erlaubt, Randy“, erwiderte Keely lachend. „Wie laufen die Dinge?“

„Chaotisch wie immer. Danke, dass du einspringst. Nicht jeder würde sich mit Devereaux zusammen filmen lassen.“

„Dev…“ Der Name blieb ihr im Hals stecken, als sie, von Randy geführt, auf das Podest trat. Dax saß bereits auf dem kleinen Sofa. Studiotechniker legten ihm das Mikrofon an.

„Sie beide kennen sich schon, nicht wahr?“ sagte Randy und drückte Keely sanft auf das Sofa neben Dax.

„Randy, noch dreißig Sekunden“, rief jemand von hinten.

„Ihr seid nach der nächsten Unterbrechung dran.“ Er rannte zu seiner Kamera, noch während er sprach.

„Warum hast du mir nichts davon gesagt?“ zischelte Keely Dax zu.

„Ich wusste es nicht“, murmelte er zurück, während er übertrieben sorgfältig seine Krawatte richtete.

Abrupt wandte Keely ihm das Gesicht zu. „Du wusstest es nicht?“

„Nicole rief mich heute Morgen an, entschuldigte sich überschwänglich und bat mich, um zwölf hier zu sein. Also bin ich hier.“

Keely rutschte ein wenig von ihm ab, soweit es auf dem kleinen Sofa möglich war, und zupfte am Saum ihres Kleides. „Sie hat uns beide an der Nase herumgeführt", murmelte sie. „Das Gleiche hat sie mir auch erzählt. Ich wusste nicht, dass du hier sein würdest. Sie behauptete, ich müsste ihre Show retten, weil ihr geplanter Interviewpartner angeblich nicht kommen könnte. Es tut mir Leid."

„Mir nicht."

Sie sah wieder zu ihm hin, doch bevor sie etwas sagen konnte, flammten die Lichter auf.

„Hallo, Sexy!" Die Stimme des Direktors donnerte aus den Studiolautsprechern. „Entschuldigung, Mr. Devereaux, ich meinte unsere Keely."

„Grüß dich, Dave." Keely hielt sich gegen das grelle Licht die Hand vor die Augen und winkte dem Mann hinter der dicken Glasscheibe des erhöhten Kontrollraums zu. Ihr Mikrofon sandte ein schrilles Pfeifen durchs Studio.

„Richtet das schnellstens aus", hörten sie Dave sagen. Dann wandte er sich wieder an Keely: „Versuch's noch mal, Keely, bis wir es hinkriegen."

„Keely Preston hier, Mikrofon-Check. Eins, zwei, drei."

„Jetzt klingt's fantastisch, eine Stimme wie Samt. Mr. Devereaux, würden Sie auch, bitte …?"

„Hallo, Dave. Wie macht sich das neue Baby?"

„Ach, stimmt ja. Als Sie das letzte Mal bei uns waren, lag meine Frau in der Klinik. Dass Sie sich daran noch erinnern. Danke, den beiden geht's bestens."

„Schön“, gab Dax zurück.

Jetzt klang die Lautsprecherstimme entnervt. „Nicole, würdest du wohl endlich deinen süßen Hintern aufs Podest bewegen? Wir sind in sechzig Sekunden auf Sendung.“

Keely sah Nicole von ihrem Nachrichtenplatz aufspringen und zum Studiospiegel hasten, um noch einmal ihr perfektes Aussehen zu überprüfen. Jetzt eilte sie durch den dunklen Raum zu ihnen, ließ sich atemlos auf den freien Sessel fallen und befestigte das bereitliegende Mikrofon an ihrem Kragen. „Du liebe Güte, was für ein Tag! Schön, Sie wiederzusehen, Mr. Devereaux.“ Sie ignorierte Keely ganz bewusst, und Keely spürte, wie unsicher die Freundin war. Seit wann benutzte Nicole Ausdrücke wie „du liebe Güte“?

„Nennen Sie mich doch bitte Dax.“

Nicole lächelte. „Gern, aber nicht während des Interviews.“

„Auf Kamera zwei in fünfzehn Sekunden, Nicole“, instruierte Randy leise, der jetzt wieder von Dave übernommen hatte.

„Bereit?“ fragte Nicole Dax und Keely. Ohne auf eine Antwort zu warten, drehte sie sich zur Kamera und lächelte. Sobald das Licht aufblinkte, begann sie. „Für unser Interview haben wir heute Keely Preston und den Kongressabgeordneten Dax Devereaux zu Gast bei uns im Studio.“

Während der nächsten fünfzehn Minuten beantworteten Keely und Dax Nicoles Fragen und sprachen Punkte an, die sie versäumt hatte zu erwähnen. Das Interview verlief glatt und problemlos, Keely und Dax schien nur das gemeinsame Interesse an dem Diskussionsgegenstand zu verbinden.

Einmal, als Dax gerade eines seiner Argumente anführte, sah Keely zu ihm hin. Er unterstrich seine Worte mit Gesten, und Keely dachte, wie vertraut diese ihr waren. Alles, was er sagte, war präzise und klar. Er benutzte keine schwammigen Ausdrücke, wenn es um das Wohl anderer ging. Keely bewunderte seine Überzeugungskraft.

„Vielen Dank euch beiden“, bedankte sich Nicole schließlich, als die Werbung eingespielt wurde. „Ich kann euch gar nicht sagen, wie sehr ich es zu schätzen weiß, dass ihr alles habt stehen und liegen lassen und das für mich getan habt.“

„Freut mich, dass ich helfen konnte.“ Keely hatte Mühe, ihre Wut unter Kontrolle zu halten, während sie sich von dem kleinen Mikro befreite. Sie wusste ganz genau, was Nicole dabei im Sinn gehabt hatte, Dax und sie zu dieser Show einzuladen. Gestern, als Nicole sie nach Dax gefragt hatte, hatte Keely Gleichmut vorgetäuscht. Sie hätte wissen müssen, dass Nicole sich nichts vormachen ließ. Sie hatte sehr feine Antennen, wenn es um die Beziehungen zwischen Mann und Frau ging. „Entschuldigt mich jetzt bitte, ich habe zu arbeiten.“ Ohne ein weiteres Wort ging Keely an Dax vorbei und verließ das Studio.

Sie zitterte am ganzen Körper, als sie die Treppe zum

zweiten Stock hinaufstieg und durch das Labyrinth von Gängen zu ihrem Büro ging. Sie setzte sich auf ihren Stuhl und verbarg das Gesicht in den Händen, atmete tief durch. Dieses Mal hatte Nicole dem Schicksal auf die Sprünge geholfen und sie und Dax wieder zusammengebracht. Dabei hatte sie die Tatsache akzeptiert, dass Dax keinen Platz in ihrem Leben hatte.

Gestern Abend war er bereits zu diesem Entschluss gekommen und hatte dabei mehr Disziplin gezeigt, als sie je besitzen würde. Jetzt, nur wenige Stunden später, waren sie wieder zusammen gewesen, hatten eng nebeneinander gesessen, die gleiche Luft geatmet. Es war schmerzhaft gewesen, so nah beieinander zu sein und Gleichgültigkeit vortäuschen zu müssen.

Eines würde sie nicht tun: hier in diesem muffigen Kämmerchen sitzen und ihre Wunden lecken. Je schneller sie dieses Gebäude verließ, desto besser.

Sie nahm ihren Mantel vom Garderobenhaken, als die Tür leise aufgeschoben wurde und Dax eintrat.

Lange sahen sie einander schweigend an, Keely verharrte mitten in der Bewegung, Dax lehnte sich mit dem Rücken gegen die geschlossene Tür, als wolle er Eindringlinge aufhalten.

„Wohin gehst du?“ fragte er endlich.

Sie zog sich den Mantel über. Das Herz pochte ihr bis zum Hals. „Nach draußen. Ich habe jetzt bis zum Nachmittag frei.“

„Oh“, sagte er nur, ging aber nicht aus dem Weg. Gott, sie ist schön, dachte er. Letzte Nacht hatte er jedes einzelne Wort, das er gesagt hatte, ernst gemeint. Es war Wahnsinn, diese heimlichen Treffen fortzusetzen. Er verabscheute Lügen, sie gaben seinen Gefühlen für Keely einen schalen Beigeschmack. Schon allein aus diesem Grund wollte er keine Heimlichkeiten mehr.

Da es keinen Weg gab, sein Verlangen nach Keely abzustellen, musste er sich eben ab sofort versagen, sich der Versuchung hinzugeben. Ein glatter Schnitt mit chirurgischer Genauigkeit. Sofortiger Entzug. Mit dieser festen Überzeugung war er ins Fernsehstudio gekommen. Keely zu sehen hatte seinen Entschluss völlig über den Haufen geworfen.

Souverän hatte er dagesessen und Nicoles Fragen beantwortet, während er in Gedanken mit Keely zärtlich gewesen war. Er war nicht immun gegen ihre Nähe. Ihr Körper strahlte eine verführerische Wärme aus. Jede ihrer Bewegungen nahm er wahr, so klein sie auch sein mochte.

„Ich wollte dir sagen, ich wusste nicht, dass du bei dieser Show dabei sein würdest. Ich war genauso überrascht wie du.“

„Ich glaube auch nicht, dass du irgendwas damit zu tun hattest. Das Ganze riecht meilenweit nach Nicole. Sie hat das arrangiert.“

„Aber wieso? Ich meine, außer der Tatsache, dass sie es für ein interessantes Interview hielt.“

„Ich denke, sie hätte es gar nicht so interessant gefunden, wenn sie uns gestern Abend nicht zusammen tanzen gesehen hätte." Keely wandte den Blick von ihm. „Sie ... nun ... sie hat mir hinterher einige Fragen gestellt." Wohlwissend, dass es sinnlos war, jetzt wegzugehen, zog sie den Mantel wieder aus und hängte ihn auf. Sie stellte ihre Handtasche auf den Schreibtisch und ließ sich auf den knarrenden Stuhl nieder.

„Was denn für Fragen?" Dax setzte sich auf die Schreibtischkante.

„Fragen über dich. Wie gut ich dich in Washington kennen gelernt hätte."

„Was hast du gesagt?"

„Dass ich dich kaum gesehen hätte."

„Und was hat sie gesagt?"

Keely sah zu ihm hoch. „Sie meinte, das würde sie nicht glauben, so wie wir zusammen getanzt haben."

Er beugte sich vor und nahm ihre Hand. „Was sonst noch?"

„Sie wollte wissen, ob ich dich für einen starken Typ zum Anbeißen halte." Um ihre Mundwinkel zuckte es.

Dax hob amüsiert eine Augenbraue und beugte sich weiter vor. „Interessant. Und? Was hast du geantwortet?"

Keely musste den Kopf zurücklehnen, um ihn ansehen zu können. „Ich sagte, dass man dich wohl tatsächlich so bezeichnen könnte."

Er legte den Kopf schief. „Hast du das wirklich über mich gesagt?“ fragte er neckend.

Sein Lächeln war ansteckend, und so gab sie schelmisch zurück: „Ja, in einem Augenblick der Schwäche.“

Sie lachten beide leise. Mit dem Zeigefinger strich er über ihre Lippen, fuhr mit einer Hand durch ihr Haar und in ihren Nacken, zog sie zu sich, während er seine Lippen näher zu ihrem Mund heranbrachte.

Das Klicken der Türklinke hallte wie ein Pistolenschuss durch den Raum, und sie stoben auseinander. Keely sprang von ihrem Stuhl auf, Dax stellte sich vor sie, als müsse er sie beschützen. Beide waren erleichtert, als sie Nicole in der Tür stehen sahen.

Eiligst schloss diese die Tür hinter sich. „Herrgott noch mal. Ihr seid vielleicht leichtsinnig. Wenn ihr *diese* Art von Mittagspause einlegt, solltet ihr wenigstens die Bürotür verschließen.“ Die Hände in die Hüften gestützt, sah Nicole aus wie eine erboste Mutter.

Keely schob Dax zur Seite und kam um den Schreibtisch herum. „Nicole, ich könnte dir den Hals umdrehen für den kleinen Trick, den du dir da hast einfallen lassen. Was sollte das?“

Der Ärger ihrer Freundin ließ Nicole völlig kalt. Sie hüpfte schwungvoll auf den Schreibtisch des Musikmoderators und stieß dabei fast wieder die arme Cindy um. „Tu doch nicht so, als würdest du dich über das Wiedersehen ärgern. Gestern Abend konnte ich deutlich erkennen, dass euch beiden nichts anderes im Kopf herumspukt, als so schnell wie möglich miteinander in die Federn zu hüpfen. Deshalb wollte ich eben ein bisschen nachhelfen, das ist alles", gab sie freimütig zu und blinzelte Dax zu. „Und es hat doch funktioniert, wenn ihr da weitermacht, wo ich euch gerade überrascht habe. Nur schade, dass ich euch nicht in einer wirklich kompromittierenden Situation erwischt habe."

„Nicole!" rief Keely mit hochroten Wangen aus. „Dax ... ich meine ... wir ..."

Dax trat hinter sie und legte ihr beruhigend einen Arm um die Schultern. „Nicole", setzte er an, „offensichtlich ist Ihnen aufgefallen, dass Keely und ich uns in Washington näher gekommen sind. Es war Zufall, keiner von uns hat das geplant, aber es ist passiert. Und jeder von uns sieht die Unmöglichkeit, dass daraus etwas Festeres werden könnte. Sie ist verheiratet", er sah traurig zu Keely, „und ich kandidiere demnächst für den Senat. Eine ... Affäre mit einer verheirateten Frau zu haben ist sicherlich nicht förderlich für einen Politiker, selbst wenn Keely dem zustimmen sollte, was sie nie tun würde. Letzte Nacht nach der Gala hatten wir beschlossen, uns nicht wiederzusehen, weder privat noch in der Öffentlichkeit, soweit es sich vermeiden lässt. Deshalb hat es uns leicht aus der Fassung gebracht, heute zusammen im Studio zu sein."

„Letzte Nacht?" fragte Nicole scharf und hüpfte vom Schreibtisch. „Nach dem Ball? Wo?"

Dax sah Keely fragend an, und als sie nickte, antwortete er: „Bei ihr zu Hause.“

Nicole ließ sich wieder gegen den Schreibtisch fallen. „Herrgott noch mal. Hat euch jemand gesehen?“

„Wieso?“ Keely gefiel es ganz und gar nicht, wie Nicole an ihrer Lippe kaute.

„Nun, weil ... ich scheine nicht die Einzige zu sein, der die Vertrautheit aufgefallen ist, mit der ihr zusammen getanzt habt. Deshalb bin ich überhaupt raufgekommen. Hier, das ist die neueste Abendausgabe. Ich dachte, du solltest sie vielleicht sehen.“

Erst jetzt fiel den beiden die zusammengefaltete Zeitung in Nicoles Hand auf. Nicole reichte sie Keely. Mit einem flauen Gefühl im Magen schlug Keely den Gesellschaftsteil auf.

Da war ein Bild von ihr und Dax, wie sie eng umschlungen tanzten. Dax hatte das Gesicht zu ihr heruntergebeugt, während sie zu ihm aufschaute. Sie lächelten einander an, ein Lächeln, das noch mehr besagte als der feste Griff, mit dem er sie hielt. Unter dem Bild stand zu lesen: „Der Kongressabgeordnete Dax Devereaux und Keely Preston, Frau eines in Vietnam vermissten Soldaten, zogen beim gemeinsamen Tanz viele Blicke auf sich.“

„Verdammt“, fluchte Dax und warf die Zeitung zu Boden. „Verdammt.“

Keely schlang die Arme um sich und ging zum Fenster, starrte blicklos hinaus.

Nicole räusperte sich. „Ihr solltet euch besser genau abstimmen", warnte sie. „Irgendjemand wird das bestimmt aufgreifen. Dax, hat Sie jemand bei Keely zu Hause gesehen?"

„Ich glaube nicht. Ich habe vor einem Restaurant auf der St. Charles Street geparkt und bin dann gelaufen."

Keely drehte sich um und starrte ihn an. „Wirklich? Das wusste ich nicht."

„Wie hätte ich denn sonst zu dir kommen sollen?"

„Ich habe nicht darüber nachgedacht." Sie zuckte die Achseln. „Du warst einfach auf einmal da." Sie pflückte eine winzige Fluse von seinem Jackett. „Das hättest du nicht tun sollen. Die Gegend ist im Dunklen nicht sonderlich sicher. Du hättest überfallen werden können."

„Ich bin doch ein starker Typ, weißt du noch?"

„Ich meine es ernst. Hast du nicht gefroren?"

Er strich ihr eine Strähne aus der Stirn. „Ganz bestimmt nicht, nachdem ich von dir wegging." Er gluckste leise.

„Hallo, ihr zwei, ich bin auch noch da", machte Nicole sich bemerkbar. Verdutzt blickten Keely und Dax sie an, so als hätten sie ihre Anwesenheit wirklich völlig vergessen. „Ich persönlich hoffe ja, ihr sagt der ganzen Welt, sie soll sich gefälligst um ihre eigenen Angelegenheiten scheren. Mir würde nichts besser gefallen, als wenn ihr eure heiße Affäre endlich beginnt – oder weiterführt, wie auch immer. Trotzdem solltet ihr euch darauf einstellen, dass dieses Foto Wellen schlagen wird. Leider gibt es auch noch eine dazugehörige Story, die ihr bisher nicht gelesen habt, in der aber angedeutet wird, dass in Washington mehr abgelaufen sein könnte als nur eine Anhörung des Untersuchungsausschusses. Und wenn ich mir eure schuldbewussten Gesichter so ansehe, ist diese Vermutung vielleicht gar nicht so aus der Luft gegriffen." Nicole ging zur Tür. „Bitte wisst, dass ich nicht der Feind bin. Ich bin eine Freundin. Und es tut mir Leid, was ich heute getan habe. Hätte ich die Zeitung eher gesehen, wäre mir wahrscheinlich etwas weniger Öffentliches eingefallen, um euch beide zusammenzubringen." Sie kniff die Augen zusammen. „Auf der anderen Seite ... das könnte eure Erklärung für gestern Abend sein. Ihr wart zu dem Interview eingeladen und wolltet noch einmal kurz durchgehen, was in Washington besprochen wurde. Ist nicht viel, aber vielleicht ist es das Einzige, was ihr habt."

Damit war sie verschwunden. Dax und Keely starrten noch lange auf die geschlossene Tür. Schließlich wandten sie sich einander zu. Dax seufzte und rieb sich den Nacken.

„Sieht so aus, als sei uns die Entscheidung abgenommen worden."

„Ja. Es tut mir so Leid, Dax. Nie würde ich deine Kandidatur gefährden wollen."

„Das weiß ich doch. Und ich wusste auch genau, was ich tat, als ich dich zum Tanzen aufforderte. Ich habe mich selbst in die Irre geführt, als ich glaubte, ich könnte dich ganz platonisch in den Armen halten." Er deutete auf die am Boden liegende Zeitung. „Ein Bild sagt mehr als tausend Worte."

„Wir müssen einfach darauf achten, dass wir ihnen keinen weiteren Anlass mehr liefern, die Gerüchteküche zu schüren. Gestern Abend sagtest du, wir sollten … können uns nicht mehr sehen. Und was heute passiert ist, sollte diesen Entschluss nur noch bestärken." Sie sah zu ihm auf. „Ich bin immer noch verheiratet, Dax. Welche Faktoren auch sonst mitspielen, dieser bleibt immer der gleiche, und das ist auch der, der allen anderen so ein Gewicht gibt. Ich bin verheiratet."

Dax ging zur Tür, drehte sich aber noch einmal zu Keely um. „Kommst du zurecht? Was, wenn man dich in die Enge treibt und auf einen Kommentar zu dem Bild besteht?"

„Ich werde mich dumm stellen. Ich habe dich in Washington getroffen, wir sind mit einer Gruppe aus Kongressabgeordneten, einem Journalisten und anderen PROOF-Mitgliedern zum Lunch gegangen. Ich respektiere dich für deine Unterstützung von PROOF, ich halte dich für den besten Kandidaten für den Senatorenposten. Darüber hinaus – nichts."

Er nickte langsam. Er wirkte wie ein Mann, der den Gang zum Galgen antreten musste und es so lange wie möglich hinauszögern wollte. „Falls du mich brauchen solltest …"

In ihren Augen stand die Antwort.

Dann war er weg, und der Schmerz war unerträglich. Blind tastete sie sich am Schreibtisch entlang zurück zum Stuhl und ließ den Kopf auf die Arme sinken. Das schrille Klingeln des Telefons schreckte sie auf aus ihrem Schluchzen.

„Ja", meldete sie sich rau.

„Miss Preston, hier ist Grady Sears vom ‚Times Picayune'."

Keely umklammerte den Hörer fester und riss sich zusammen. „Ja, bitte?"

9. KAPITEL

Das war nur der erste in einer Reihe ähnlicher Anrufe. Aber alle Reporter waren enttäuscht wegen Keely Preston Williams' gelassener Antworten auf das Bombardement von zweideutigen Fragen. Sprach man sie darauf an, ob sich zwischen ihr und Dax Devereaux eine Romanze anbahnte, so lachte sie nur leise.

„Ich bin sicher, der Kongressabgeordnete wäre nicht sehr geschmeichelt, wenn sein Name mit einer alten verheirateten Lady in Zusammenhang gebracht würde."

„Ihr Mann gilt seit über zwölf Jahren als vermisst, Mrs. Williams. Und als alt kann man Sie nun wirklich nicht bezeichnen. Zudem ist Devereaux' allgemein für seine Affären bekannt."

Tatsächlich? Stimmte das wirklich? War sie nur eine von vielen? „Ich bin über das Liebesleben des Abgeordneten wahrlich nicht informiert."

„Und wie erklären Sie die Vertrautheit, mit der Sie beide zusammen getanzt haben?" kam die unverschämte Frage. „Bilder lügen nicht, Mrs. Williams."

„Nein, aber sie können falsch interpretiert werden. Mr. Devereaux und ich hatten Grund, unseren Sieg in Washington zu feiern. Er unterstützt die Sache von PROOF. Und wenn er die gleiche Gewandtheit während seines Wahlkampfs beweist wie beim Tanzen, wird er mit Sicherheit gewinnen."

Sie sagte es mit zusammengeschnürter Kehle und einem eingefrorenen Lächeln. Sie hörte sich an wie ein alberner schwärmerischer Fan. Immer noch besser, als schuldbewusst zu klingen.

Alle Gespräche verliefen nach dem gleichen Muster. Da Dax und sie keinen Anlass mehr lieferten, der die Gerüchteküche weiter schürte, flaute das Interesse jedoch schnell ab. Aber gerade, als sie glaubte, den aufdringlichsten aller Reporter überzeugend abgewimmelt zu haben, musste sie feststellen, dass ihr der schlimmste noch bevorstand.

Vier Tage nach dem Fernsehinterview setzte Joe sie nach einem anstrengenden Tag im Hubschrauber auf dem Parkdeck des Superdome ab.

„Sieht aus, als würdest du erwartet“, rief Joe laut, um das Dröhnen der Rotoren zu übertönen.

Keely hatte den Wagen, der neben ihrem geparkt hatte, längst gesehen. Jetzt öffnete ein Mann die Tür und stieg aus – Al Van Dorf.

„Ja, scheint so“, sagte sie grimmig und winkte Joe zu, als er wieder abhob. Statt wie üblich unter den sich drehenden Blättern loszurennen, ging sie gemessenen Schrittes auf ihren Wagen zu.

Van Dorf stand vor ihrer Kühlerhaube und sah dem davonfliegenden Helikopter nach. „Es erstaunt mich immer wieder, dass diese Dinger sich in der Luft halten können“, sagte er.

„Hallo, Mr. Van Dorf. Was führt Sie nach New Orleans?

Sind Ihnen in Washington die Neuigkeiten ausgegangen, über die sich schreiben ließe?“ Vorsicht, Keely, ermahnte sie sich in Gedanken. Sie tat sich keinen Gefallen damit, Van Dorf zu provozieren. Also kaschierte sie ihre spitzen Worte mit einem freundlichen Lächeln, und man sah Van Dorf an, dass er nicht sicher war, ob die Bemerkung nun bewusst gehässig gemeint war oder nicht.

„Sagen wir einfach, dass es hier im Moment interessante Dinge gibt, über die sich berichten lässt.“ Hinter den altmodischen Brillengläsern funkelten seine Augen listig. Nur langsam erschien ein Lächeln auf seinem Gesicht, und es war eindeutig ein anzügliches. „Wie zum Beispiel Sie und Mr. Devereaux.“

Ihr erstaunter Gesichtsausdruck hätte einen Oscar verdient. „Ich und Mr. Devereaux? Ich verstehe nicht.“

„Warum nehmen wir nicht irgendwo einen Drink und unterhalten uns ein bisschen?“ Er griff nach ihrem Arm, aber sie wich ihm elegant aus.

„Nein, danke, Mr. Van Dorf. Ich bin auf dem Weg nach Hause.“

„Nun, dann reden wir eben hier.“ Er griff in seine Brusttasche und zog eine zusammengefaltete Zeitungsseite hervor. Keely wusste sofort, worum es sich handelte. Van Dorf betrachtete das Bild der beiden beim Tanz mit schief gelegtem Kopf. „Sie sind sehr fotogen, Mrs. Williams.“

„Danke.“ Sie konnte ihn ebenso lange hinhalten wie er sie.

„Was denken Sie über unseren Abgeordneten? Er ist verdammt attraktiv, nicht wahr?"

„Ja, da haben Sie Recht. Wirklich attraktiv." Ihre prompte Zustimmung überraschte ihn. Er wirkte fast ärgerlich, dass sie keine Verlegenheit zeigte. Den Vorteil des Augenblicks nutzend, fragte Keely: „Worüber wollten Sie mit mir reden, Mr. Van Dorf?"

Er musterte sie aus zusammengekniffenen Augen. Diese Frau war nicht leicht zu knacken. Aber wenn sie mit harten Bandagen kämpfen wollte ... das konnte er auch. „Ist Devereaux genauso gut im Bett wie im Kongress?"

Falls die Frage sie schockieren sollte, so war dieses Ziel erreicht. Für einen Moment hatte es Keely die Sprache verschlagen. Und als sie sprach, kamen ihr die Worte nur schwer über die Lippen. „Diese Unterstellung ist einfach ungeheuerlich, Mr. Van Dorf, und ich habe nicht vor, sie mit einer Antwort zu honorieren."

„Sind Sie und Devereaux etwa nicht liiert?"

„Nein."

„Wie erklären Sie dann dieses Bild?"

„Wie erklären Sie es denn?" schoss sie zurück. Der Schock war Wut gewichen, am liebsten hätte sie Van Dorf sein widerliches Grinsen aus dem Gesicht geschlagen. „Leute tanzen zusammen. Wollen Sie etwa behaupten, der Präsident hätte eine Affäre mit jeder Frau, mit der er bei einem Empfang im Weißen Haus tanzt?"

„Stimmt, Menschen tanzen miteinander. Aber nur

selten mit einem so entrückten Lächeln auf dem Gesicht, Mrs. Williams."

„Mr. Devereaux ist ein charmanter Mann. Ich finde ihn intelligent und sehr charismatisch. Ich bewundere ihn für seinen Einsatz bei der Anhörung, ich respektiere ihn für seinen Mut, mit dem er seinen Kritikern entgegentritt. Respekt und Bewunderung, das ist es, was ich für ihn fühle, mehr nicht." Lügnerin, meldete sich eine Stimme in ihrem Hinterkopf, machte sie aber nur umso entschlossener, Van Dorf abzuwimmeln. „Wie Sie etwas Unrechtes in einem Tanz erkennen können, ist mir völlig unverständlich. Nennen Sie das guten Journalismus?"

„Es geht hier nicht nur um einen Tanz, Mrs. Williams", erwiderte er kühl. „Da sind diese heimlichen Blicke und das selige Lächeln in Washington. Da ist dieser verregnete Tag, an dem weder Sie noch Devereaux aufzutreiben waren. Und da ist dieses Gefühl im Bauch, das ich habe."

Sie lachte humorlos. „Wenn Ihr Bauch Ihre einzige Informationsquelle ist, sollten Sie sich besser eine verlässlichere suchen. Ich habe nie mit Mr. Devereaux geschlafen." Das war die Wahrheit. „Das werde ich auch nie." Das musste sich noch zeigen. „Und ich will es auch gar nicht." Eine glatte Lüge. „Wenn Sie mich jetzt bitte entschuldigen wollen, ich habe Ihnen genug Zeit geopfert. Sie haben bestimmt andere Dinge, über die Sie schreiben können, als über heimliche Blicke, die lediglich Ihrer wilden Fantasie entsprungen sind."

Damit schob sie sich an ihm vorbei, schloss ihren Wagen mit zitternden Fingern auf und stieg ein. Sie zog gerade ihren Mantel aus, als Van Dorf fragte: „Was hält Mr. Devereaux denn von Ihnen?“

„Das müssen Sie ihn fragen.“

Er lächelte dieses träge, anzügliche Lächeln. „Oh, das werde ich, darauf können Sie wetten.“

Als Keely an diesem Abend zu Bett ging, war sie immer noch beunruhigt. Was hätte sie sagen können, das sie nicht gesagt hatte? Was hatte sie gesagt, das sie besser nicht geäußert hätte? Ob Van Dorf ihr geglaubt hatte? Wahrscheinlich nicht, aber er hatte nichts, worauf er eine Story aufbauen könnte. Sollte er einen Artikel voller Vermutungen abdrucken, würde er sich nur lächerlich machen. Er hatte keine Beweise, keine Fakten. Sein ganzes Material bestand aus Mutmaßungen und Verdachtsmomenten. Und wenn es hart auf hart kam, so waren Dax und sie unschuldig.

Natürlich könnte Van Dorf durch Zufall herausfinden, dass Dax nach dem Empfang der Künstlerliga bei ihr zu Hause gewesen war. Es würde harte Überzeugungsarbeit kosten, damit er glaubte, dass nichts passiert war, vor allem, weil er nur das Schlimmste glauben wollte. Tatsache war jedoch, es war nichts passiert. Es gab nichts, dessen sie sich schuldig fühlen müssten.

Jeder schien automatisch davon auszugehen, sie wäre

Dax' Geliebte. Konnte sich denn keiner vorstellen, Dax könnte auch eine platonische Freundschaft mit einer Frau haben?

Während der letzten Tage waren die Zeitungen voll davon gewesen, mit welchen Begleiterinnen Dax in der Öffentlichkeit gesehen worden war. Keely hatte vehement abgestritten, der nächste Name auf dieser langen Liste zu sein, aber jeder schien das anzunehmen. Hätte sie sich Dax hingegeben, wäre sie dann nur eine weitere Eroberung für ihn? Nein, bestimmt nicht. Und doch …

Sie hatte ein Interview mit Dax in der gestrigen Abendzeitung gelesen. Auf das mittlerweile berüchtigte Foto angesprochen, hatte er nur gesagt: „Ich wünschte, man hätte das Foto von mir beim Treffen der Hafenarbeiter gedruckt. Da sehe ich viel besser aus, auch wenn ich zugeben muss, dass Mrs. Williams wesentlich hübscher ist als dieser Arbeiter, mit dem ich zusammenstehe."

Er hatte es lachend abgetan, es für völlig unwichtig erklärt. Unter den gegebenen Umständen war ihm auch nichts anderes übrig geblieben. Aber vielleicht fühlte er ja tatsächlich so. Vielleicht litt er gar nicht so sehr, wie er behauptete.

Tränen nahmen Keely die Sicht, als sie zum Bücherregal hinüberschaute. Das Hochzeitsfoto von ihr und Mark stand an seinem angestammten Platz auf dem dritten Bord. Die Braut trug einen Pony, das lange Haar fiel ihr bis weit über die Schultern. Das helle Wollkleid endete gute zwanzig Zentimeter über dem Knie, die weißen kniehohen Lackstiefel wirkten geradezu lächerlich. Ein traditionelles Hochzeitskleid war nicht in Frage gekommen, sie hatten gar keine Zeit gehabt, um eines auszusuchen. Aber hatte sie wirklich in *diesem* Aufzug geheiratet?

Ihre brennenden Augen glitten zu dem jungen Mann auf dem Foto. Mark. *Wo bist du? Was ist mit dir geschehen? Lebst du noch? Oh, Mark, meine Jugendliebe. Ja, du warst so lieb. Sanft, großzügig, zärtlich, unternehmungslustig. Die perfekte erste große Liebe.*

Auf dem Foto hatte er einen Haarschnitt nach der typischen Beatles-Mode. Lange Ponyfransen hingen ihm ins Gesicht. Nur Tage später hatte man ihn im Trainingscamp kahl geschoren. Jackett und Hose waren ein wenig zu klein für seine athletische Gestalt. Seine Füße wirkten geradezu winzig im Vergleich zu den Schlaghosen, die damals in Mode gewesen waren.

Sie beide lachten wie Kinder in die Kamera, weil sie so begeistert gewesen waren, etwas so Erwachsenes wie Heiraten zu tun.

Keely setzte sich auf, um das Foto genauer zu betrachten. Das junge Mädchen auf dem Foto hatte keine Ähnlichkeit mit der Keely Preston Williams von heute. Sie war ihr völlig fremd. Die Keely von heute konnte mit dem Mädchen von damals nichts mehr anfangen.

Mark, sollte er noch leben, würde auch nicht mehr derselbe junge Mann sein. Keely konnte sich das Gesicht, die Stimme, den Charakter des Mannes nicht vorstellen, zu dem Mark geworden war, sollte er je zurückkommen. Den Jungen auf dem Bild gab es nicht mehr. Wie auch das Mädchen nicht mehr existierte.

Keely legte sich wieder hin und starrte an die Decke. Sie versuchte sich zu erinnern, wie es sich angefühlt hatte, von Mark geküsst, von ihm gestreichelt zu werden, aber es waren Dax' Küsse, die ihr in den Sinn kamen. Sie konnte sich nicht daran erinnern, je Raum und Zeit vergessen zu haben, wenn Mark sie geküsst hatte. Ihr Herz hatte vielleicht schneller geschlagen, und ihre Handflächen waren ein wenig feucht vor angespannter Erwartung geworden, aber an diese durch ihren ganzen Körper kriechende Hitze, die sie schwach machte und zugleich belebte, konnte sie sich nicht erinnern.

Sie schloss die Augen und rief einen imaginären Liebhaber herbei. Als er zu ihr kam, war er nicht blond wie ihr Mann, sondern er hatte dunkles Haar und dunkle Augen, geerbt von seinen französisch-kreolischen Vorfahren. Seine Bewegungen waren nicht linkisch und unsicher, sondern erfahren und geduldig.

Keine Hände, die hektisch tasteten, sondern solche, die sicher wussten, wie sie Erregung wachrufen konnten. Keine hastige Gier, keine ungelenke Eile.

Die erfahrenen Hände glitten abwärts, berührten, fanden, was sie suchten … und schenkten ihr die lang ersehnte Erfüllung.

Unendlich langsam ließ Keely sich auf das Bett herabsinken. Ihre Lider öffneten sich flatternd, verwirrt fragte sie sich, was gerade passiert war. Mit der Erkenntnis kam die Scham. Es war nicht Mark gewesen, nach dem sie sich gesehnt hatte, sondern Dax Devereaux.

Ihr Kissen sog die heißen Tränen der Reue auf.

„Sollen wir unser Lunchpaket zum Jackson Square mitnehmen?“

Wie bei den meisten von Nicoles Anrufen, so erfolgte auch dieser ohne jegliche Einleitung. „Ich wollte eigentlich gar nicht …“

„Hast du vielleicht etwas Besseres vor?“ fragte Nicole mit einem Hauch von Schärfe.

„Nein“, gab Keely klein bei.

„Dann treffen wir uns in einer halben Stunde unten am Eingang. Ich bring die Lunchpakete mit.“

Seit dem Tag, an dem Nicole Dax und ihr diesen Streich mit dem Interview gespielt hatte, war Keely Nicole ausgewichen. Sie hatten gelegentlich miteinander telefoniert und waren sich auch im Flur des Senders begegnet, aber die gewohnte Vertrautheit war nicht mehr da. Keely fehlte sie.

Zur verabredeten Zeit traf sie sich mit Nicole an der Eingangstür. Die wenigen Häuserblocks bis zu dem historischen Platz gingen sie zu Fuß. Die Sonne schien auf die Saint Louis Kathedrale, eine Taube hatte sich häuslich auf der Statue von Andrew Jackson niedergelassen. Die ersten Frühlingsknospen brachen aus der Erde mit dem Versprechen, bald aufzublühen, Straßenhändler boten ihre Waren feil. Die beiden Freundinnen suchten sich eine freie Bank. Nicole griff in die Papiertüte und bot Keely ein Sandwich an.

„Diese Ungewissheit bringt mich noch um." Nicole biss herzhaft in ihr Sandwich. „Hast du nun oder hast du nicht?"

„Was habe ich oder auch nicht?"

„Mir verziehen", sagte Nicole leise und sah Keely so zerknirscht an, dass diese lachen musste.

Keely legte ihr Sandwich weg und umarmte die Freundin. „Natürlich habe ich dir verziehen. Und mir tut es auch Leid. Du hast mir richtig gefehlt."

Nicole entzog sich der Umarmung und blinzelte verärgert die Tränen fort. „Na, dem Himmel sei Dank, dass das endlich vorbei ist. Ich dachte schon, ich müsste den Rest meines Lebens in Sack und Asche wandeln. Dabei sehe ich fürchterlich aus in Grau."

Die spöttische Bemerkung konnte Keely nicht täuschen. Nicole hatte unter dem Bruch der Freundschaft genauso gelitten wie sie. „Das war wirklich ein Schlag unter die Gürtellinie, Nicole, aber das war eigentlich mein kleinstes Problem." Keely schüttelte den Kopf. Es war zwei Wochen her, seit sie Dax gesehen hatte. Sollte die Zeit nicht angeblich alle Wunden heilen? Diese Weisheit hatte sich bei ihr als falsch erwiesen. Je länger sie ihn nicht sah, desto mehr sehnte sie sich nach ihm.

„Willst du es mir nicht endlich erzählen, Kelly? Ich meine das, was ich mir nicht schon selbst zusammengereimt habe."

Keely sah Nicole schräg von der Seite her an. „Und was hast du dir bisher zusammengereimt?"

Nicole wickelte den Rest ihres Sandwiches wieder in das Zellophanpapier und öffnete eine Limonadendose. Während sie Keely davon anbot, sagte sie: „Ich denke, ihr habt euch irgendwo in Washington getroffen, wart sofort voneinander angezogen, wusstet aber auch von Anfang an, dass es in eurer jeweiligen momentanen Situation recht ungemütlich werden könnte. Und seither liegen euer Gewissen und eure Libido im Clinch."

Keely betrachtete abwesend die Statue, auf der mittlerweile mehrere Tauben gelandet waren. „Das bringt es mehr oder weniger auf den Punkt."

„Keely, warum quälst du dich so? Wenn du eine Affäre mit ihm haben willst, dann tu es. Schön, er ist Kongressabgeordneter, aber er ist immer noch ein Mann. Und mal ehrlich, wen kümmert es heutzutage denn noch, wer mit wem schläft? Sei egoistisch. Denk zur Abwechslung mal an dich."

„Ich muss auch an ihn denken."

„Warum? Er ist schon ein großer Junge, weißt du. Er ist mit offenen Augen an die Sache herangegangen. Wie ich dich kenne, hast du ihn wohl kaum mit den Waffen einer Frau verführt, dass er sich nicht mehr zurückhalten konnte, oder? War er nicht derjenige, der den ersten Schritt gemacht hat?“

„Nun, ja, aber … Ich habe ihm von Anfang an gesagt, dass ich verheiratet bin. Aber ich habe mich auch nicht geweigert, mich mit ihm zu treffen. Es war so … er war …“

Nicole murmelte etwas wenig Damenhaftes. „Hast du mit ihm geschlafen?“ Als sie Keelys entsetzte Miene sah, fügte sie hinzu: „Ich sehe keinen Sinn darin, noch weiter um den heißen Brei herumzureden. Also, hast du?“

„Nein.“ Die Antwort war ein kaum vernehmliches Flüstern.

„Dann ist es ja kein Wunder, dass dir so elend zu Mute ist. Und warum, um Himmels willen, fühlst du dich dann auch noch schuldig? Das ist doch kein Zustand. Geh mit ihm ins Bett, dann bekommst du ihn endlich aus deinem Kopf raus. Es ist ja schließlich nicht so, als wärst du unsterblich verliebt …“ Nicole brach abrupt ab und schnappte nach Luft. Sie griff Keely am Kinn, um ihr ins Gesicht zu sehen. In den grünen Augen schwammen Tränen. „Mein Gott“, entfuhr es ihr. „Du *bist* verliebt. In Dax Devereaux. Ach du liebes bisschen, Keely. Wenn du was anfängst, gibst du dich nicht mit Kleinigkeiten zufrieden, was? Ich hatte dir geraten, eine nette kleine, unkomplizierte Affäre anzufangen, aber du suchst dir ausgerechnet einen Abgeordneten aus, der auf dem besten Wege ist, Senator zu werden, und verliebst dich auch noch in ihn.“

Nicoles tadelnder Ton verletzte Keely. „Ich würde

nichts mit ihm anfangen wollen, wenn ich ihn nicht liebte. Ich bin anders als du, ich kann Liebe und Sex nicht voneinander trennen, für mich ist das ein und dasselbe. Ich kann nicht so lässig mit einem Mann ins Bett steigen wie du."

Kaum waren die Worte heraus, hätte Keely sie am liebsten zurückgenommen. Sie umklammerte Nicoles plötzlich schlaff gewordene Hand und drückte sie fest. „Es tut mir Leid", sagte sie heiser, „das hätte ich nicht gesagt, wenn es mir nicht so miserabel ginge. Du weißt, dass ich dich nicht verurteile. Was du tust und wie du über die Dinge denkst und fühlst, ist ganz allein deine Sache."

Nicole lachte trocken auf. „He, wenn einer über meinen Ruf Bescheid weiß, dann ich." Sie sah mit leerem Blick vor sich hin, dann drehte sie den Kopf mit der prachtvollen Löwenmähne wieder zu Keely. „Ist dir noch nie in den Sinn gekommen, ich wäre viel lieber so wie du?"

„Wie ich?" wiederholte Keely ungläubig.

„Überrascht dich das? Vielleicht ist dir nicht klar, wie außergewöhnlich du bist. Du stehst für etwas ein. Du hast Werte mitbekommen, Prinzipien, nach denen du dich richten kannst. Und sie sind dir nicht vorgebetet, sondern vorgelebt worden. Du konntest dich an Beispielen orientieren. Wie gern besäße ich deine natürliche Eleganz. Meine Sprache ist erbärmlich, und ich bin mir dessen bewusst. Mein Benehmen ist unmöglich, und ich weiß es. Ich würde zu gern Manieren haben, mich gewählt ausdrücken wie eine Lady. Ich wünschte, mir würden andere den gleichen

Respekt entgegenbringen wie dir." Wieder lachte sie hart auf. „Tja, keine Chance."

Keely zögerte, bevor sie leise fragte: „Warum ... warum lässt du ... lässt du dich mit so vielen Männern ein?"

„Du meinst, warum ich mit so vielen schlafe?" Bitterkeit schwang in der Frage mit, aber diese war gegen Nicole selbst gerichtet, nicht gegen Keely. „Ich vermute, ich will einfach den Erwartungen an mich entsprechen. Meine Mutter verließ meinen Vater und mich. Ich war damals noch zu jung, um mich daran zu erinnern. Aber er hat es mich nie vergessen lassen. Jeden einzelnen Tag meines Lebens machte er mir klar, dass ich genauso sei wie sie – eine Schlampe, wertlos, verdammt zu einem Leben in Sünde und Unmoral. Er hat seine Wut auf meine Mutter an mir ausgelassen."

Sie fuhr mit dem Finger an ihrem Rocksaum entlang und sah die schmerzhaften Bilder der Vergangenheit wieder vor sich. „Weißt du, ich habe mich durchschaut. Ich suche nach jemandem, der mich liebt, und hoffe in jedem Mann, mit dem ich zusammen bin, die väterliche Fürsorge zu finden, die mir nie zuteil geworden ist. Von dem Tag an, da ich den ersten BH brauchte, nannte mein Vater mich ein Flittchen. Und er hatte Recht. Ich bin ein Flittchen. Ein hochklassiges Flittchen zwar, aber nichtsdestoweniger ein Flittchen."

„Sag so was nicht, Nicole! Das bist du nicht! Du hast ein unglaublich großes Herz und so viel Liebe in dir. Du hast diese Liebe bisher nur nie in die richtige Richtung gelenkt. Ich glaube, du hast Angst davor, jemanden zu lieben, Angst davor, dass er dich zurückweisen könnte wie dein Vater."

„Wir wollten doch hier über dich reden, oder?"

„Jetzt reden wir eben über dich. Hinter dieser harten ‚Was kümmert's mich'-Fassade versteckt sich eine unsichere und einsame Frau, die darum bittet, für ihr wahres Ich geliebt zu werden und nicht wegen ihres strahlenden Image. Irgendein einfühlsamer Mann wird das eines Tages erkennen." Sie sah Nicole abwartend an. „Vielleicht ist Charles Hepburn ja dieser Mann."

Jetzt lachte Nicole wirklich. „Da wir gerade von Zurückweisung sprechen ... Ich habe jeden Trick angewandt, den ich kenne, um diesen Mann in mein Bett zu bekommen, und er hat mich völlig ignoriert. Es geht längst nicht mehr darum, dass ich ihn will, sondern dass er mich nicht will. Für mich ist das eine Frage des Stolzes. Eine Herausforderung." Sie legte theatralisch eine Hand aufs Herz. „Er hält sehr viel von ernsthaften Bindungen."

„Umso besser."

„Nun, wenn er sich einbildet, ich würde alle Männer für ihn aufgeben, dann kann er es gleich vergessen." Sie schwiegen eine Weile. Nicole schob mit der Schuhspitze einen kleinen Kiesel über den Boden. „Ganz gleich, was ich in der Vergangenheit zu dir gesagt habe, ich respektiere dich und deine Ideale."

Keely lächelte. „Und ich bewundere deine Courage.

Manchmal glaube ich, Moral ist nichts anderes als die Angst vor der Verurteilung."

Nicole fragte zögernd: „Was fühlt Dax für dich, Keely?"

„Ich weiß es nicht. Er hat Dinge gesagt, die mich glauben lassen, dass … Aber dann wiederum …" Sie ließ den Satz offen.

„Wirst du mir zugestehen, dass ich ein wenig mehr von Männern verstehe als du?" fragte Nicole. Als Keely sie ansah und nickte, fuhr sie fort: „Ich denke, ihn hat es genauso schlimm erwischt wie dich. Moment, lass mich ausreden", wehrte sie Keelys Versuch ab, etwas einzuwenden. „Sei nicht gleich wütend, okay? Ich hab's selbst bei ihm versucht."

Keely riss ungläubig den Mund auf, aber Nicole sprach hastig weiter. „Ich sagte doch, du sollst nicht wütend werden. Herrgott, es war einen Versuch wert. Damals vermutete ich nur, dass sich da irgendetwas zwischen euch angebahnt hatte. Es war, als du nach dem Interview aus dem Studio stürmtest wie eine beleidigte Heilige. Ich habe ihm sämtliche Signale gegeben, aber der Mann war völlig unempfänglich dafür. Nichts, keine Reaktion. Er hat noch nicht einmal so getan, als sei er interessiert, er hat nur unaufhörlich auf die Tür gestarrt, durch die du davongerauscht warst."

„Das beweist doch gar nichts."

„Nein, aber als ich euch zusammen sah, war er … du weißt schon, aufmerksam, beschützend. Ich kenne seinen Ruf bei Frauen, wovon das meiste sicherlich maßlos übertrieben ist, aber ich hätte nie erwartet, dass er so ...“, sie suchte nach dem passenden Ausdruck, „so völlig in Anspruch genommen ist. Ich muss zugeben, ich habe wenige Angebote ausgeschlagen, und nur wenige meiner Angebote sind abgelehnt worden. Darauf bin ich nicht unbedingt stolz. Aber ich bin stolz darauf, dass dein Typ diese hier nicht einmal wahrgenommen hat.“ Nicole legte die Hände unter ihre Brüste und reckte den Oberkörper vor. „Er hat auch dieses Haar nicht gesehen oder diese Augen, Dinge, die dafür bekannt sind, dass sie die Männer verrückt machen. Er hatte nur Augen für dich, Keely.“ Nicole hielt inne, um die Wirkung ihrer Worte zu prüfen. „Halte davon, was du willst, aber ich gehe jede Wette ein, dass bei dir und dem Abgeordneten das letzte Kapitel noch lange nicht geschrieben ist.“

Keely schüttelte den Kopf. „Nein. Ich weiß zu schätzen, was du mir da erzählst, aber es war schon vorbei, bevor es überhaupt angefangen hatte.“

„Jetzt mal ganz unter uns“, setzte Nicole an. „Wenn du die Wahl hättest, mit wem du den heutigen Abend verbringen könntest ... Wer wäre es? Dax oder Mark?“

Keely sprang auf, als hätte man sie geohrfeigt. „Das ist nicht fair! Eine solche Frage kann ich nicht beantworten!“

Nicole sah sie bekümmert an. „Das hast du schon“, murmelte sie mitfühlend.

10. KAPITEL

Keely und Nicole konnten sich vor Lachen kaum halten, als sie die schweren Studiotüren auf ihrem Weg nach draußen aufstießen. Sie klammerten sich aneinander, stützten sich gegenseitig und kicherten wie Schulmädchen. Ihre gemeinsame Lunchpause am Jackson Square war jetzt zwei Wochen her. Das, was sie einander an jenem Tag eingestanden hatten, hatte der Freundschaft eine neue Dimension verliehen. Heute hatte Nicole Keely dazu überredet, in der Pause zwischen den Abendnachrichten gemeinsam essen zu gehen.

„Kannst du dir das vorstellen? Ich meine, also ehrlich, ist das überhaupt zu glauben?“ Nicole schnappte nach Luft und tupfte sich die Lachtränen aus den Augenwinkeln. „Und als ich dann sagte ... als ich sagte ...“ Wieder brachen sie in helles Gelächter aus und schwankten auf den Ausgang zu.

„Den Witz müsst ihr uns auch erzählen.“

Beide Frauen drehten sich um und sahen Charles Hepburn auf sich zukommen. Neben ihm ging Dax Devereaux.

Keely stockte der Atem. Ihr Mund war immer noch zu einem breiten Lächeln verzogen, aber kein Laut kam aus ihrer Kehle.

„Oh, Charles.“ Nicole ging zu ihm und schlang die Arme um seinen Nacken, immer noch hilflos lachend. „Hast du die Nachrichten gesehen?“

„Nein, Dax und ich haben gerade unser Meeting beendet. Was war denn los?"

„Eine Katastrophe! Dir werden wahrscheinlich sämtliche Sponsoren weglaufen, die du so sorgfältig an Land gezogen hast. Aber es war einfach umwerfend komisch!"

Ihr Lachen war ansteckend. Dax begann zu grinsen, Charles sah auf Nicole herunter wie auf ein herzallerliebstes Kind. „Na, dann erzähl es uns."

„Also gut." Sie räusperte sich. „Ich trug gerade die Nachricht von den kostenlosen Kursen über Herz-Lungen-Massage vor, die dieses Wochenende in den städtischen Schulen abgehalten werden." Nicole atmete tief durch, um das Kichern zu unterdrücken, das schon wieder in ihr aufstieg. „Nun, wie auch immer … Ich sagte gerade: ‚Was Sie jetzt sehen, könnte Ihnen oder einem Ihrer Lieben das Leben retten.' Sie spielten die falsche MAZ ab, denn anstatt des Films über die Kurse kam eine Werbesendung für ein Abführmittel."

Die Männer fielen in ihr Lachen ein. „Ich sage, das kann Leben retten, und sie zeigen eine Pillenschachtel Abführmittel." Sie konnte kaum sprechen vor Lachen. „Keely, erzähl du weiter, ich kann nicht mehr."

Keely warf einen kurzen Blick auf Dax, dann sprach sie in die Runde. „Na ja, immerhin haben sie es schnell gemerkt, die Reklame ausgeblendet und sind wieder auf Nicole zurückgefahren. Die allerdings konnte sich vor Lachen kaum halten. Also haben sie zum Wetterbericht rübergeschaltet." Wieder lachten alle, und für einen Moment war Keely von Dax' Grübchen abgelenkt. „Der arme Wetterfrosch war aber überhaupt nicht darauf vorbereitet. Er hatte noch nicht einmal sein Jackett an. Glücklicherweise war er aber schon verkabelt, und ganz Profi, fängt er an, über Hochs und Tiefs und Tiefdrucksysteme zu reden. Allerdings fällt ihm erst da auf, dass er noch eine Zigarette im Mundwinkel hängen hat."

„Und dann wurde es richtig lustig", übernahm Nicole. „Wahrscheinlich hat er sich gedacht, es würde niemandem auffallen, wenn er die Zigarette einfach aus dem Mund fallen lassen würde. Allerdings hatte er wohl vergessen, dass er seine Unterlagen vor sich auf den Boden gelegt hatte. Die Zigarette fällt also auf den Stapel Papier, das prompt zu schwelen beginnt. Und der arme Kerl versucht – ganz unauffällig natürlich – den Schwelbrand auszutreten, während er mit dem Zeigestock auf die Wetterkarte deuten muss." Nicole lieferte eine Imitation des geplagten Meteorologen, und wieder brachen alle in Gelächter aus, bis sie nach Luft schnappen mussten.

Als Charles sich einigermaßen gefasst hatte, meinte er: „Wahrscheinlich werdet ihr alle morgen früh gefeuert. Vielleicht werde ich es sogar selbst empfehlen."

„Soll das ein Witz sein? Das Management würde es nicht wagen, uns zu entlassen. Das war die lebendigste und unterhaltsamste Nachrichtensendung, die je ausgestrahlt wurde. Das hat uns garantiert Punkte bei den Zuschauern eingebracht."

Während Nicole und Charles ihr Geplänkel fortführten, verschlangen Dax und Keely sich mit Blicken. Ihr fiel auf, dass die Fältchen um seine Augen tiefer geworden waren, so als würde er nicht ausreichend Schlaf bekommen. Er dachte, dass ihre Augen viel zu groß und zu grün aus dem blassen Gesicht herausstachen.

Sie dachte, dass das Silber an seinen Schläfen auffälliger geworden war. Er dachte, wie hübsch ihr seidiges Haar ihr Gesicht einrahmte. Er wusste, dass es nach Blumen roch.

Sie dachte, dass sein Grübchen verführerischer denn je war. Er dachte, dass ihr Mund nie küssenswerter ausgesehen hatte.

Sie dachte, dass seine Krawatte immer perfekt saß. Er dachte, wie bezaubernd sich die feine goldene Kette um ihren Hals schmiegte.

Sie dachte, dass er nie größer und stärker gewirkt hatte. Er dachte, dass sie nie schöner und femininer ausgesehen hatte.

Sie erinnerte sich an ihre Fantasien und errötete auf eine reizende Art. Er beschwor Fantasien herauf, während sie dort standen, und das Blut schoss direkt in seine Körpermitte.

„Was halten Sie davon, Dax?"

Beide, Dax und Keely, zuckten bei Charles' Frage zusammen. „Tut mir Leid, ich habe die Frage nicht verstanden", entschuldigte sich Dax.

„Ich fragte, ob Sie etwas dagegen haben, wenn ich Nicole und Keely zu unserem Abendessen einlade."

Dax sah Keely mit blitzenden Augen an. „Nein, natürlich nicht. Die Idee gefällt mir sogar ausnehmend gut. Nicht, dass ich Ihre Gesellschaft langweilig finden würde, Charles."

Charles lachte gut gelaunt. „Mir gefällt es auch, wenn die Ladys unseren Tisch ein wenig verschönern. Wir wollten zu ‚Arnaud's'. Sagt euch das zu?"

„Ja", stimmte Nicole sofort begeistert zu und warf Keely einen warnenden Blick zu, bloß nicht zu widersprechen. „Du könntest mit Dax die Werbung im Radio besprechen", fügte sie hinzu. „Darüber weißt du mit Sicherheit mehr als Charles."

„Freut mich, wenn ich helfen kann", erwiderte Keely. Phrasendrescherei, jeder wusste es. Nicole hatte ihnen lediglich die Entschuldigung geliefert, sollte jemand sie zusammen sehen.

Der Würfel war gefallen. Keely hatte keinerlei Einfluss auf dieses zufällige Treffen. Dax schien einverstanden mit dem Vorschlag, dass sie und Nicole mit zum Abendessen gingen. Sicher, was hätte er auch sonst sagen sollen? Besorgt sah sie zu ihm auf. Doch sein warmer Blick bedeutete ihr, dass er nicht das Geringste gegen die Situation einzuwenden hatte.

Ohne ein Wort nahm er ihr den leichten Mantel vom Arm und half ihr hinein. Sie drehte sich um und schob die Arme in die Ärmel, peinlichst auf Abstand bedacht. Denn sollte Dax sie berühren, würde sie zusammenbrechen. Doch wundersamerweise geschah das nicht. Er beugte sich vor, bis sie seine Brust an ihrem Rücken fühlte. An ihrem Ohr fragte er: „Ist Ihnen das recht?"

Seine Stimme war wie eine Liebkosung, tief, voll und vibrierend, wie die Musik eines Cellos. Keely neigte ein wenig den Kopf, um ihn ansehen zu können. So nah. Sein frisches Aftershave berauschte sie. Ihre Nasenspitze berührte fast sein Kinn, auf dem um diese späte Tageszeit ein dunkler Bartschatten lag. Sein Haar wirkte so weich, sie sehnte sich danach, es anzufassen.

„Ja, ich habe nichts dagegen." Ihr Flüstern klang heiser und intim und drückte mehr aus als die Worte selbst.

„Mein Wagen steht einen Häuserblock entfernt, wir müssen etwas laufen. Ich hoffe, das macht Ihnen nichts aus, Dax." Charles legte einen Arm um Nicoles Schulter und führte sie zum Ausgang.

„Aber nein, ganz und gar nicht."

Auf dem schmalen und holprigen Bürgersteig legte Dax eine Hand an Keelys Ellbogen. Jeder Gentleman hätte das getan, es war eine reine Höflichkeitsgeste. Aber hätte sich diese harmlose Geste auch bei einem anderen Mann wie ein erotisches Vorspiel angefühlt?

Auf dem Rücksitz von Charles' Mercedes saßen sie

Knie an Knie, Wade an Wade. Ohne sich sonst zu berühren, starrten sie an sich herunter, spürten die Hitze, die von dort ausging. Mit jedem Schlenker des Wagens rieb sich Keelys Seidenstrumpf an Dax' Flanellhose.

Charles und Nicole hielten eine lebhafte Unterhaltung aufrecht. Dax' und Keelys Antworten fielen eher wortkarg aus, so als wollten sie sagen: „Stört uns nicht, wir sind damit beschäftigt, aneinander zu denken."

Charles fand einen Parkplatz nahe beim Restaurant, sie brauchten nicht weit zu laufen. Der Maître kannte sein Metier, begrüßte jeden mit Namen und führten sie dann an den Tisch in einer ruhigen Nische, den Charles reserviert hatte.

Normalerweise genoss Keely die europäische Atmosphäre bei „Arnaud's" in vollen Zügen. Sie mochte die dezente Eleganz der Einrichtung, die leisen Stimmen der Kellner. Selbst Teller und Besteck würden es in diesem Restaurant nicht wagen, laut zu klappern und damit den Rahmen zu stören.

Aber heute Abend nahm sie nichts anderes wahr als die Gegenwart des Mannes, der neben ihr saß. Unter dem Vorwand, die Speisekarte zu studieren, rückten sie näher aneinander heran, Schulter drückte an Schulter, sein Daumen strich wie unabsichtlich über ihren Zeigefinger. Mit der Frage, ob sie schon gewählt hätten, brachte Charles sie in Verlegenheit. Hastig entschieden sich beide für die Forelle nach Müllerin Art, und als das erledigt war, begnügten sie sich wieder damit, einander anzusehen. Charles übernahm die restliche Bestellung für sie, weil er zu Recht annahm, dass den beiden egal war, was sie aßen.

„Dax und ich haben den Großteil des Nachmittags zusammen verbracht“, begann Charles, nachdem der Aperitif serviert worden war.

„So?“ fragte Nicole. „Haben Sie schon Sendezeit eingekauft?“

Dax stützte die Ellbogen auf den Tisch und lehnte sich leicht vor. „Ich fürchte, Charles hat es mit einem äußerst begriffsstutzigen Kunden zu tun. Je mehr er mir über meine Optionen erzählt hat, desto verwirrter wurde ich. Und es ist sehr kostspielig, selbst ohne die … die Produktionskosten.“ Beim letzten Wort hob er seine Stimme zu einer Frage.

„Ja“, erwiderte Charles. „Bevor wir einen Spot für Sie senden können, müssen Sie erst einmal einen Spot haben.“ Er lächelte offen. „Ich kann Ihnen gerne ein paar Produktionsfirmen empfehlen.“

„Ich habe mir überlegt, ich sollte Experten anheuern, die das alles für mich übernehmen. Sie könnten auch die ganze Medienarbeit besser koordinieren. Was halten Sie davon?“ Offensichtlich verließ Dax sich auf Charles’ Geschäftssinn.

„Sie würden auf jeden Fall von vielen lästigen Verpflichtungen befreit sein und könnten sich besser auf andere Dinge konzentrieren.“

Der Kellner brachte einen Brotkorb mit herrlich frischen Brötchen. Dax brach ein Stück ab, strich großzügig Butter darauf und reichte es Keely. Seine Fingerspitzen berührten ihre, ihre Blicke verschmolzen. Die flüchtigste Berührung setzte sie beide unter Strom. Die Spannung löste sich erst, als ein dienstbeflissener Kellner die Zwiebelsuppe brachte.

An einem Wochentag war das Restaurant nicht voll besetzt, trotzdem waren sie sich der neugierigen Augenpaare bewusst. So versuchten sie sich den Anschein zu geben, nicht mehr zu sein als ganz normale Leute, die bei einem Geschäftsessen zusammensaßen. Die Unterhaltung war unverfänglich und amüsant, gewürzt mit Nicoles leicht anrüchigen Kommentaren, die sie nur von sich gab, um Charles zu provozieren.

„Möchte jemand ein Dessert?“ fragte Charles schließlich.

„Ich bin zu voll“, ließ Nicole sich vernehmen.

„Gegen einen Kaffee hätte ich nichts“, meinte Keely, und Dax pflichtete ihr bei. Als der Kaffee gebracht wurde, gab Dax Milch in ihre Tasse und rührte für sie um. Diese vertraute Geste entging Charles und Nicole nicht, die sich einen wissenden Blick zuwarfen, der wiederum von Keely und Dax nicht bemerkt wurde.

Als sie im Foyer des Restaurants ihre Mäntel überzogen, meinte Nicole: „Ich würde gern ein Stück laufen und danach noch einen Nachtisch essen. Am liebsten die Beignets im Café du Monde.“

„Du willst den ganzen Weg bis zum Café du Monde laufen?“ horchte Charles auf.

„Natürlich, alter Mann. Ist dir das zu weit?“

„Bis dahin schaffe ich es gerade noch, aber der Rückweg … das bezweifle ich. Außerdem hast du gar keine Zeit, du musst zurück ins Studio.“

„Wir können uns ein Taxi nehmen. Nachher läuft noch ein Film mit Überlänge, so dass die Nachrichten später gesendet werden.“

Charles sah zu Keely und Dax, die eng beieinander standen. Der weitere Verlauf des Abends war ihnen gleichgültig, solange sie sich nicht voneinander verabschieden mussten.

„Dax? Keely?“

„Ich habe nichts anderes vor“, sagte Dax.

„Ich auch nicht“, stimmte Keely zu.

Damit war es entschieden. Beide waren überglücklich. Unter dem Vorwand des Geschäftstreffens konnten sie den Abend zusammen verbringen. Niemand würde ihnen etwas unterstellen können.

„Lasst uns die Bourbon Street hinuntergehen“, sagte Nicole, und Charles stöhnte. „Komm schon, du Miesepeter.“

„Nicole“, setzte er geduldig an, „du weißt doch die Bourbon Street ist einfach nur laut, schmutzig, überfüllt, sittenlos und dekadent.“

„Ich weiß. Ich liebe Dekadenz.“ Ihre blauen Augen

funkelten. Sie hakte sich bei Charles ein und zog ihn im wahrsten Sinne des Wortes zur nächsten Kreuzung.

Sie ließen sich von der Menge treiben, die jedoch nichts war im Vergleich zu den Festlichkeiten an „Mardi Gras" in wenigen Wochen. Die Geräusche und Gerüche auf der Bourbon Street in New Orleans waren einzigartig. Das würzige Aroma von „Gumbo", dem Eintopf aus Meeresfrüchten, vermischte sich mit dem Geruch von Bier und der leicht modrigen Feuchtigkeit, so typisch für das French Quarter. Jazz hallte aus den vielen Nachtclubs und vermengte sich auf der Straße mit den Tönen einer Country & Western-Band. Türsteher stießen die oberen Hälften der Türen zu den Sexclubs auf, um Passanten einen Blick auf die Qualitäten der Tänzerinnen zu gewähren und mit marktschreierischer Lautstärke Kunden anzulocken.

Über einem dieser Etablissements hing ein Schild, auf dem „weltberühmte Sex-Shows" in großen Lettern angepriesen wurden.

„Ich frage mich, was sie so weltberühmt macht", bemerkte Charles.

„Nun, wenn du noch fragen musst, heißt das wohl, dass du sie noch nie gesehen hast", gab Nicole schnippisch zurück. Charles seufzte ergeben und, einen Arm um ihre Schultern gelegt, führte er Nicole wie ein unartiges Kind von dem Club fort.

Sie schlenderten weiter über die legendäre Straße, bis die Gegend weniger kommerziell und ruhiger wurde. Sie bogen in die St. Peter Street ein, die bis zum Jackson Square führte, wo auch das Café lag.

Die Straße war dunkel und verlassen. Charles und Nicole gingen voran, vorbei an Ladenfronten, Galerien und schmiedeeisernen Toren, die in die Vorgärten der Privathäuser führten.

Dax, dessen Hand bisher an Keelys Rücken gelegen hatte, schlang den Arm um ihre Schulter und zog sie enger an sich heran. „Wie ist es dir ergangen?"

„Gut. Und dir?"

„Auch gut."

„Du siehst müde aus. Hast du viel gearbeitet?"

„Ja, die letzten drei Wochen habe ich in Washington verbracht. Der Terminkalender des Kongresses ist randvoll. Wir wollen unsere Angelegenheiten zum Abschluss bringen, bevor die Sitzungsperiode vorbei ist."

„Oh."

„Ich war zum Abendessen beim Präsidenten und der First Lady im Weißen Haus eingeladen."

„Wirklich?"

„Ja." Dax grinste jungenhaft. „Geschäftlich, natürlich, aber es war trotzdem nett, eine Einladung zu bekommen."

Sie gingen eine Weile schweigend, bis Dax anhob: „Ich habe gelesen, was du der Presse gesagt hast."

„Ich habe deine Erklärung auch gelesen."

„Man darf nicht alles glauben, was in der Zeitung steht."

Sie wandte ihm ihr Gesicht zu. „Nein?“

„Nein“, sagte er bestimmt und schüttelte den Kopf.

„Zum Beispiel?“

„Zum Beispiel, dass ich dich für eine bewundernswert couragierte Frau halte, die sich für ein großes Ziel einsetzt, und dass ich keinerlei romantische Absichten dir gegenüber hege.“

Das Blut pochte ihr in den Schläfen. „Das sollte ich nicht glauben?“

„Den ersten Teil schon, den zweiten nicht. Wenn du auch nur ahntest, wie groß meine romantischen Absichten dir gegenüber sind, würdest du wahrscheinlich nicht diese dunkle Straße mit mir entlanggehen. Du würdest wissen, warum ich den ganzen letzten Monat weder richtig schlafen noch richtig essen konnte. Du würdest wissen, warum ich jeden Morgen mindestens zehn neue graue Haare zähle. Ich kann nur hoffen, es stimmt, was behauptet wird: dass graue Haare distinguiert aussehen.“

Sie waren beim Jackson Square angekommen. Die Tore des Parks waren über Nacht verschlossen, so wanderten sie an den Schaufenstern des Pontalba Building entlang, ohne jedoch die Auslagen wahrzunehmen.

„War es unangenehm mit den vielen Reportern, die dich belagert haben?“

„Eigentlich war es gar nicht so schlimm“, sagte Keely. „Nur für ein paar Tage.“

„Es tut mir Leid, Keely. Ich bin daran gewöhnt, aber

ich weiß, du bist es nicht. Ich wünschte, ich hätte dir das ersparen können."

„Ich hab's überlebt. Van Dorf war ..."

„Van Dorf! Er war bei dir?"

„Ja. Er wartete eines Tages bei meinem Wagen, als Joe mich mit dem Hubschrauber absetzte."

„Dieser Idiot", knurrte Dax. „Irgendwann werde ich ihn ... Hat er dich verletzt?"

Sie lachte leise und strich ihm beruhigend über das Revers seines Regenmantels. „Nein. Er hat lediglich ein paar hässliche Anspielungen gemacht."

„Was für Anspielungen?"

Sie konnte seinem durchdringenden Blick nicht standhalten. „Er sagte nur ... du weißt schon ... er hat mich nach dir gefragt."

„Was genau wollte er wissen?" insistierte er. Sie wurde rot und wollte den Blick abwenden, doch er ließ es nicht zu. Er griff nach ihrem Kinn und zwang sie, ihn anzusehen. „Was wollte er wissen?"

Sie befeuchtete ihre Lippen. „Er wollte von mir wissen, ob du gut im Bett bist."

„Was?!" Dax packte sie mit beiden Händen an den Schultern. „Das hat er dich gefragt? Keely, wenn diese Unperson auch nur ein abfälliges Wort über dich druckt ..."

„Das hat er aber bisher nicht, und er wird es auch nicht. Er weiß, dass er nichts hat, worüber er schreiben könnte."

„Was hast du ihm gesagt?"

„Die Wahrheit. Dass ich es nicht weiß."

Er versuchte ein Grinsen zurückzuhalten, aber es gelang ihm nicht, und so gab er auf. „Rate."

Sie beugte sich zurück und sah tadelnd in seine spitzbübisch funkelnden Augen. „Was denn?"

„Rate, ob ich gut im Bett bin."

„Nein!"

„Komm schon, sei kein Spielverderber. Rate. Ich gebe dir auch einen Tipp."

„Ich will gar keinen Tipp."

Er ignorierte ihren Einwand und beugte sich zu ihrem Ohr. „Ich bin zwar noch nicht weltberühmt, aber ich arbeite daran", flüsterte er.

Er hob langsam den Kopf und wartete auf ihre Reaktion, während sie über seine Worte nachdachte. Dann brach sie in lautes Lachen aus, weil ihr Charles' und Nicoles kleiner Schlagabtausch vor dem Sexclub wieder eingefallen war. Er legte eine Hand in ihren Nacken und drückte ihr Gesicht an seine Brust, während sie immer noch lachte. Sein Daumen streichelte die Stelle hinter ihrem Ohr. Ihr Lachen erstarb, und sie hob den Kopf, ließ den Blick nicht von seinen Lippen, als er sprach.

„Ich möchte dich küssen, so sehr, dass es schmerzt. Aber hier ist es wohl zu hell und zu öffentlich, was?"

Wie erschlagen nickte sie stumm. Nur unwillig gab er sie frei, und sie folgten dem anderen Paar, das vor einer Fußgängerampel auf grünes Licht wartete.

Ein Stückchen weiter lag das Café du Monde. Über hundert Jahre alt, war es eines der beliebtesten Lokale der Stadt. Dort wurden nur Beignets, Krapfen mit feinem Puderzucker, und Kaffee serviert, und nie mangelte es während der vierundzwanzigstündigen Öffnungszeit an Kunden.

Sie suchten sich einen Tisch auf der überdachten Terrasse, auch wenn der Abend kühl und feucht war so nah am Fluss. Die Stühle waren aus Chrom mit grünen Kunststoffbezügen, die Tische aus grauem Resopal, aber man kam wegen der Krapfen und des heißen Kaffees ins Café du Monde. Deshalb und um das vorbeiziehende Leben zu beobachten, die Autos, Pferdekutschen und Fußgänger.

Sie bestellten zwei große Portionen Beignets, drei Kaffee und einen Milchkaffee für Keely. Es dauerte nur Augenblicke, bis dampfende Getränke und heiße Beignets vor ihnen standen.

Mit Heißhunger machten sie sich über die Krapfen her. Bei jedem Bissen stob eine Wolke von weißem Puderzucker auf. Gesichter, Hände und Kleidung waren bald von einer feinen Schicht überzogen, aber das war eine Unannehmlichkeit, die jeder gern in Kauf nahm.

Keely und Nicole tupften mit dem Finger den Puderzucker vom Teller. Nicole leckte sich bewusst provozierend den Finger ab. „Lasst uns doch noch ein bisschen auf dem Kai spazieren gehen“, sagte sie und schaute Charles verführerisch unter halb geschlossenen Lidern hervor an.

„Du musst zur Arbeit."

„Ich habe noch Zeit." Ohne die Antwort der anderen abzuwarten, erhob Nicole sich und ging auf die Strandpromenade zu, die am Kai angelegt worden war, liebevoll „Moonwalk" genannt. In regelmäßigen Abständen standen Laternen, die gerade genug gedämpftes Licht spendeten, dass man nicht in den Mississippi fiel, aber die romantische Atmosphäre nicht zerstörten.

Die anderen folgten Nicole, die bereits eine Bank für sich und Charles ausgesucht hatte. In schweigendem Einverständnis schlenderten Keely und Dax weiter, als Charles sich zu Nicole setzte. Ihre Gestalten wurden von den Schatten und dem feinen Nebel verschluckt, als sie ihre eigene Bank in Besitz nahmen. Die Lichter am Ufer spiegelten sich auf der Wasseroberfläche. Was bei Tageslicht gar nicht so hübsch aussah, wirkte in der Nacht geradezu magisch.

Dax schlang einen Arm um Keelys Schultern und zog sie beschützend an sich. Ihr Kopf lag an seinem harten Bizeps, die Augen hatte sie geschlossen. Sie spürte seinen Atem auf ihrem Gesicht, immer näher. Und dann berührte sein Mund den ihren. Er küsste sie mit geschlossenen Lippen. Einmal, zweimal, ein drittes Mal. Die flüchtigen Berührungen konnten nicht wirklich als Küsse bezeichnet werden, eher als ein Streicheln, eine Liebkosung.

Keely legte die Hände an Dax' Kopf und fühlte endlich das Haar, das sie schon so lange hatte berühren wollen.

Seine Zunge glitt lockend über ihre Lippen, bis Keely ihren Mund öffnete und sie sich schließlich ihrer verzehrenden Leidenschaft hingaben.

Alle Zweifel, die beider Geist verdunkelt hatten, lösten sich auf. Hatte sie diese gleichgültig dahingesagten Dinge über Respekt und Bewunderung wirklich ernst gemeint? Hatte er wirklich eine endlose Reihe von Frauen mit gebrochenem Herzen zurückgelassen? Wie stark sehnte sie sich nach ihrem Mann? Ob er Madeline liebte? Fehlte er ihr? Fehlte sie ihm?

Dax gab Keelys Lippen frei und barg seinen Mund in ihrem Haar. „Gott, Keely, die letzten Wochen waren die Hölle. Ich konnte an nichts anderes denken als an dich."

„Ich habe mich so elend und verwirrt gefühlt. Ich dachte, du könntest das ernst gemeint haben, was du den Reportern gesagt hast."

„Nein, das weißt du besser. Knöpfe deinen Mantel auf, bitte. Ich will ... Ja, so. Das waren nur Worte, um überhaupt etwas zu sagen. Nichts davon war ernst gemeint."

„Das hatte ich gehofft, aber du warst fort ..."

Sie küssten sich.

„Ich wollte anrufen, aber dann kamen mir all die Schreckensvisionen von angezapften Telefonleitungen und ... Vergiss die Knöpfe, ich möchte einfach nur deine Hände auf mir spüren ... ja ... oh Gott, so herrlich ..." Wieder küssten sie sich. „... und Wanzen und solche Sachen. Keely, du schmeckst so wunderbar."

„Machst du dir Sorgen wegen solcher Dinge?“ fragte sie unter leisem Stöhnen, als er an ihrem Ohrläppchen knabberte.

„Mehr deinet- als meinetwegen ... Oh, das ist so weich ...“

„Dax ...“ Sie seufzte. „Wieso haben wir so viel Aufmerksamkeit erregt? Ja, berühre mich ...“

„Du fühlst dich so gut an ... Viele haben uns zusammen tanzen gesehen. Ich habe nicht gemerkt, dass man uns beobachtete. Eigentlich habe ich überhaupt nicht viel gemerkt, außer dass ich dich in meinen Armen hielt und dich wollte ... Oh, ja, Darling ... da.“ Er zog ihre Hand an seine Brust. „Ich will dich, Keely. Ich will mit dir schlafen, in dir sein. Ich will dich so sehr.“

11. KAPITEL

Keely hielt Dax' Kopf an ihrer Brust. Sie suchte nach Worten. Doch es gab nichts Tröstendes, was sie ihm hätte sagen können. Wusste er, dass sie sich genauso nach ihm verzehrte wie er sich nach ihr?

Charles ersparte es ihr, sich in Gemeinplätzen zu ergehen. Sie sah ihn auf ihre Bank zukommen, aber er blieb in diskretem Abstand stehen und blickte aufs Wasser hinaus. Keely stieß Dax sanft an und sagte leise seinen Namen, er setzte sich sofort auf und folgte ihrem Blick.

Charles räusperte sich laut. „Entschuldigt, aber Nicole muss ins Studio zurück. Wenn ihr natürlich noch bleiben möchtet …"

„Nein", knurrte Dax und musste sich ebenfalls räuspern. „Wir gehen auch." Er stand auf und bot Keely seine Hand. Hastig knöpfte sie ihren Mantel zu und sammelte ihre Sachen ein. Dann folgten sie Charles, dessen Schritte über die Promenade hallten.

Nicole saß auf der Bank und sah äußerst zufrieden aus. Keely warf einen forschenden Blick in Charles' Richtung, aber seine unbewegliche Miene verriet nichts. Stille Wasser sind tief, dachte Keely mit einem Lächeln.

Sie gingen den Weg zurück zur Vorderseite des Jackson Square.

„Da eure Autos auf dem KDIX-Parkplatz stehen,

dachte ich mir, wir könnten Nicole zur Arbeit zurückbegleiten. Ich nehme mir dann von dort aus ein Taxi zu meinem Wagen", erklärte Charles mit der Gründlichkeit eines Pfadfinderführers.

„In Ordnung", stimmte Dax zu. Er legte den Arm fest um Keelys Hüfte, während sie über die nebelverhangenen Bürgersteige gingen. „Zum Teufel mit meinem Image. Es scheint sowieso immer schlechter zu werden, je mehr ich versuche, es zu verbessern."

„Was denkt Madeline eigentlich über die Publicity in Verbindung mit unser beider Namen?" fragte Keely.

„Ich weiß es nicht. Ich habe sie nicht gefragt."

„Dann ist dir ihre Meinung also egal?" setzte sie schüchtern hinzu.

„Nicht, soweit es dich angeht. Sie hat sehr viel Geld, ist nett anzusehen, und manchmal kann sie sogar amüsant sein. Aber sie hat auch eine bösartige Ader. Sie ist besitzergreifend, ehrgeizig und eifersüchtig."

„Hast du ... habt ihr ...?" Keely brachte es nicht über sich, die Frage auszusprechen. Sie ließ das Kinn auf die Brust sinken und hielt den Blick stur auf den nassen Asphalt zu ihren Füßen gerichtet.

Sie waren fast einen ganzen Häuserblock gegangen, bevor Dax etwas sagte. „Ich denke nicht, dass es Madeline oder irgendeiner anderen Frau gegenüber fair wäre, wenn ich eine solche Frage beantworten würde."

„Entschuldige, Dax. Ich habe kein Recht, so etwas zu

fragen." Sie biss die Zähne zusammen und wünschte, sie hätte die Worte nie ausgesprochen.

„Du hast ein Recht, entschuldige dich nicht dafür. Ich bin froh, dass du gefragt hast. Es ist mir sehr wichtig, dass du dir über solche Dinge Gedanken machst. Das tun heutzutage nur noch die wenigsten Leute." Sie waren bei ihrem Ziel angekommen und blieben an der Ecke des Gebäudes stehen. Dax schlang die Arme um Keely und sagte leise: „Ich schwöre dir, seit ich dich getroffen habe, war ich mit keiner anderen zusammen."

Freude stieg in ihr auf. Sie klammerte sich an ihn und schloss vor Erleichterung die Augen. Die Vorstellung von ihm mit einer anderen Frau hatte sie gequält. Jetzt jubelte ihr Herz, doch gleichzeitig fühlte sie sich wegen ihrer Selbstsucht schuldig. Sie legte den Kopf in den Nacken und sah ihn an. „Das hättest du mir nicht sagen müssen."

„Aber du bist verdammt glücklich, dass ich es getan habe, was?"

War sie so leicht zu durchschauen? Kannte er sie schon so gut? „Ja", gab sie ehrlich zu.

Mit einem Finger zog er ihren Haaransatz nach. „Es wäre nicht fair, eine andere Frau in mein Bett einzuladen, wenn ich mir die ganze Zeit nur wünschen würde, du lägst neben mir, Keely", murmelte er.

„Dax ..."

„Ich wollte nur nachsehen, ob ihr beide zurechtkommt", hörten sie Nicoles Stimme neben sich. „Charles hat sich edelmütig bereit erklärt, mich später nach Hause zu bringen, also wird er während der Sendung noch hier bleiben. Wenn ihr möchtet, könnt ihr auch dabei sein."

„Ich muss nach Hause", sagte Keely. „Schließlich muss ich um fünf Uhr aufstehen."

„Ich begleite Keely zu ihrem Wagen", erklärte Dax. Er schüttelte Charles die Hand. „Danke für einen sehr informativen Tag und einen wundervollen Abend. Sobald ich jemanden gefunden habe, der die Medienkampagne für mich übernimmt, melde ich mich bei Ihnen."

„Es wird eine Ehre für KDIX sein. Viel Glück, Dax."

„Danke. Gute Nacht, Nicole."

„Gute Nacht, ihr Lieben", rief Nicole über die Schulter zurück und segelte, Charles hinter sich herziehend, beschwingt durch den Personaleingang ins Studiogebäude.

Dax sah den beiden nachdenklich nach. „Sie sind bis über beide Ohren ineinander verliebt, nicht wahr?"

„Ja. Charles ist sich dessen bewusst. Allerdings bin ich mir nicht sicher, ob Nicole es schon weiß."

„Was für ein Paar! Wer hätte gedacht, dass sie einander wählen?"

Keely lächelte, aber es war ein trauriges Lächeln. „Manchmal frage ich mich, ob man da wirklich eine Wahl hat."

Dax verstand den Sinn ihrer Worte nur zu gut. „Nein, Kelly, das glaube ich auch nicht. Manche Dinge passieren eben einfach."

Der Parkplatz lag düster und verlassen da. Nur noch zwei Autos standen dort oben, ihr Kombi und sein dunkelbrauner Lincoln.

„Ist das deiner?“ fragte sie.

„Ja.“

Mehr gab es nicht zu sagen. Dax ließ seine Hände unter ihren Mantel gleiten, fasste ihre Hüften, drückte Keely sanft gegen den Wagen und küsste sie voller Inbrunst. Keely vergaß Raum und Zeit. Das sinnliche Spiel von Dax' Mund war ihre einzige Wirklichkeit.

Er löste seine Lippen nur so weit, dass er sprechen konnte. „Keely, was würdest du davon halten, mich am Wochenende zu Hause zu besuchen?“ Er wartete auf ihre Antwort, doch der Schock hatte sie stumm gemacht. „Ich möchte nicht, dass du meine Einladung missverstehst. Du gehst keinerlei Verpflichtung ein. Ich möchte einfach nur, dass du zu mir kommst und meine Eltern kennen lernst.“

Es war eine so liebe, verzweifelte und verlockende Einladung, dass die Verpflichtung, ablehnen zu müssen, Keely das Herz brach. Auch wenn seine Absichten noch so ehrenhaft sein mochten, sie beide wussten, dass es eine Qual wäre, eine Nacht unter dem gleichen Dach zu verbringen. Und gefährlich.

Da sie jedoch nicht direkt ablehnen wollte, zögerte sie das Nein heraus. „Hältst du das für klug?“

„Es ist absolut unvernünftig.“ Er strich über ihre Wange. „Ich dachte, zu deinem Zimmer im Hilton zu kommen wäre das Dümmste gewesen, was ich je getan hätte. Aber dich einzuladen, das Wochenende in meinem Haus zu verbringen, übertrifft alles. Trotzdem frage ich dich."

„Ich würde gern deine Eltern kennen lernen, aber was willst du ihnen sagen?" Die Frage schoss ihr in den Kopf, wie viele Frauen er wohl schon zu sich nach Hause mitgenommen hatte, aber es war zu schmerzvoll, Schätzungen anzustellen.

„Ich würde ihnen sagen, dass du eine Lady bist, die ich sehr schätze. Mein Vater würde seinen Südstaaten-Gentleman-Charme spielen lassen, und meine Mutter würde dich mit Kochrezepten und Gegenmitteln für jedwede Katastrophe überschütten."

Keely spielte lachend mit einem Knopf seines Mantels. „Lebt jemand mit dir im Haus? Eine Haushälterin vielleicht?" Ihre Stimme klang viel zu schrill und atemlos.

Mit einem Finger hob er ihr Kinn an und sah ihr in die Augen. „Sie geht nach dem Dinner nach Hause."

„Oh."

Er gab sie nicht frei, hielt ihren Kopf weiter nach hinten gebeugt. „Keely, ich erwarte nicht, dass du deine Meinung änderst. Noch habe ich vor, dich zu kompromittieren. Wenn es dich beruhigt, werde ich dir Hammer und Nägel zur Verfügung stellen, damit du deine Schlafzimmertür verbarrikadieren kannst, sobald die Sonne untergegangen ist." Er grinste, aber sie wusste, dass er es ernst meinte. „Ich möchte einfach nur Zeit mit dir allein verbringen. Reden, spazieren gehen. Wir können meinetwegen im Garten arbeiten. Oder reiten. Oder angeln gehen, ein wenig knutschen, mit dem Boot rausfahren, die Möbel umstellen oder …“

„Moment! Zurück.“

„Nun, die Möbel in der Bibliothek müssten umgestellt werden. Ich habe mir schon lange überlegt …“

„Nein, davor.“

„Es gibt einen kleinen See auf dem Grundstück, wir könnten …“

„Noch weiter zurück.“

„Lass mich mal sehen.“ Er kniff die Augen zusammen und tat, als müsse er nachdenken. „Oh, du meinst das mit dem Knutschen?“ Er hatte dieses verschmitzte Grinsen aufgesetzt, das sie so an ihm liebte. „Ich wollte nur wissen, ob du zuhörst.“ Sie lachte, und er fügte hinzu: „Trotzdem ist das eine verdammt gute Idee.“

Er legte seine Stirn an ihre. „Wirst du kommen?“ fragte er leise.

Ohne sich aus seinen Armen zu lösen, antwortete sie nüchtern: „Ich kann nicht, Dax. Ich würde so gerne, aber ich kann nicht.“

Für eine Weile blieb er still, schluckte die Enttäuschung. „Ich verspreche dir, ich werde mich hochanständig benehmen.“

„Aber ich vielleicht nicht. Ich denke, wir beide wären dabei völlig verkrampft, und das würde überhaupt keinen Spaß machen.“

„Das werde ich nicht zulassen. Ich verspreche, locker zu bleiben."

„Das Risiko, dass jemand es herausfindet, ist zu groß. Wir beide wären in einem solchen Fall ruiniert."

„Das kann natürlich immer passieren, aber ich werde alle Vorkehrungen treffen, dass es nicht herauskommt." Er schob seine Finger in ihr Haar und hielt ihren Kopf. „Bitte, Keely, komm." Als er fühlte, wie sie den Kopf schütteln wollte, sprach er hastig weiter: „Sag wenigstens, dass du darüber nachdenken wirst. Bis zum Ende der Woche warte ich auf deine Antwort. Sag einfach, dass du es dir überlegst."

Ihre Antwort am Ende der Woche würde wahrscheinlich die gleiche sein, aber dieses kleine Zugeständnis konnte sie machen. „Na schön." Sie sah ihm in die Augen. „Ich verspreche, darüber nachzudenken."

Sie dachte nach. Jeden Tag. Jede Nacht. Die ganze Woche.

Bis Mittwoch war sie längst in scheußlichster Laune. Es schien, dass sich sämtliche Autofahrer zu einer Orgie von Auffahrunfällen verabredet hatten, um die Hauptverkehrsstraßen zu blockieren. Sie und Joe hatten alle Hände voll zu tun, um die Pendler über Ausweichstraßen und Umleitungen auf dem Laufenden zu halten.

„Keely, was, zum Teufel, ist eigentlich heute los?" fragte sie der Nachmittagsmoderator, nachdem er einen Song über den Äther geschickt hatte.

„Ich tue mein Bestes, Clark“, fauchte sie in ihr Mikro. „In den letzten zwanzig Minuten haben sich fünf Unfälle ereignet.“

„Also, hier hört es sich an, als würdet ihr da oben im Zickzackkurs von einer Ecke der Stadt in die andere hetzen“, brummte er.

„Genau das tun wir! Mir ist schon ganz schlecht von dem ewigen Hin und Her. Aber nur zu deiner Information: Ich habe diese Unfälle nicht inszeniert!“

„Schon gut, schon gut. Sorry. Versuch bitte, dich kürzer zu fassen. Du belegst zu viel von meiner Sendezeit.“

Keely schaltete ihr Mikro ab, und Joe lachte, als er sie murmeln hörte: „Aufgeblasener Idiot!“

Am Donnerstagmorgen um eine Minute vor fünf klingelte ihr Telefon.

„Hallo.“

„Und?“

„Ich weiß es noch nicht.“

Er legte auf.

Um halb acht am gleichen Abend klingelte ihr Telefon wieder. Sie dachte gerade bei einem Omelett über ihre Antwort nach. „Hallo.“

„Und?“

„Lass mir Zeit bis Mitternacht.“

Während der langen Abendstunden tat sie nichts anderes, als über ihr Dilemma nachzudenken. Dax hatte ihr versichert, ihren Besuch bei ihm nicht als eine Meinungsänderung hinsichtlich ihrer Überzeugung zu verstehen. Sie vertraute ihm. Er würde sie nie zwingen und auch nicht verführen.

Sie selbst war es, der sie nicht traute.

Die ganze Woche über hatte sie schuldbewusst alte Fotos von Mark betrachtet, einen Brief an seine Mutter geschrieben, die alten Jahrbücher und Alben hervorgekramt. Alles, um sich davon zu überzeugen, dass sie ihn noch immer liebte. Trotzdem gelang es ihr nicht, in ihm mehr als eine zweidimensionale Gestalt zu sehen. Er war nicht Fleisch und Blut, nicht Licht und Wärme.

Wie lange würde sie noch an dieser Erinnerung festhalten? Es war mehr als nur möglich, dass Mark seit Jahren tot war. Würde sie ihr Leben, ihre Jugend, ihre Liebe wegen ihrer Starrköpfigkeit verschwenden, von der sie sich eingeredet hatte, es sei Ehrenhaftigkeit?

Sie konnte sich freimütig eingestehen, dass sie Dax liebte. Es war keine jugendliche Schwärmerei, sondern die Liebe einer Frau zu einem Mann. Da waren keine idealistischen Illusionen, sondern all der Schmerz und Kummer, die Hand in Hand mit wahrer Liebe gingen. Sie und Dax waren keine unschuldigen Kinder mehr, die keine Verantwortung tragen mussten. Sie konnte nur hoffen, dass sie beide genügend Kraft hatten, sich dem zu stellen, was auf sie zukommen würde.

Ihre Entscheidung war getroffen. Sie würde das Wochenende bei Dax verbringen. Sie würde weder aggressiv sein noch zurückhaltend, sondern mit ihrer Liebe auf das reagieren, was sich ergab.

Mit diesem Gedanken machte sie sich daran, ihren Kleiderschrank zu durchforsten, um die passende Garderobe zusammenzustellen. Reiten, Angeln, Wandern ... all die Dinge, die er vorgeschlagen hatte. Mit diesen Möglichkeiten vor Augen wählte sie aus und legte die Sachen um den geöffneten Koffer. Zwei Tage? In einer halben Stunde hatte sie genügend Kleidung für zwei Wochen herausgeholt.

Um zehn vor zwölf schrillte das Telefon. Er ist zu früh! jubelte ihr Herz. Er hat nicht mehr länger warten können.

Sie riss den Hörer hoch und rief aufgeregt hinein: „Ja! Ja, ich werde kommen."

Am anderen Ende blieb es still, dann fragte eine Frauenstimme: „Entschuldigung, ist dort Keely Williams?"

Die Stimme klang vertraut. „Ja", antwortete Keely vorsichtig.

„Keely, Betty Allway hier."

„Betty!" Keely wäre vor Verlegenheit am liebsten im Boden versunken und fragte sich mit schlechtem Gewissen, wie sie Betty diesen Überschwang erklären sollte. Aber dann ... warum sollte sie? Diese ständige Schuld lag hinter ihr.

Bevor sie etwas sagen konnte, begann Betty zu reden. Keely hörte die Anspannung in der sonst so freundlichen Stimme.

„Keely, es gibt Neuigkeiten."

Keely sank auf die Bettkante. Ihr Blick ging zu Marks Foto im Regal. „Ja?"

„Sechsundzwanzig Männer sind in Kambodscha aus dem Dschungel aufgetaucht. Sie haben es bis zu einem Flüchtlingslager des Roten Kreuzes geschafft. Das Rote Kreuz hat sich mit dem Militär in Verbindung gesetzt, die die Genehmigung bekommen haben, die Männer von dort abzuholen. Sie werden erst zur medizinischen Versorgung nach Deutschland gebracht, um genau zu sein, sie müssten schon dort sein. Übermorgen werden sie nach Paris geflogen. Wir sind eingeladen, uns dort mit ihnen zu treffen."

Die Stille dauerte lange und war fast greifbar. Betty unterbrach Keelys sich überschlagende Gedanken nicht, ließ die jüngere Frau die Neuigkeit und das, was sie nach sich zog, verdauen.

Als Keely sprach, war es nicht mehr als ein Krächzen. „Ist … ist Mark …?"

„Die Armee hat bisher keine Namen bekannt gegeben. Ich bin nicht mal sicher, ob schon alle identifiziert werden konnten. Manche der Männer sind nicht mehr bei vollem Bewusstsein, wegen der Unterernährung oder Krankheiten. Ich weiß nur, dass es sechsundzwanzig sind."

„Wann hat man dich verständigt?"

„Vor ungefähr einer Stunde. General Vanderslice rief aus dem Pentagon an. Sie stellen eine offizielle Delegation zusammen, Außenministerium, Kongress, Militär, du und ich von PROOF und eine ausgewählte Gruppe von Medienleuten, die mit einem Regierungsjet hinfliegen. Bis man Genaueres über die körperliche und mentale Verfassung der Männer weiß, werden sie vorerst abgeschottet."

„Ich verstehe." Keely starrte auf ihre Hand. Sie zitterte. Kalter Schweiß lief an ihrem Rücken herunter. In ihren Ohren dröhnte es.

„Kannst du mitkommen, Keely? Ich weiß nicht, wie lange wir weg sein werden. Ich nehme an, mindestens drei oder vier Tage."

„Natürlich komme ich mit." Sie spürte die Tränen, die in ihr aufstiegen, und presste die geballte Faust vor den Mund. „Betty, glaubst du …"

„Ich weiß es nicht." Betty wusste, was Keely meinte. „Ich habe mich schon tausendmal gefragt, ob Bill wohl dabei ist, aber noch kann das niemand wissen. Ich habe auch den Kindern nichts gesagt, damit sie sich keine Hoffnungen machen. Vierzehn Jahre sind eine lange Zeit. Und jetzt, da der Tag gekommen ist, fürchte ich mich davor. Aber ich weiß, dass ich mich für die freuen kann, die auf dieser Liste stehen."

„Ja, ich auch. Natürlich", sagte Keely automatisch. Sie rieb sich zerstreut über die Augen. Jeder Muskel in ihrem Körper hatte sich verkrampft, als Betty die Neuigkeit berichtete. Jetzt, da sie sich zwang zu entspannen, schmerzte es unbeschreiblich. „Wann fliegen wir? Und von wo?"

„Das Flugzeug startet auf der Andrews Air Force Base, morgen Abend um sechs."

„Morgen?“ wiederholte Keely schwach. Schon so bald. Es blieb gar keine Zeit, um sich darauf einzustellen.

„Ja. Wir werden am National Airport abgeholt und zum Stützpunkt gebracht. Es wird ein einziges Chaos herrschen, also richte dich schon mal darauf ein.“

„Wir sehen uns dann dort. Ich weiß nicht, welchen Flug ich kriege. Ich rufe sofort die Fluggesellschaft an.“

„Es sind nur sechsundzwanzig Männer, Keely.“

Sechsundzwanzig von über zweitausend. Sie wussten beide, wie gering die Chance war, dass ihre Ehemänner zu dieser Gruppe gehörten. „Ich weiß, Betty. Ich werde es nicht vergessen.“

Die ältere Frau seufzte. „Bis morgen dann.“ Damit legte sie auf.

Warum jubelten sie nicht? Weil sie auch Angst hatten.

Keely starrte mit leerem Blick auf die Sachen, die auf ihrem Bett verstreut lagen. Als ihr wieder klar wurde, warum diese Kleider dort lagen, schlang sie die Arme um sich und wiegte sich vor und zurück. Ihr klagender Aufschrei hätte aus dem Fegefeuer der Hölle stammen können.

Als das Telefon Punkt Mitternacht klingelte, hob sie nicht ab.

12. KAPITEL

Nacken und Schultern schmerzten wie Feuer vor Müdigkeit und Erschöpfung. Keely zog die Schultern hoch und ließ sie wieder sinken. Sie schloss die Augen und rollte den Kopf von einer Seite zur anderen, versuchte die Muskeln zu lockern.

Der Saal war überfüllt und stickig. Dichter Zigarettenrauch waberte unter der Decke entlang und ließ die kristallenen Tropfen der Lüster stumpf erscheinen. Der Galasaal der amerikanischen Botschaft in Paris wirkte heute alles andere als elegant. Unrasierte Männer mit grimmigen Mienen lehnten mit verschränkten Armen an der Wand oder standen in kleinen Gruppen zusammen und diskutierten leise. Reporter prüften immer wieder ihre Aufnahmegeräte, Fotografen fingerten mit Kameras und Filmrollen. Fernsehteams checkten ihr Equipment, sahen nach, ob die Batterien der Filmkameras auch geladen waren für den entscheidenden Moment.

Nur die Angehörigen des Militärs in ihren makellosen Uniformen wirkten nüchtern und beschäftigt. Regelmäßig kamen und gingen sie, um offizielle Pflichten zu erledigen, die eigentlich niemandem klar waren. Keely vermutete, diese Geschäftigkeit war nicht wirklich nötig, sondern sollte nur den Eindruck vermitteln, dass keineswegs der Stillstand eingetreten war, den alle so drückend empfanden.

Sie saß mit Betty auf einem kleinen Sofa. Seit Stunden warteten sie schon in diesem Raum auf Informationen, irgendein Wort über die Männer, die angeblich irgendwo in der Botschaft waren. Gerüchte kursierten, manche hatten sich als richtig erwiesen, die meisten waren im Nichts verpufft. Keely zweifelte an allem, was sie hörte.

Seit fünfzehn Stunden, seit die Wagenkolonne vom Charles de Gaulle-Flughafen durch die Straßen von Paris zur Botschaft gerollt war und die offizielle Delegation abgesetzt hatte, saßen sie nun in diesem Raum.

Alles, was zu sagen gewesen war, war gesagt worden. Jetzt konnten sie nur noch warten. Lesen war unmöglich, sie hätten sowieso kein Wort wahrgenommen. Der Blick aus den Fenstern auf die Stadt hatte seine Faszination verloren. Eine Unterhaltung erschöpfte nur. Also saßen sie regungslos, mit leerem Blick, beteten in Gedanken. Und warteten.

Der Flug über den Atlantik war schrecklich gewesen. Die Reporter hatten Keely belagert, bis Mr. Parker, der als Vorsitzender des Untersuchungsausschusses zur Delegation gehörte, ihr zu Hilfe gekommen war und die Presseleute aufgefordert hatte, ihr endlich Ruhe zu gönnen. Mit einem väterlichen Schulterklopfen hatte er ihr geraten, etwas zu schlafen.

Dabei war an Schlaf gar nicht zu denken gewesen. Was an der Anwesenheit von zwei bestimmten Passagieren lag – Dax Devereaux und Al Van Dorf.

Keely beantwortete gerade die Frage eines Fernsehreporters, als sie Dax durch die Kabinentür kommen sah. Sie verhaspelte sich mitten im Satz, und die nächste Frage des Journalisten hörte sie gar nicht, weil ihr das Blut in den Ohren rauschte. Sie musste den Mann bitten, die Frage zu wiederholen.

Dax sah sie nur kurz an, aber sein Blick sagte alles. Dass er ebenso so erstaunt und ratlos war wie sie. Dass er hin- und hergerissen war zwischen der Hoffnung, Mark möge unter diesen Männern sein, und der Sorge, was das für sie beide bedeuten würde. Dass er ihr Glück wünschte und doch gleichzeitig derjenige sein wollte, der das Glück mit ihr teilte. Dass er nicht hier sein wollte, aber musste, weil er es nicht ertragen würde, später und irgendwo anders zu erfahren, ob der Name Mark Williams auf der Liste stand oder nicht. Die eindringlichste Botschaft, die sein Blick übermittelte, war jedoch die, dass er sie in seinen Armen halten wollte.

Weder während des Fluges noch seit sie in diesen Saal geschoben worden waren mit der Ankündigung, dass bald ein Sprecher der Armee bei ihnen sein würde, hatte Keely es gewagt, Dax noch einmal anzusehen.

Selbst wenn sie versucht gewesen wäre, Kontakt mit Dax aufzunehmen – der adlerscharfe Blick von Al Van Dorf hielt sie davor zurück. Er ließ sie nicht aus den Augen, studierte sie wie eine Amöbe unter dem Mikroskop. Keely wusste, jede Bewegung, jedes Wort von ihr wurde genauestens auf seinem Notizblock festgehalten. Mittlerweile hasste sie den Anblick dieses zerfledderten Blocks und des schnell kritzelnden Bleistifts. Obwohl Van Dorf sie unablässig beobachtete, hatte er sie nur einmal direkt angesprochen.

Er war lässig auf das Sofa zugeschlendert gekommen, auf dem sie und Betty saßen, war vor ihr stehen geblieben und hatte sie damit gezwungen, zu ihm aufzusehen wie ein ärmlicher Bittsteller. „Mrs. Williams, sind Sie zuversichtlich, dass Ihr Mann unter den sechsundzwanzig Männern ist?“ Er feuerte seine Frage ohne Einleitung ab.

„Ich bemühe mich, keine allzu großen Hoffnungen aufzubauen.“

„Hoffen Sie denn, dass er darunter ist?“

Ihre grünen Augen funkelten böse. „Entweder sind Sie unglaublich dumm, Mr. Van Dorf, oder diese Frage ist Ihrer einfach nur unwürdig. Wie auch immer, ich weigere mich, darauf zu antworten.“

Keely spürte Bettys erstaunten Blick auf sich ruhen, ehe diese sich räusperte. „Mr. Van Dorf, sowohl Mrs. Williams als auch ich selbst sind im Moment zu sehr mit unseren eigenen Gedanken beschäftigt, als dass wir Ihre Fragen beantworten möchten“, sagte sie diplomatisch. „Wenn Sie uns bitte entschuldigen möchten …“

Van Dorf verbeugte sich leicht, aber nicht, ohne noch nachzuschießen: „Mrs. Williams, wussten Sie, dass Mr. Devereaux ebenfalls an dieser Reise teilnehmen würde?“

„Nein. Nicht, bis ich ihn im Flugzeug sah." Das war eine ehrliche Antwort.

Van Dorf lächelte listig. „Warum, meinen Sie, ist er wohl hier?"

Keely wusste, dass diese Frage sie aus der Fassung bringen sollte. Also sah sie Van Dorf völlig ruhig an. „Das sollten Sie Mr. Parker fragen. Er sagte mir während des Fluges, dass er Mr. Devereaux gebeten hat mitzukommen."

„Scheint mir doch seltsam", überlegte Van Dorf laut. „Von all den Abgeordneten in Washington wählt Parker ausgerechnet Devereaux aus."

„Wieso seltsam?" mischte Betty sich jetzt ein. Sie war auf Keelys Seite, auch wenn sie nicht genau wusste, welches Spiel hier gespielt wurde. „Mr. Devereaux war Mitglied des Untersuchungsausschusses und hat gegen die Vorlage gestimmt. Außerdem ist er Vietnamveteran. Deshalb verstehe ich nicht, was Sie an seiner Anwesenheit so seltsam finden. Und jetzt, bitte … weder Keely noch mir steht der Sinn nach einer Unterhaltung."

Van Dorf reagierte nicht sofort auf diesen direkten Wink, aber schließlich ging er doch davon, nicht ohne Keely noch einmal mit einem tödlichen Blick aus den listigen kleinen Augen bedacht zu haben.

„Danke", sagte Keely zu Betty, sobald Van Dorf außer Hörweite war.

„Was soll das eigentlich zwischen euch? Wieso fragt er dich ständig nach Mr. Devereaux?"

„Ich weiß es nicht."

„Wirklich nicht?"

Keely warf Betty einen hastigen Seitenblick zu, doch eine Erwiderung wurde ihr erspart, weil in diesem Augenblick ein Offizier der Marines zu Betty herantrat.

„Mrs. Allway?"

„Ja?"

„Würden Sie bitte mitkommen? General Vanderslice möchte mit Ihnen sprechen."

Betty sah fragend zu Keely, aber die zuckte die Schultern. Betty erhob sich und ließ sich von dem Uniformierten durch den Saal führen.

Eine weitere Stunde verstrich, Keely saß allein auf dem Sofa. Sie wusste genau, was Dax gerade tat, obwohl sie den Blick nie auf ihn richtete. Er massierte sich mit einer Hand den Nacken. Er schüttelte den Mantel von den Schultern und legte ihn über eine Stuhllehne. Er sah sie an. Er ging zu dem Tisch, auf dem Getränke bereitgestellt waren, und goss sich eine Cola ein. Er unterhielt sich gedämpft mit Mr. Parker. Er sah sie an. Wie Keely, so blickte auch er Betty hinterher, als diese den Saal verließ. Er sah sie an.

Die Tür hinter dem Sprecherpult ging auf, zwei Marines hatten kaum Zeit, sich zu beiden Seiten zu postieren, bevor General Vanderslice energischen Schrittes den Saal betrat. Jedes seiner silbernen Haare war genau an seinem Platz, seine Uniformjacke saß wie angegossen – die Verkörperung des perfekten Militärs.

Das Gemurmel im Saal verstummte schlagartig, als der General ans Rednerpult trat.

„Ladys und Gentlemen, danke für Ihre Geduld. Ich weiß, wie gespannt Sie gewartet haben. Mir ist klar, wie ungemütlich es in diesem Raum ist. Ich weiß, dass Sie sich nach dem langen Flug nicht ausruhen konnten. Ich entschuldige mich für die Verzögerung, die jedoch auf Grund der Wichtigkeit dieser Angelegenheit unvermeidlich war." Seine Rede spiegelte die gleiche Akkuratesse und Präzision wie seine Körpersprache wider.

Er räusperte sich und sortierte die Seiten, die er vor sich auf dem Pult liegen hatte. Keely schaute auf ihre verschränkten Hände, ihr Herz hämmerte wild gegen ihre Rippen. Ihr Mund war staubtrocken, die Zunge klebte ihr am Gaumen.

„Ich möchte Ihnen einen Mann vorstellen. Während meiner militärischen Laufbahn habe ich stets die Männer bewundert, die als Helden geehrt werden. Was auch immer ihre Motivation gewesen sein mochte, sie alle haben außergewöhnlichen Mut und Anstand bewiesen." Er hielt inne und holte Luft. „William Daniel Allway wurde als Major nach Vietnam geschickt. Heute Morgen wurde er in den Rang eines Lieutenant Colonel erhoben."

Keely schlug die Hand vor den Mund, um ihren Freudenschrei zu ersticken. Bill Allway! Bettys Mann! Freudentränen rannen ihr über die Wangen, aber sie merkte es nicht einmal, als sie zu der Tür blickte und einen großen, abgemagerten Mann in einer schlecht sitzenden Uniform am Arm von Betty auf das Podium kommen sah.

General Vanderslice drehte sich zu dem Paar um. „Colonel Allway, würden Sie und Ihre Frau bitte vortreten.“

Donnernder Applaus und ohrenbetäubender Jubel waren zu hören. Ein wahrer Tumult brach aus. Blitzlichter flammten auf, Fernsehkameras surrten. Viele sprangen auf Stühle, pfiffen und johlten, um Bill Allway den Empfang eines Helden zu bereiten.

Auch Keely war von dem Sofa aufgesprungen und applaudierte, begeistert über die Heimkehr des Mannes ihrer Freundin. Eines war klar: Mark Williams war nicht unter den Männern. Wäre er es gewesen, hätte man sie für ein erstes Wiedersehen in einen Privatraum geholt wie Betty.

Als der Trubel langsam abflaute, trat Bill Allway ans Mikrofon. Dünn bis an den Rand der Unterernährung, das Haar, das ihm noch verblieben war, schlohweiß, mit eingefallenen Wangen, spitzer Nase und dunklen Ringen unter den Augen, strahlte er doch vor Glück, als er seine Frau eng an seine Seite zog.

General Vanderslice versuchte sich Gehör zu verschaffen. „Wie die meisten von Ihnen wissen, hat Mrs. Allway die lange Abwesenheit ihres Mannes mit der gleichen inneren Kraft durchgestanden, die auch er gezeigt hat. Ich weiß, dass sie diese Kraft besitzt, denn ich bin mehrere Male mit ihr aneinander geraten.“ Gelächter war zu hören.

„Ich kann Ihnen nicht beschreiben, wie sehr es mich freute, zu erfahren, dass Bill Allway unter den Heimkehrern war und Mrs. Allway in ihrer Funktion als PROOF-Vertreterin anwesend ist. Colonel Allway, als befehlshabender Offizier der Soldaten, hat sich die Ehre erbeten, Ihnen die Männer vorzustellen. Colonel Allway."

Der General machte Platz für Bill und Betty Allway, die sich eng umschlungen hielten. Bill sah auf seine Frau und küsste sie dann leicht auf den Mund. Die Menge jubelte und johlte wieder begeistert.

Betty sah unglaublich schön aus. Voller Liebe strahlte sie ihren Mann an. Endlich riss der den Blick von ihr los und richtete sich an die abrupt verstummende Menge.

„Es tut so gut, wieder zu Hause zu sein." Seine Stimme brach, und er senkte den Kopf. Dabei hätte er sich wegen seiner Tränen keine Gedanken zu machen brauchen. Viele im Saal weinten vor Rührung.

„Sie alle wollen sicher wissen, wie wir es geschafft haben. Sie werden es in Kürze erfahren." Er lächelte, es war herzzerreißend, wie sich die Haut über dem abgemagerten Gesicht spannte. „Es wird Tage und Wochen in Anspruch nehmen, um alle Details dessen, was in meinem Falle vierzehn Jahre währte, an Sie weiterzugeben. Zudem werden Sie verstehen, dass die Armee die Informationen, die wir mitgebracht haben, zuerst analysieren will, bevor sie an die Öffentlichkeit gelangen."

General Vanderslice beugte sich kurz zum Mikro.

„Direkt nach der Vorstellung der Männer wird eine Pressekonferenz stattfinden."

Dann war es wieder an Bill Allway. „Ich werde die Namen der Soldaten in alphabetischer Reihenfolge vorlesen, einschließlich des Wohnorts und des Datums, ab dem der Mann als vermisst galt."

Fernsehkameras aus aller Welt richteten sich auf Bill Allway und die Tür hinter dem Podium. Keely empfand ein unglaubliches Glücksgefühl, als die Männer einer nach dem anderen befangen und zögernd durch die Tür auf die Bühne traten. Sie alle hatten Jahre der Entbehrung, Krankheiten, Hunger, Folter und Kampf überstanden, und doch schienen sie jetzt Angst vor den blitzenden Kameras, den Menschen, dem allgemeinen Interesse zu haben. Sie alle hatten neue Haarschnitte und Uniformen, ihre Gesichter waren gezeichnet von den Erfahrungen, die sie durchgemacht hatten. Fünf Männer konnten nicht persönlich erscheinen, sie mussten noch im Krankenhaus medizinisch versorgt werden. Ihre Namen wurden auch nicht aufgerufen, um keine falschen Hoffnungen zu wecken, bis mehr über ihren gesundheitlichen Zustand bekannt war.

Ein ernster General Vanderslice trat ans Pult, während Bill Allway seine Frau von der Bühne führte. „Die Pressekonferenz ist für fünfzehn Uhr hier in diesem Saal angesetzt. Das erlaubt es Ihnen, eine Mittagspause einzulegen, und diesen Männern, sich zu sammeln. Vielen Dank für Ihr Verständnis."

Nachdem die Soldaten vom Podium abgetreten waren, wurden die Scheinwerfer ausgeschaltet, Kameras wieder in ihren metallenen Kisten verstaut. Zigaretten wurden angezündet, Mäntel und Jacken angezogen. Die begeisterte Jubelstimmung hielt an, als sich die Mitglieder des Pressekorps, Würdenträger und Berater durch die großen Flügeltüren nach draußen schoben.

Keely, jetzt nicht mehr im Rampenlicht, ließ sich auf das Sofa fallen und starrte abwesend auf den Teppich vor ihr. Erst als ein Paar schwarzer Schuhe in ihr Blickfeld kam, wurde sie sich wieder ihrer Umgebung bewusst. Langsam blickte sie auf, von einem Paar langer Beine, hoch zu der Gürtelschnalle, auf der das Kongressabzeichen eingeprägt war, hinauf zu der Krawatte und dem Gesicht, das sie liebte.

Die dunklen Augen baten um Vergebung. Vergebung für die Erleichterung, dass Mark Williams nicht durch jene Bühnentür gekommen war. Keelys Blick ließ Dax wissen, dass sie seine Erleichterung verstand, aber ihre Lippen brachten kein Lächeln zu Stande.

„Es tut mir Leid. Glaubst du mir das?“ fragte er nur für ihre Ohren bestimmt.

„Ja.“

Er vergrub die Hände in den Hosentaschen und betrachtete blicklos das Wandgemälde, das Washington zeigte, wie er den Delaware überquerte. „Was wirst du jetzt tun?“

Sie ließ den Kopf sinken und bemerkte den Kaffeefleck

auf ihrem Rock. Sie musste unmöglich aussehen. Wann hatte sie das letzte Mal geduscht, geschlafen, gegessen? Sie konnte sich nicht erinnern. „Ich weiß es nicht." Sie schüttelte den Kopf. „Im Moment kann ich nicht weiter denken als bis zu einem Bad und ein paar Stunden Schlaf."

„Die Frage war nicht fair."

Sie sah wieder zu ihm hoch. „Nein, das stimmt nicht."

Fast jeder hatte den Saal verlassen, aber sie merkten es nicht. Dax konnte an Keelys Gesicht erkennen, wie sehr sie litt, und er verfluchte sich dafür, dass er ihr nicht helfen konnte. *Ich will dich halten, Keely.* „Gehst du vor der Pressekonferenz noch ins Hotel?"

Dax, ich brauche dich. „Ja, ich denke schon."

Er trat beiseite, als sie aufstand und ihre Sachen zusammensuchte. *Du siehst so hilflos aus.* „Hast du alles?"

Ich fühle mich auch hilflos. Ich brauche deine Stärke. „Ja. Man sagte mir, unser Gepäck sei bereits im Hotel."

„Gut." *Willst du, dass ich dich halte?*

Ja. „Ja."

„Weißt du, in welches Hotel sie dich einquartiert haben? Ich habe nur gehört, sie mussten uns in verschiedenen Häusern unterbringen. Hauptreisezeit." *Ich wünschte, du wärst bei mir in meinem Zimmer.*

„Man nannte mir das ‚Crillon'." *Ich wünschte, ich könnte bei dir bleiben. Ich fürchte mich, wenn du nicht bei mir bist.*

Dem Himmel sei Dank. Dann kann ich ein Auge auf dich haben. „Dort bin ich auch."

Gott sei Dank. Dann bist du in meiner Nähe. „Gut."

Sie waren mittlerweile beim Ausgang des Gebäudes angekommen. Die Mitglieder der Delegation wurden in bereitstehende Limousinen eingewiesen.

„Hier ist noch ein Platz frei zum ‚Crillon'", sagte einer der Botschaftsangestellten. „Mrs. Williams?"

Sie drehte sich um und sah Hilfe suchend zu Dax. Sie wollte nicht von ihm getrennt werden. „Geh nur und genieße es, dass du ein paar Minuten eher dort bist", sagte er leise zu ihr, während er gleichzeitig glaubte, verrückt zu werden, wenn er sie nicht bald berühren konnte.

„Ich warte lieber. Ich will nicht ... Und nochmals danke für Ihre Anteilnahme, Mr. Devereaux. Ich werde die Hoffnung nie aufgeben."

Sofort wusste Dax, dass Van Dorf irgendwo in der Nähe herumlungern musste. Ein schneller Blick über die Schulter bestätigte es.

Keely reichte ihm höflich die Hand. „Aber ich halte die anderen auf. Auf Wiedersehen." Damit stieg sie die Treppen hinab und in die wartende Limousine ein.

Dax stand verlassen da und sah dem schwarzen Wagen nach.

„Sie scheint aufgewühlt zu sein", sagte Van Dorf an seiner Seite.

Dax warf ihm einen verächtlichen Blick zu. „Wären Sie das nicht, Van Dorf? Es gab einen Hoffnungsschimmer für sie, dass ihr Mann noch lebt. Aber nicht nur, dass er nicht unter den Heimkehrern war, es gibt auch nichts Neues über sein Schicksal."

„Erstaunlich", murmelte Van Dorf vor sich hin.

Wider besseres Wissen schnappte Dax nach dem Köder. „Was ist erstaunlich?"

„Dass sie immer noch so an dem Schicksal ihres Mannes interessiert ist."

Dax fühlte, wie das Blut in ihm zu kochen begann. „Wieso?"

Van Dorf lachte nun abfällig. „Kommen Sie schon, Mr. Devereaux, Sie sind doch ein Mann von Welt. Sie ist eine kleine sexy Braut. Was glauben Sie, wie lange ein so heißes Ding ohne Mann auskommt? Einen Monat? Zwei?" Wieder dieses anzügliche Lachen. „Ganz bestimmt keine zwölf Jahre."

Das französische Temperament in Dax Devereaux war noch nie so herausgefordert worden. Er ballte eisern die Fäuste an den Seiten, um sich davon abzuhalten, Van Dorf an die Gurgel zu gehen. „In Ihrem Fall, Van Dorf, ist Unwissenheit kein Segen, sondern ein bemitleidenswerter Makel. Aber Sie können Würde und Anstand bei einem Menschen wohl nicht erkennen, weil Sie selbst sie nie besessen haben."

Dax marschierte davon, noch immer verwundert darüber, dass er diesen Mann nicht umgebracht hatte. Van Dorf sah ihm nach, und auf seinen Lippen stand ein sehr befriedigtes Lächeln.

Keely badete und wusch sich gründlich, bevor sie sich auf das Bett fallen ließ. Eine Stunde später erwachte sie vom Klingeln ihres Reiseweckers. Wie erschlagen setzte sie sich auf. Diese Stunde Schlaf hatte wahrscheinlich mehr geschadet als genutzt.

Noch während sie sich vom Bett aufrappelte, überlegte sie, ob sie die Pressekonferenz nicht einfach ausfallen lassen sollte, entschloss sich aber sofort dagegen. Sie musste hingehen. Ihre Abwesenheit würde mit Sicherheit als unpassend empfunden und in der Presse ausgeschlachtet werden. Vor allem von Van Dorf. Außerdem hatte sie noch nicht mit Betty gesprochen, und sie wollte Bill treffen.

Sie zog sich an, machte sich zurecht und ging den kurzen Weg zur Botschaft. Der Saal war inzwischen sauber gemacht und umgeräumt worden, ein langer Tisch mit Mikrofonen stand statt des einzelnen Pults auf dem Podium.

Keely setzte sich in die hinterste Reihe und nahm die Beileidsbekundungen entgegen, während sie betonte, wie glücklich und dankbar sie für die Heimkehr der Männer war, die es geschafft hatten. Offiziell gefragt, erwiderte sie: „Ich denke, das untermauert nur, dass unsere Regierung nicht aufhören darf, nach zuverlässigen Informationen über unsere vermissten Soldaten zu suchen. Es existiert immer noch die Möglichkeit, dass viele andere Männer in Vietnam und Kambodscha um ihr Überleben kämpfen. Ich hoffe, dass die Heimkehrer uns heute mehr über die Situation jener Männer berichten können."

Sie sah Dax hereinkommen und sich zu Mr. Parker ans Fenster stellen. Er nickte ihr kaum wahrnehmbar zu, aber diese kleine Geste schenkte ihr Kraft.

General Vanderslice begann pünktlich auf die Minute mit seinen Ausführungen. Die Heimkehrer nahmen an dem langen Tisch Platz, Bill Allway in der Mitte. Betty saß auf einem zusätzlichen Stuhl direkt hinter ihm.

Während der nächsten zwei Stunden beantworteten die Männer Unmassen von Fragen. Man erfuhr, dass zehn Männer aus einem Gefangenenlager ausgebrochen waren und über eine Zeitspanne von anderthalb Jahren die anderen sechzehn Männer gefunden hatten. Während ihrer gemeinsamen Monate waren drei Mitglieder der Truppe gestorben. Die Namen wurden verlesen und gebührend gewürdigt. Die Geschichten, die die Männer erzählten, waren unvorstellbar. Was sie durchgemacht hatten, war für die anderen kaum nachzuvollziehen. Je mehr die Männer berichteten, desto entsetzter wurden die Zuhörer.

Bevor General Vanderslice die Konferenz beendete, kündigte er noch an, dass die Männer sich nun zurückziehen würden, aber sich einverstanden erklärt hatten, am nächsten Morgen ein Interview zu geben. Unter stehendem Applaus verließen die Soldaten den Saal.

Keely wartete, bis der Strom derjenigen, die dem Ausgang entgegenstrebten, verebbt war, bevor sie sich von ihrem Stuhl erhob. Als sie gerade ihren Regenmantel überzog, trat Mr. Parker auf sie zu, Dax war bei ihm.

„Mrs. Williams, würden Sie Mr. Devereaux und mich vielleicht zum Dinner begleiten?“ fragte er höflich.

Sollte sie? Der ältere Abgeordnete ahnte nicht, dass er als „Anstandsdame“ fungieren würde, aber seine Anwesenheit bot Schutz vor jeglichem Misstrauen oder Verdachtsmoment.

Sie wollte die Einladung gerade annehmen, als ein Marine auf sie zutrat und stramm salutierte. „Entschuldigen Sie, Mrs. Williams, aber Mrs. Allway schickt nach Ihnen. Sie wünscht mit Ihnen über die Männer zu reden, die noch im Krankenhaus sind.“

Keelys Herz setzte einen Schlag aus. War das noch eine Möglichkeit? Wusste Betty etwas Genaueres ...?

„Ich ... ich komme sofort“, antwortete sie stammelnd. Zu Mr. Parker und Dax gewandt sagte sie: „Es tut mir Leid, aber ...“

„Sie müssen sich nicht entschuldigen, Mrs. Williams. Es könnte sich um Nachricht von Ihrem Mann handeln“, meinte Parker verständnisvoll.

Keely mied Dax’ Blick, als sie dem Marine durch den Saal und einen düsteren Korridor entlang zu einem leeren Büro folgte. Als Erstes fiel ihr die absolute Stille auf. Während des Tages hatten sich ihre Ohren schon an den Lärm gewöhnt gehabt, doch jetzt genoss sie die Ruhe. Ihr Begleiter ließ sie allein.

Auf der anderen Seite des Büros öffnete sich eine Tür, und Betty und ihr Mann kamen herein. Einen Moment lang sahen sie einander an, dann eilte Keely auf das Paar zu und schloss Betty fest in die Arme.

„Ich freue mich so für dich, Betty."

„Ach Keely", murmelte Betty an ihrer Wange. „Es tut mir so Leid, ich sollte nicht so glücklich sein."

„Aber natürlich! Du musst sogar!" Keely trat zurück und musterte das besorgte Gesicht ihrer Freundin. „Du solltest völlig aus dem Häuschen sein! Und wenn ich dich ansehe, dann weiß ich auch, dass du es bist." Sie wandte sich zu dem mageren Mann an Bettys Seite. „Hallo, Bill, ich habe so viel von Ihnen gehört. Willkommen zu Hause!"

Sie streckte ihm die Hand entgegen, aber im letzten Moment überlegte sie es sich anders und umarmte ihn impulsiv. Es störte ihn nicht, im Gegenteil, er schlang seine dünnen Arme um sie und drückte sie.

„Betty hat mir von Ihnen erzählt, wie sehr Sie sich für unsere vermissten Soldaten einsetzen. Ich wünschte, Ihr Mann wäre bei uns gewesen."

Keely dachte wieder daran, warum sie hier war, und versuchte in den Gesichtern der beiden zu lesen, konnte aber außer Mitgefühl nichts erkennen.

„Die Männer im Krankenhaus ...?" Sie sprach die Frage nicht zu Ende.

Betty schüttelte traurig den Kopf und nahm Keelys Hände. „Es tut mir so Leid, Keely, aber nein, Mark ist nicht unter ihnen. Deshalb habe ich dich auch gebeten, herzukommen, damit Bill und ich allein mit dir reden können. Ich wollte nicht, dass du dir falsche Hoffnungen machst."

„Keely." Mit tränengefüllten Augen sah die Angesprochene zu Bill hin, als er rau ihren Namen aussprach. „Nachdem Betty mir von Mark erzählt hat, haben wir sofort alle gefragt, ob sie etwas von einem Hubschrauberpiloten namens Mark Williams wüssten. Aber niemand kannte ihn. Die Männer im Krankenhaus haben wir natürlich noch nicht fragen können."

Keely drehte sich um und ging zum Fenster, starrte hinaus auf die Pariser Skyline, die im Dämmerlicht dalag. „Danke euch beiden, für eure Anteilnahme. In Anbetracht der Tatsache, dass ihr euch fast fünfzehn Jahre nicht gesehen habt, erfüllt es mich mit Demut, dass ihr die ersten gemeinsamen Stunden damit verbracht habt, an Mark und mich zu denken. Ich danke euch", wiederholte sie.

„Keely …"

Nicht mehr fähig, noch mehr Mitleid zu ertragen, wirbelte sie herum und unterbrach Betty, bevor sie mehr sagen konnte. „Ich bin okay, wirklich. Ihr beide braucht Zeit für euch allein. Nun geht schon. Um genau zu sein, Mr. Parker hat mich zum Dinner eingeladen." Sie verzog die Lippen und hoffte, dass es nach einem Lächeln aussehen möge.

„Wenn du meinst …", setzte Betty zögernd an.

„Aber ja, ganz sicher. Geht nur."

„Wir sehen uns dann morgen", sagte Bill.

„Ja, natürlich. Gute Nacht."

Sie gingen durch die Tür, durch sie auch hereingekommen waren, und dann war Keely allein. So allein wie nie zuvor in ihrem Leben.

Ihre Gefühle fuhren Achterbahn, es war ein stetiges Auf und Ab. Sie verabscheute den Konflikt, dem sie ausgesetzt war. Sie wollte sich für die Allways freuen, und das tat sie auch. Aber sie konnte nichts dagegen tun, dass sie eifersüchtig war, weil Betty endlich von ihrer Qual erlöst worden war.

Aber war sie das wirklich? Wie würde die Ehe der Allways weitergehen? Konnten sie wieder da anfangen, wo sie aufgehört hatten, nach vierzehn Jahren Trennung? Doch nach dem, was Keely von den beiden zusammen gesehen hatte, standen die Chancen für sie extrem gut.

Wie aber würde es bei ihr und Mark aussehen? Wie hätte sie sich gefühlt, wenn man sie gerufen hätte, um einen Mann zu treffen, den sie nicht kannte, an den sie durch das Ehegelübde und den Gesetzgeber gebunden war, mit dem sie jedoch keine gefühlsmäßige Nähe mehr verband? Würde die Liebe zu ihm, die sie nicht mehr in sich heraufbeschwören konnte, beim ersten Blick wieder auflodern? Würde sie sich in seine Arme werfen? Oder hätte sie Angst vor dem Gedanken, dass dieser Fremde ihr Ehemann war, dieser Fremde, den sie nicht mehr erkannte, weil alle Zeichen der Jugend und der Lebenslust durch den Krieg zerstört worden waren? Betty hatte den Vorteil der Jahre, in denen sie Bill als Mann, als Mensch kennen gelernt hatte, bevor er in den Krieg zog, sie kannte alle Seiten seiner Persönlichkeit. Sie und Mark hatten diesen Luxus nie gehabt.

Die Wände des Büros schienen plötzlich näher zu kommen, Keely bekam Platzangst. Sie musste hier raus, einfach nur raus. Sie mied die Menge am Haupteingang und suchte sich eine Seitentür. Als sie sich orientiert hatte, ging sie Richtung Champs Elysées.

Auf der Prachtstraße herrschte hektischer Verkehr – wie immer. Autos hupten, über die breiten Bürgersteige schoben sich die Fußgänger. Keely schlängelte sich durch die Menge, für sie war es geradezu geschmacklos, dass dieser Tag für so viele Menschen nichts weiter als ein normaler Arbeitstag war. Mit der einzigen Sorge, was sie heute Abend essen sollten oder ob sie heute oder besser morgen den Rock in die Reinigung bringen sollten.

Am Place de la Concorde tummelten sich fröhliche Touristen. Keely fragte sich, wie oft die Pferde am Eingang zu den Tuilerien wohl schon fotografiert worden sein mochten. Nichts auf dem Platz mit dem weltberühmten Obelisk konnte Keelys Aufmerksamkeit länger als einen Sekundenbruchteil fesseln. Sie war mit ihren Gedanken ganz woanders.

Sie überquerte die Seine auf der Pont de la Concorde. Ein hell erleuchtetes Rundfahrtboot glitt über den Fluss. Sie nahm es nicht einmal richtig wahr. Sie setzte nur automatisch einen Fuß vor den anderen.

Am Boulevard Saint Germain musste sie vor einer roten Fußgängerampel warten. Zu ihrem Unmut war der Mann neben ihr wohl fasziniert von ihr. Dass sie nicht verstand, was er ihr auf Französisch ins Ohr flüsterte, schien ihn keineswegs zu entmutigen. Sie warf ihm einen vernichtenden Blick zu, den er anscheinend als Herausforderung auffasste, er lächelte breit.

Mit dem Mut der Verzweiflung rannte sie vor einem Bus über die Straße. Auf der anderen Seite angekommen, dankte sie ihrem Schicksal dafür, mit dem Leben davon- und der unerwünschten Aufmerksamkeit des Franzosen entkommen zu sein. Nur wenige Häuserblocks weiter übermannten sie Erschöpfung und Resignation, gegen die sie den ganzen Tag angekämpft hatte. Keely ließ sich auf eine der Parkbänke sinken und starrte mit leerem Blick vor sich hin. Sie wollte nur noch allein gelassen werden, unsichtbar sein, sich in Luft auflösen. Sie hatte keine Kraft mehr, um weiterzumachen.

Die aufdringliche Stimme erklang plötzlich wieder neben ihr. Ihr hartnäckiger Verehrer setzte sich neben sie. Sie war froh, dass sie des Französischen nicht mächtig war, aber sein Ton war anzüglich. Sie schüttelte entschlossen den Kopf und versuchte von dem Mann abzurücken, aber vergeblich.

Dann eine andere französische Stimme, drohend und hart, direkt hinter ihr. Ihr Verehrer sprang auf, beschrieb eine entschuldigende Geste und floh, als sei der Leibhaftige hinter ihm her.

Keely sah zu Dax auf, der hinter ihr stand. Er sagte nichts, kam stumm um die Bank herum und setzte sich neben sie. Das verständnisvolle Lächeln, die dunklen Augen, in denen so viel Wärme lag, die Sicherheit, die er verkörperte, waren zu viel für sie.

Mit einem Schluchzen warf sie sich an seine Brust.

13. KAPITEL

Dax hielt Keely in seinen Armen, ließ sie weinen. Er hörte die Schluchzer, die ihren Körper erschütterten, fühlte sie. Er beugte den Kopf und sog tief den Duft ihres seidigen Haares in sich ein. Wie gern hätte er auch ihren Schmerz auf diese Art in sich aufgenommen.

Es interessierte ihn nicht, was für ein Bild sie abgeben mussten. All seine Gedanken, sein ganzes Wesen waren von dieser Frau eingenommen. Sie bedeutete ihm unendlich viel. Er hatte sie für ihre Charakterstärke bewundert, ihre Leistungen, das Leben, das sie sich selbst aufgebaut hatte. Diese neue Verletzlichkeit weckte etwas anderes in ihm. Leidenschaftliche Gefühle wallten in ihm auf, Besitzer- und Beschützerinstinkte. Er hätte gut jeden umbringen können, der es wagen sollte, sie zu verletzen.

Noch lange, nachdem ihre Tränen versiegt waren, hielt er Keely. Was immer der nächste Schritt, das nächste Wort sein sollte, es musste von ihr ausgehen. Der violette Himmel verwandelte sich in tiefes Blau, wurde nach und nach dunkler, schwarz. Und sie saßen immer noch hier, eng umschlungen.

Als Keely endlich den Kopf hob, wandte sie das Gesicht ab, wischte sich die verlaufene Wimperntusche von den Wangen und strich sich das Haar zurück. Er unterbrach ihre Bemühungen nicht, indem er ihr sagte, dass sie schön sei. Sie war schön, so oder so, aber er wusste, dass sie das jetzt nicht hören wollte. Es würde sie nur verlegen machen, befangen, der Verlust ihrer Selbstbeherrschung würde sie beschämen. Er würde es ihr überlassen. Sie sollte die Richtung bestimmen, das Tempo.

„Machst du einen Spaziergang mit mir?“ fragte sie.

Er stand auf und reichte ihr die Hand. Sie nahm sie, ließ sie jedoch nach wenigen Schritten wieder los. Sie gingen langsam, ohne zu reden, sahen in Schaufenster, wenn etwas ihre Aufmerksamkeit erregt hatte. Sanftes Lächeln, leise Seufzer, viel sagende Blicke reichten aus, um miteinander zu kommunizieren.

Er hatte keine Ahnung, wie lange sie schon gegangen waren, es war auch nicht wichtig. Es überraschte ihn, als sie stehen blieb und ihn ansah. „Hast du Hunger?“

Er lächelte. „Ein wenig. Du?“

„Ja.“

„Dann lade ich dich liebend gern zum Dinner ein.“

„Wo?“

„Wo du willst.“

Das erste Restaurant, an dem sie vorbeikamen, war zu voll und zu laut. Auf der Speisekarte des nächsten standen nur Sandwiches.

Das dritte Restaurant war perfekt. Typisch französisch, mit karierten Tischdecken, einfachen Kerzen und einer einzelnen Margerite in einer kleinen Vase auf jedem Tisch. Die Terrasse war so spät am Abend nicht mehr geöffnet, aber im Innenraum mit der niedrigen Decke herrschte eine gemütliche und intime Atmosphäre.

Sobald der Kellner sie zu einem Tisch geführt hatte, entschuldigte Keely sich für einen Moment und verschwand durch eine Tür im Hinteren des Restaurants. Als sie wieder zurückkam, sah Dax, dass sie sich das Gesicht gewaschen, das Haar gebürstet und frischen Lippenstift aufgetragen hatte. Er berührte sie nicht, als er ihr den Stuhl hielt.

Sie kaute an einem Stück knusprigen Baguette. „Ich wusste gar nicht, dass du Französisch sprichst."

Er lächelte bescheiden. „Nur eine meiner vielen Fähigkeiten."

„Was hast du zu ihm gesagt?"

„Zu dem Kellner?"

„Nein, zu dem Mann, der mir gefolgt ist."

Für einen Moment war er abgelenkt, als sie sich einen Brotkrümel von den Lippen leckte. Es war schwierig für ihn, sich an ihre Frage zu erinnern. „Äh … oh, das." Er grinste. „Das steht in keinem Wörterbuch. Weißt du schon, was du essen möchtest?" fragte er und schlug die Speisekarte auf.

„Bestell du. Ich mag Coq au vin."

„Du hast Glück, es steht auf der Karte", sagte er und zeigte mit dem Finger darauf. „Also Coq au vin. Einen Salat dazu?" Sie nickte. „Suppe?"

„Nein, lieber nicht."

Der Kellner trat an ihren Tisch, um ihre Bestellung

aufzunehmen. Wenn sein Jackett fadenscheinig war, die Manschetten ein wenig ausgefranst, so bemerkten die beiden es nicht. Sie erinnerten sich später nicht einmal daran, wie der Mann ausgesehen hatte. Sie hatten nur Augen füreinander.

„Möchtest du einen Drink?“ fragte Dax.

„Nein, nach dem Essen einen Kaffee.“

„Fein.“

Keely sah durch die Spitzenvorhänge vor den Fenstern hinaus auf den stetig fließenden Verkehr. „Woher wusstest du, wo du mich finden konntest?“

Dax wünschte, sie würde ihn ansehen. Ihre Stimme klang wie aus weiter Ferne, ihre Mutlosigkeit brachte ihn um. „Ich traf Betty und Bill Allway in der Halle. Sie erzählten mir, worüber ihr geredet hattet. Ich dachte, du könntest ... einen Menschen brauchen. Als ich zu diesem Büro kam, warst du schon fort. Ich bin wie ein Verrückter hinter dir hergerannt. Du bist ziemlich schnell mit deinen langen Beinen.“

Sein Versuch, Keely aufzuheitern, gelang. Sie lachte leise, als sie ihm schließlich ihr Gesicht zuwandte. „Wie auch immer“, fuhr er fort. „Ich bin dir nur nachgegangen, um sicher zu sein, dass alles in Ordnung mit dir ist. Als ich diesen Typen frech werden sah, griff ich ein.“

„Gerade noch rechtzeitig.“

„Bist du sicher, dass du ihn nicht nur ein wenig hinhalten wolltest? Vielleicht habe ich da ja etwas viel Versprechendes zunichte gemacht." Sein erster Versuch war erfolgreich gewesen, also versuchte er es ein zweites Mal.

Auch diesmal funktionierte es. Wieder lächelte sie, und er konnte an ihrer Körperhaltung sehen, wie sie sich langsam entspannte.

Als der Salat serviert wurde, unterhielten sie sich endlich unbeschwert und gelöst, auch wenn keiner von ihnen ein Wort davon erwähnte, was sie nach Paris und in dieses kleine Bistro geführt hatte.

„Sie werden beleidigt sein, wenn wir keinen Wein zum Essen trinken. Schließlich ist das hier Paris, weißt du", flüsterte Dax verschwörerisch und lehnte sich über den Tisch zu ihr.

„Vorsicht, du hast Salatsauce auf deiner Krawatte."

Er sah hastig nach unten. „Hoppla." Mit dem Fingernagel zog er den öligen Tropfen von der Krawatte ab. „Also, wie steht's mit dem Wein?"

Keely sah zu dem Kellner herüber, der abwartend in nächster Nähe dastand. Sie vermutete, dass er ihrer Unterhaltung in Englisch perfekt folgen konnte. „Nun, wenn du meinst, es ist beleidigend, wenn wir nicht …"

Dax hatte verstanden und wollte den Kellner herbeiwinken, der allerdings schon am Tisch stand, noch bevor Dax die Hand richtig gehoben hatte. Die Bestellung wurde auf Französisch aufgegeben, und Keely hörte bewundernd zu.

Der Kellner verschwand und kam innerhalb kürzester Zeit mit einer Karaffe eisgekühlten Weißweins zurück.

„Der Hauswein", sagte Dax zu Keely. „Garantiert exzellent. Zumindest behauptet er das." Übertrieben vollzog er das Ritual des Kostens, spülte den ersten Schluck Wein im Mund umher und schluckte dann laut. „Exquisit!" rief er aus. Der Kellner lächelte Keely milde zu, so als würden sie hier dem Schauspiel eines Exzentrikers zusehen, schenkte die Gläser voll, stellte die Karaffe auf den Tisch und zog sich zurück.

„Oh, Dax! Mir ist gerade wieder Mr. Parker eingefallen. Was hast du ihm gesagt?"

„Dass ich unter Jetlag leide. Damit habe ich auch dich entschuldigt."

„Danke."

Das Essen war köstlich. Das Hühnchen war perfekt zubereitet, garniert mit kleinen Kartoffeln, jungen Erbsen und Karotten. Danach servierte der Kellner Mousse au Chocolat mit einer Haube aus frischer Sahne und Schokoladenstreuseln. Keely schaffte ihre Portion nur halb, Dax erbot sich bereitwillig, ihr Dessert zu Ende zu essen, allerdings nicht, ohne sich darüber zu beklagen, dass sie die ganze Sahne weggeschleckt hätte.

Die Weinkaraffe war leer, sie hatten zwei Tassen mit dampfendem Kaffee vor sich und saßen zufrieden da. Als nur noch die flackernde Kerze und die Margerite zwischen ihnen auf dem Tisch stand, wusste Keely, dass es Zeit war zu reden.

„Dax", begann sie, „ich weiß, dass du mich nie fragen

würdest, aber du musst doch wissen wollen, was ich fühle."

„Du hast Recht. Ich würde dich nie fragen. Und es ist deine Entscheidung, ob du es mir sagen willst oder nicht. Meine einzige Aufgabe ist es, da zu sein, wenn du mich brauchst."

Sie sah ihn aus tränenfeuchten Augen an, ihre Lippen zitterten leicht. „Ich brauche dich."

„Ich bin für dich da." Er wollte über den Tisch nach ihrer Hand greifen, doch Keely macht eine abwehrende Geste.

„Ich weiß nicht einmal, ob irgendetwas davon Sinn macht. Meine Gedanken sind so ungeordnet, wahrscheinlich plappere ich nur unsinniges Zeug."

„Das stört mich nicht."

Sie holte tief Luft. „Ich fürchte, ich bin nicht besonders nett. Heute war ich krank vor Enttäuschung. Aber dieser herzzerreißende Kummer, den ich heute verspürte, weil Mark nicht unter den Heimkehrern war, galt nicht ihm. Sondern mir."

Sie ließ sich gegen die Lehne ihres Stuhls fallen und fingerte abwesend an dem Tischtuch herum. „Ich konnte nur daran denken, dass meine Qual noch immer kein Ende gefunden hat. Nicht nur, dass er nicht bei den Lebenden war, ich weiß immer noch nicht, ob er unter den Toten ist. Ich bin keinen Schritt weitergekommen, es ist ein ewiger Stillstand."

Sie blickte kurz auf, nur um zu sehen, ob er ihr zuhörte. Sie hätte sich die Frage gar nicht zu stellen brauchen, er hing an ihren Lippen.

„Und dann habe ich diese Mitleid erregenden, ausgemergelten Männer gesehen. Sie sind uns so tapfer entgegengetreten. Und da ist mir klar geworden, wie egoistisch ich bin. Oder etwa nicht? Den ganzen Nachmittag haben wir gehört, was diese Männer durchgemacht haben. Immer wieder haben sie betont, dass sie wirklich alles getan haben, um zu überleben. Das heißt wohl, das Leben voll auszuschöpfen, oder?"

Sie erwartete keine Antwort von ihm, also gab er auch keine. Sie warf ihm einen kurzen Blick zu und befeuchtete ihre Lippen, bevor sie fortfuhr: „Was ich damit sagen will, ist … die Heimkehrer haben auch erzählt, dass es Soldaten gibt, die gar nicht unbedingt zurückkommen wollen. Was wäre, wenn Mark dort ein Leben gefunden hat, das er nicht aufgeben will? Vielleicht hat er dort … dort eine Frau gefunden, mit der er seit Jahren zusammenlebt, mit der er Kinder hat. Sie wäre seine echte Frau, nicht ich." Sie hielt inne. „Ich musste mich der Wahrheit stellen, vor allem, nachdem ich Betty und Bill zusammen gesehen habe. Eigentlich ist es gar nicht Mark, den ich vermisse. Vielleicht ist er ja wirklich tot. Aber sollte er nicht tot sein … für mich ist er es schon seit Jahren. Wäre Mark mir nicht begegnet, hätte ich vielleicht noch Jahre allein gelebt. Oder hätte man mir die Nachricht von seinem Tod überbracht, hätte ich vielleicht wieder geheiratet. Aber so habe ich nie die Wahl gehabt. Ich habe mich an den Gedanken gewöhnt, vielleicht Witwe zu sein. Woran ich mich nie gewöhnen werde, ist die Tatsache, dass ich es nicht mit Bestimmtheit sagen kann. Das Schicksal hat es mir verwehrt, selbst über mein Leben zu entscheiden." Jetzt sah sie ihn an, ihr Blick flehte um Verständnis. „Aber ich habe doch ein Leben, Dax. Und ich will es nicht vergeuden."

Für einen langen Moment schwiegen sie. Der aufmerksame Kellner hielt sich vom Tisch fern. Etwas in der Art, wie der Mann die Frau anschaute, wie die Frau den Mann anschaute, ließ ihn sich diskret zurückhalten.

Es war Dax, der das drückende Schweigen brach. „Du irrst dich, Keely. Das, was du sagst, macht Sinn, sehr viel sogar. Und du hast das Recht auf ein paar eigene Wünsche. Du besitzt eine sehr ungewöhnliche Eigenschaft, die du noch gar nicht erkannt hast."

Sie hob den Kopf und traf auf seinen glühenden Blick. „Welche denn?"

„Du bist von Grund auf ehrlich, mit dir selbst und jetzt zu mir. Es gibt nur wenige Menschen, die ihre Schwächen eingestehen oder sie überhaupt erkennen. Doch du gestehst einen Egoismus ein – wobei fraglich ist, ob das auch stimmt –, den ein wirklicher Egoist nicht einmal sehen würde."

„Sagst du das nur, damit ich mich besser fühle? Um mir das Schuldgefühl zu nehmen?"

„Nein."

„Wirklich?“

„Ja. Auch ich versuche ehrlich zu sein.“

Sie seufzte, und er hörte die leise Erleichterung in diesem Seufzer. Sie rang sich ein Lächeln ab. „Ich habe also doch geplappert.“

Er verstand ihren Wunsch, die lastende Atmosphäre ein wenig aufzulockern. „Ein bisschen, vielleicht“, sagte er lächelnd.

„Ich habe immer noch sehr zwiespältige Gefühle … in jeder Hinsicht.“

„Wahrscheinlich wirst du die immer haben, Keely.“

„Ja.“ Voller Melancholie starrte sie für einen Moment gedankenverloren aus dem Fenster. Dann sah sie ihn wieder an. „Danke, dass … dass du so bist, wie du bist.“

„Ich habe doch gar nichts getan.“

„Du hast zugehört.“

„Das ist nicht viel.“

„Es ist unglaublich viel.“

Er verbarg seine Verlegenheit über dieses Lob, indem er anhob: „Sollen wir gehen, oder möchtest du noch etwas?“

„Nein, danke.“

Sie standen auf. Dax legte ein paar Geldscheine auf den Tisch und bedankte sich bei dem Kellner, während er Keely zur Tür hinausdirigierte.

„Was jetzt?“ fragte er. „Besichtigungstour, ein Nachtclub oder zurück und ins Bett?“

Es dauerte einen Moment, bevor ihm auffiel, dass sie

ihm nicht folgte. Sie stand immer noch regungslos auf dem Bürgersteig, während andere Fußgänger sich an ihr vorbeischoben.

Ihre Blicke trafen sich. Dax ging zwei Schritte zurück und stellte sich vor Keely, nur Zentimeter von ihr entfernt, suchte in ihren Augen, was er so verzweifelt brauchte.

„Keely?"

Sie wandte ihren Blick ab, ihre Augen wurden groß, dunkel, voller Glut, bis er in den grünen Tiefen zu ertrinken glaubte. „Ich will dich", flüsterte sie. „Alles von dir." Er konnte sie nicht hören, aber er las die Worte von ihren Lippen.

Sie sah ihn schlucken, sah seinen Adamsapfel hüpfen. Er hatte sie nicht missverstanden. Er legte die Hände auf ihre Schultern, rückte noch näher.

„Du weißt ..." Seine Kehle war trocken, er musste erneut ansetzen. „Du weißt, dass ich das mehr als alles andere auf der Welt will, und ich werde mich selbst hassen, solltest du nach meinen Worten deine Meinung ändern, Keely. Aber du bist im Moment extrem aufgewühlt und sehr verwundbar. Wir haben ein intimes Abendessen bei Kerzenschein und mit Wein in der romantischsten Stadt der Welt verbracht. Ich will nicht an diese Nacht denken und erkennen müssen, dass ich dich und deinen Zustand ausgenutzt habe." Sein Griff wurde fester, seine Stimme drängender, fast atemlos. „Bist du dir sicher, Keely? Denn wenn wir zusammen auf ein Zimmer gehen, wird mich dieses Mal nichts aufhalten. Ich will, dass dir das klar ist. Bist du sicher?“

Die Romantik in Paris währte ewig. Sie ernteten leisen Applaus von Passanten, als Keely sich auf die Zehenspitzen stellte und Dax einen zärtlichen Kuss auf den Mund gab.

Sie nahmen sich ein Zimmer in einem kleinen Hotel in einer der Seitenstraßen des Boulevard Saint Germain. Die zweite Etage in dem dreistöckigen Haus war aufgeteilt in Aufenthaltsräume und eine Küche für die Gäste, deren Benutzung Dax und Keely, die vor Ungeduld schier umkamen, schmerzhaft detailliert beschrieben wurde.

Man führte sie eine hölzerne Treppe hinauf in den dritten Stock. Vom Korridor gingen vier Zimmer ab. Die Wandtäfelung war aus Eichenholz, die Tapete altmodisch, die Läufer Imitationen von orientalischen Teppichen. Alles war blitzblank geputzt.

Dax unterhielt sich fließend mit der Vermieterin, einer kleinen molligen Frau mit rosigen Wangen und weißem Haar, das zu einem lockeren Knoten aufgetürmt war. Dax übersetzte für Keely – sie hätten Glück, denn gerade heute wäre das Eckzimmer mit den zwei Fenstern frei geworden.

Ihnen wurde gezeigt, wie Fenster und Rollläden zu öffnen waren, dann wurde stolz das Bad präsentiert, einschließlich Dusche, die schmale Wanne und das Bidet. Mit hochroten Wangen weigerte Keely sich strikt, in Dax’ amüsiertes Gesicht zu sehen.

Nachdem sie versichert hatten, weder zusätzliche Decken noch Handtücher, auch keinen Wein oder Kaffee mehr zu brauchen, verabschiedete sich die Hotelbesitzerin endlich, nicht ohne würdevoll das Trinkgeld abzulehnen, das Dax ihr anbot.

Und dann waren sie allein. Befangen und nervös. Sie wussten nicht, wohin sie den Blick richten sollten, wussten weder, was sie sagen sollten, noch wohin mit ihren Händen.

Keely zog schließlich ihren Mantel aus und legte ihn über den altmodischen Schaukelstuhl in der Ecke des Zimmers. Das Sitzkissen war aus dem gleichen Stoff wie die Kissen auf dem Bett, auf dem eine gehäkelte Tagesdecke lag. Die Fransen reichten bis auf den polierten Holzboden.

Keely trat beiseite, als Dax seinen Mantel auszog und ihn ebenfalls auf den Schaukelstuhl legte. An einer Wand stand eine Spiegelkommode, Keely ging hinüber und starrte auf ihr Spiegelbild, bevor sie sich den Anschein gab, ihr Haar zu richten. Dax untersuchte inzwischen den Riegel am Fenster.

Sie drehten sich gleichzeitig um. Ohne ein Wort zu reden, kamen sie aufeinander zu, trafen sich in der Mitte des Raumes. Dax hob die Hand, um Keelys Wange zu streicheln. Bei dem zaghaften Klopfen, das wie ein Donnerhall in ihren Ohren dröhnte, fuhren sie auseinander.

Dax hastete zur Tür und zog sie auf. Mit einer förmlichen Entschuldigung überreichte die Vermieterin Dax eine Vase mit frischen Blumen. Sie hätte die Blumen heute Morgen arrangiert, aber leider vergessen, sie aufs Zimmer zu stellen. Dax nahm die Vase entgegen, bedankte sich und schloss die Tür wieder.

Er stand verlegen da, die Vase in der Hand, als wüsste er nicht, was er damit anfangen sollte.

„Warum stellst du sie nicht auf die Kommode?“ schlug Keely vor.

„Ja, sicher.“ Er schien dankbar für den Vorschlag zu sein und stellte die Blumenvase so hastig ab, als würde er sich die Hände daran verbrennen. Dann begutachtete er die Blumen, als wären sie ein seltenes Meisterwerk. „Sie sehen gut da aus.“

„Ja.“

Er drehte sich zu ihr um. „Äh ... möchtest du vielleicht ... Du kannst zuerst ins Bad.“

Sie sah auf die Badezimmertür. „Ich glaube nicht, dass ich ... Warum gehst du nicht zuerst?“

Er lächelte angespannt, nur flüchtig, mehr ein nervöses Zucken der Mundwinkel. „Einverstanden. Ich bin gleich wieder da.“

Die Tür fiel hinter ihm ins Schloss. Keely hörte die Wasserhähne rauschen und fragte sich, was in aller Welt er da wohl tat, das so viel Wasser benötigte.

Sie sah sich ratlos um. Was sollte sie tun? Sich ausziehen? Alles oder nur einen Teil? Himmel, sie konnte nicht fassen, dass sie so naiv war. Sie war dreißig Jahre alt und hatte nicht die geringste Ahnung, wie man sich verhielt, wenn man mit einem Mann ins Bett gehen wollte.

Sie entschied sich schließlich, nur einen Teil ihrer Kleidung abzulegen. Das würde Interesse signalisieren, aber nicht zu aufdringlich wirken. Mit diesem Entschluss zog sie ihre Schuhe aus und legte den Gürtel ab. Wohin damit? In den Schrank, ja.

Sie öffnete die schmale Tür und stellte die Schuhe auf den Schrankboden, hängte den Gürtel an den Haken. Was jetzt? Eine Seidenstrumpfhose war das unerotischste Kleidungsstück, das sie kannte, also entledigte sie sich dessen besser jetzt gleich.

Das Wasserrauschen im Bad erstarb. Panik ergriff sie. Wenn Dax jetzt aus dem Bad kam und sie dabei überraschte, wie sie sich unelegant aus der Strumpfhose schälte ... Sie riss sich das feine Seidengewebe förmlich von den Beinen und warf es zusammengeknüllt in den Schrank, als der Türknauf an der Badtür sich drehte und Dax erschien.

Er betrachtete sie fragend. „Alles erledigt", sagte er. „Du kannst jetzt hinein."

„Danke." Sie griff ihre Handtasche und huschte an ihm vorbei in das Schutz bietende Badezimmer. Keine Wasserspuren waren zu sehen, Dax musste das feuchte Handtuch benutzt haben, das über dem Handtuchhalter hing, um die Tropfen aufzuwischen.

Keely wusch sich die Hände. Sie bürstete sich das Haar. Tupfte sich Parfüm aus dem kleinen Fläschchen in ihrer Handtasche hinter die Ohren und auf den Hals. Sie wünschte, sie hätte nicht geweint, ihre Augen waren immer noch ein wenig verquollen, aber daran ließ sich jetzt nichts ändern. Sie holte noch einmal tief Luft, dann verließ sie das Bad.

Dax hatte die Deckenlampe ausgeschaltet, nur die kleine Nachttischlampe neben dem Bett brannte noch. Das Bett! Er hatte die Decke zurückgeschlagen. Die Laken schimmerten blütenweiß in dem sanften Licht.

Dax hatte sein Hemd ausgezogen und war barfuß. Da seine Sachen nicht zu sehen waren, fragte Keely sich, ob ihm wohl ihre zusammengeknüllte Strumpfhose aufgefallen war, als er seine Kleidungsstücke in den Schrank gehängt hatte.

Sie stellte ihre Handtasche auf dem Schaukelstuhl ab. Als sie sich umdrehte, stand Dax direkt vor ihr.

Sein Anblick raubte ihr den Atem. Seine breiten Schultern und seine starke Brust, seine schmalen Hüften und sein flacher Bauch.

Bildete sie sich das nur ein, oder zitterte seine Hand, als er ihr sanft über den Kopf, über ihr Ohr strich, hinunter zu ihrer Schulter?

Als er sich zu ihr beugte, war sein Kuss so unglaublich zärtlich.

„Keely“, murmelte er rau. „Ich habe so lange auf diesen Moment gewartet, und jetzt kann ich nicht fassen, dass es wirklich passiert.“

„Es geschieht aber wirklich." Er kam so nah, dass ihre Körper sich berührten. „Dax", hauchte sie, „ich bin schrecklich nervös."

Sein selbstironisches Lachen strich wie ein sanfter Lufthauch über ihr Ohr. „Wem sagst du das?"

„Du etwa auch?"

„Ja. Aber ich will dich, Keely. Himmel, wie ich dich will." Er küsste sie voller Verlangen. Sein Atem an ihrem Ohr hatte ihr Schauer über den Rücken gejagt, und instinktiv hatte sie sich auf der Suche nach Wärme noch enger an ihn geschmiegt. All die Einsamkeit, die sie heute, in ihrem Leben gefühlt hatte, wurde von Dax' Leidenschaft wie weggespült. Er schlang die Arme um sie, sein Mund bedeckte ihren, und sie wusste, wie wertvoll dieses Gefühl war. Ihre Angst, ihre Nervosität schwanden. Das hier war Dax. Sie wollte ihn genauso sehr wie er sie. Das war kein Spiel, es war eine tiefe gemeinsame Erfahrung. Wenn die Zeit kam, würde Keely wissen, was zu tun war.

Er trat von ihr zurück und sah ihr unentwegt in die Augen, während er um sie herumgriff und den Reißverschluss ihres Kleides aufzog. Ohne den Blick von ihr zu nehmen, schob er ihr das Kleid von den Schultern, über die Arme, die Hüften, bis es zu Boden glitt. Fast andächtig legte Dax es auf den Fußschemel vor dem Schaukelstuhl.

Anschließend schaute er sie wieder an, nicht ihren Körper, sondern ihr Gesicht, ihre Augen. Er legte die Hände an ihren Hals und streichelte mit dem Daumen sanft über ihre Lippen. Er konnte das sanfte Schnurren in ihrer Kehle spüren, als seine Finger hinunter an ihrem Hals bis zu ihrem Schlüsselbein glitten.

Dann strich er mit den Fingerspitzen über ihre Brust, so langsam, dass sie die Augen schloss und ihn in Gedanken anflehte, sich zu beeilen, und doch gleichzeitig jede Sekunde genoss.

Nur flüchtig berührte er die sanften Rundungen. Haut an Haut, ein so sinnliches Gefühl. Aber das reichte ihr nicht, sie wollte mehr und bog sich ihm ungeduldig entgegen.

Geschickt öffnete er den Verschluss ihres pfirsichfarbenen BHs und warf ihn achtlos beiseite. Ebenso gekonnt streifte er ihr den zarten Slip von den Hüften. Erst jetzt löste er den Blick von ihrem Gesicht und sah sie fasziniert an.

Keely hatte erwartet, dass er sie wieder berühren würde, deshalb war sie leicht überrascht, als er ihre Hände nahm und sie sich in den Nacken legte. Dann streichelte er ihre Arme, ihre Seiten, legte die Hände auf ihren Rücken und zog sie eng an sich heran. „Keely, du fühlst dich so gut an", flüsterte er atemlos.

Sie barg das Gesicht an seiner Schulter und schmiegte sich an ihn.

Er küsste sie, und das fordernde Drängen seiner Lippen sagte ihr, dass er von der gleichen verzehrenden Leidenschaft getrieben wurde wie sie.

Endlich hob er Keely auf seine Arme und trug sie zum

Bett. Er löste sich gerade lange genug von ihr, um sich seiner restlichen Kleider zu entledigen.

„Keely, wunderschöne Keely", murmelte er ergriffen und legte sich langsam auf sie, hielt sie an sich gepresst. Sie genoss sein Gewicht, ihre Körper passten perfekt zueinander.

Ihr unerwarteter Aufschrei, als er zu ihr kam, erschreckte ihn. „Keely!" Er umfasste ihr Gesicht, hielt ihren Kopf. „Darling, habe ich dir wehgetan?"

„Nein", schluchzte sie, „nein. Bitte, Dax, es ist so wundervoll … Dax, bitte …", flehte sie.

Die Magie riss sie mit sich. Ihre Leiber waren ineinander verschlungen, bewegten sich rhythmisch. Ihre Münder fanden sich. Ihre Seelen jubelten auf.

Erschüttert und erschöpft lagen sie anschließend beieinander, sein Kopf auf ihrem Kissen, genossen die Vertrautheit ihrer Körper. Als seine Stimme an ihr Ohr drang, klang es wie aus weiter Ferne.

„Das ist der Moment, auf den ich mein ganzes Leben gewartet habe, Keely. Um hier mit dir zu sein. Dafür wurde ich geboren. Verstehst du das?"

Sie konnte nur nicken. Sie verstand ihn, denn sie fühlte es ebenso, nur dass sie zu ergriffen von diesem Wunder war, um es in Worte fassen zu können.

14. KAPITEL

„Wie lange habe ich geschlafen?“ fragte Dax, als er die Augen öffnete. Keely betrachtete ihn. Das Aufwachen war noch nie so schön gewesen.

„Eine halbe Stunde vielleicht. Ich weiß nicht, es ist auch nicht wichtig.“ Sie strich mit dem Finger über seine Wangenknochen, über die geschwungene Nase, über das silberne Haar an seinen Schläfen.

Er verlagerte sein Gewicht, rollte sich herum, um sie an sich zu ziehen. „Wie konnte ich nur einschlafen?“

„Wahrscheinlich, weil du völlig erschöpft warst“, meinte sie viel sagend und legte den Arm um seine Schulter.

Er gab ihr einen Klaps auf den Po. „Du etwa nicht?“

„Oh doch, sehr sogar“, lachte sie. „Aber ich hätte nie einschlafen können.“ Sie ließ einen forschenden Finger über seine Lippen gleiten und fragte sich, wie dieser Mund so fest und gleichzeitig so weich auf ihrer Haut sein konnte.

Dax fasste ihre Hand und drückte einen Kuss auf die Innenfläche. „Und warum?“

„Weil ich so etwas noch nie zuvor erlebt habe“, gab sie leise zu und beobachtete seine Reaktion.

Seine Augen begann vor Glück und Stolz zu funkeln. „Wirklich nicht?“

Sie schüttelte den Kopf. „Nein.“ Vergleiche wären

Mark gegenüber nicht fair. Sie hatte Dax alles gesagt, was er wissen musste.

„Darüber bin ich sehr glücklich. Es wäre gelogen, würde ich es abstreiten."

Sie war zu aufgewühlt, um mehr dazu zu sagen, und suchte nach einem neutraleren Thema. „Ist das eine Kriegsverletzung?" fragte sie und fuhr mit dem Finger über eine großflächige Narbe an seinem Schulterblatt.

„Ja. Ich bin von einem Granatsplitter getroffen worden." Sie drückte einen Kuss auf die Stelle. „Die Narbe ist so hässlich, weil es Tage gedauert hat, bis ich zu einem Sanitäter kam. Bis dahin war die Wunde entzündet, sie mussten ein ziemliches Stück herausschneiden."

„Bitte, beschreib es mir nicht so genau." Sie küsste ihn aufs Kinn. „Und die Narbe unter dem Auge?"

„Mein Cousin und ich haben uns geprügelt, da war ich ungefähr dreizehn." Er sah die Enttäuschung in ihrem Gesicht und lachte. „Tut mir Leid, etwas Dramatischeres kann ich nicht bieten."

„Wie konnte er es wagen, sich mit dir anzulegen?" Der sinnliche Ton in ihrer Stimme ließ ihn aufhorchen. Verwundert sah er ihr zu, wie sie sich aufrichtete und sich über ihn beugte. Ihr Haar umspielte weich ihr Gesicht, das sanfte Licht betonte die Formen ihres Körpers. Licht und Schatten ließen verführerische Täler und sanfte Hügel hervortreten. Nahezu schüchtern küsste sie ihn.

Ihre Zunge wurde mutiger, fordernder. Dax musste an

ein Kind denken, das ein Eis schleckte, erst vorsichtig, probierend, dann immer genüsslicher.

Keely richtete sich ein wenig auf, küsste die Narbe unter seinem Auge, das Grübchen an seinem Mund. Verführerisch glitten ihre Lippen über seinen Hals hinunter zu seiner Brust.

„Keely, das ist wunderbar", sagte er kaum hörbar, als sie sinnliche Küsse auf seinen Bauch setzte.

Das Wissen, ihm solche Lust bereiten zu können, berauschte sie.

„Himmel … so süß … so gut." Er zog sie zu sich hoch, rollte sich mit ihr herum, bis sie unter ihm lag, drückte sie mit einem tiefen, überwältigenden Kuss in die Kissen. Dann hob er den Kopf und sah sie an. „Das schönste Bild, das ich je gesehen habe, sah ich in dem Moment, als du erfuhrst, was es bedeutet, eine erfüllte Frau zu sein. Strahle noch einmal so für mich, Keely."

Sie verließen das Zimmer im Morgengrauen. Die Hotelbesitzerin war bestürzt über die hastige Abreise. Dax versicherte ihr mehrmals, das Zimmer sei zur vollsten Zufriedenheit gewesen und nur dringende Geschäfte hielten sie davon ab, länger zu bleiben, trotzdem stand sie betroffen hinter der Rezeption, als Keely und Dax das kleine Hotel verließen.

Paris war noch kaum erwacht. Der nächtliche Regen hatte die Straßen rein gewaschen. Vereinzelt zogen die ersten Markthändler und Straßenverkäufer ihre Karren hinter sich her, um sich auf den neuen Arbeitstag vorzubereiten. Der Duft nach Kaffee und den ersten frischen Croissants erfüllte die Luft.

Keely und Dax hielten bei einem kleinen Café, das noch nicht offiziell geöffnet war, und baten den Eigentümer um Croissants zum Mitnehmen. Er brummelte mürrisch etwas vor sich hin, doch als echter Pariser hatte er ein Einsehen mit Liebenden, füllte eine Papiertüte mit frischen Hörnchen und reichte ihnen sogar noch zwei Plastikbecher mit frischem Kaffee.

Sie schlenderten langsam durch die Straßen, bissen in ihre Croissants und nippten an ihrem Kaffee. Sie sprachen nicht darüber, warum sie zum „Crillon" zurückgingen, beiden war klar, dass sie es tun mussten. Ihr verliebtes Geflüster zauberte eine zarte Röte auf Keelys Wangen und ließ Dax zufrieden vor sich hin grinsen.

„Du tust mir so gut", sagte er.

„Wirklich?"

„Ja, du bist perfekt."

Keely senkte den Blick auf das halb aufgegessene Croissant in ihrer Hand. „Ich würde die Vorstellung nicht ertragen, dass ich vielleicht aufdringlich oder schamlos …"

„Himmel, nein!" Dax nahm die Überreste ihres Frühstücks und warf sie in einen Abfallkorb. Dann kam er zurück zu Keely und streichelte ihre Wange. „Du bist so unglaublich weiblich, Keely, und ich liebe alles an dir, was dich so feminin macht. Deine Zartheit, deine Anmut, dein damenhaftes Benehmen und deine Zurückhaltung. Und ich liebe es, wie du alles hinter dir lässt, wenn du dich zu mir ins Bett legst. Aber nicht in tausend Jahren könntest du aufdringlich sein. Niemals darfst du so etwas denken."

„Oh, Dax." Tränen schimmerten in ihren Augen.

„Ich halte das nicht länger aus", murmelte er und winkte ein Taxi heran.

„Was?"

„Ich will dich küssen, jetzt sofort."

„Es ist doch keiner da, der uns sehen könnte", forderte sie ihn heraus.

„Sie werden kommen, wenn ich dich so küsse, wie ich es vorhabe", warnte er.

Er half ihr auf den Rücksitz des Taxis und gab dem Fahrer die Adresse. „Ich habe ihm gesagt, er soll einen Umweg nehmen", sagte Dax noch, bevor er Keely an sich riss und sie hungrig küsste.

Irgendwann schaffte sie es, ihren Mund von seinen Lippen zu lösen, und sie drückte mit beiden Händen gegen seine Schultern. „Dax, der Fahrer ..."

„Soll er sich doch sein eigenes Mädchen suchen", knurrte er.

Lachend wehrte sie sich gegen ihn und reizte ihn damit nur noch mehr. Bevor sie wusste, wie ihr geschah, hatte er seine Hände unter ihren Mantel geschoben. „Dax, weißt du eigentlich, was du da tust?"

„Oh ja.“ Er umfasste ihre Brust. Die Berührung löste eine Kettenreaktion in ihr aus, und sie schmiegte sich enger an ihn.

Sie hätten genauso gut Stunden oder auch nur Minuten gefahren sein können, bis Keely bewusst wurde, dass der Taxifahrer etwas auf Französisch über die Schulter zu ihnen sagte.

„Dax“, murmelte sie und schob ihn entschlossen von sich. „Er redet mit dir.“

Dax seufzte und richtete sich auf. „Das ‚Crillon‘ liegt in der nächsten Straße.“

Er bezahlte den Fahrer, zog sie an der Hand aus dem Wagen und umarmte sie kurz, ehe sie sich auf den Weg zum Hotel machten.

Keely erstarrte.

Die Allways kamen Arm in Arm auf sie zu, ein glückliches Lächeln auf ihren Gesichtern. Doch es erstarb, als sie Keely und Dax erkannten.

Die vier starrten einander in überraschtem Schweigen an. Die Allways hatten vorgehabt, dem Medienrummel zu entfliehen und ein ruhiges Frühstück zu genießen. Die Interviews waren für zehn Uhr angesetzt, die Allways hatten sich auf zwei Stunden zusammen gefreut, bevor der anstrengende Tag begann.

Ihnen hier zu begegnen war ein furchtbarer Schock für Keely. Sie spürte den scharfen Stich des Schuldgefühls bis in ihr Herz hinein.

Sie hatte diese Freunde betrogen. Sie waren einander treu geblieben, ihrem Ehegelübde und ihrer Überzeugung, dass der andere überleben würde.

Sie hatte ihren Mann betrogen, indem sie mit einem anderen Mann geschlafen hatte. Die sexuelle Untreue war aber nur ein Teil ihres Ehebruchs. Sie hatte sich Dax völlig und bedingungslos hingegeben, hatte nichts von sich zurückgehalten, nichts von sich für Mark aufgehoben, sollte er eines Tages zurückkommen.

Sie hatte sich selbst betrogen, indem sie sich eingeredet hatte, im Namen der Liebe gegen jede Moralvorstellung verstoßen zu können, von der sie in den letzten Jahren überzeugt war. Ihre Liebe zu Dax war keine Rechtfertigung für den Betrug an Mark. Eine Liebe, die auf Täuschung und Betrug aufbaute, barg kein Glück in sich. Sie wusste das, und bis letzte Nacht hatte sie zu diesem Wissen gestanden. Jetzt, bei Tageslicht und im Angesicht dieser beiden Menschen, die unaussprechliche Not durchlebt hatten, erkannte sie, dass sie sich nur etwas vorgemacht hatte. Liebe war nie umsonst. Es gab immer einen Preis zu zahlen.

„Wir sind auf dem Weg zu einem ruhigen Frühstück", ergriff Bill Allway sachlich das Wort und brach damit das drückende Schweigen.

„Möchtet ihr vielleicht mitkommen ...?" fragte Betty höflich, aber ihre Stimme erstarb, noch bevor sie zu Ende gesprochen hatte. In ihrem Blick lag keine Missbilligung, aber Keely fühlte sich, als hätte man ihr einen scharlachroten Buchstaben auf die Brust gebrannt. Die Beweise könnten nicht erdrückender sein. Sie und Dax waren in den frühen Morgenstunden gemeinsam aus einem Taxi gestiegen, mit zerknitterter Kleidung und erhitzten Gesichtern. Welchen anderen Schluss konnte man daraus ziehen, außer den richtigen? Wenn sie nicht vor Schuld umkam, dann vor Scham.

„Nein, danke", antwortete Keely für sie beide. Dax stand nur stumm da.

„Tja, dann machen wir uns jetzt mal auf den Weg." Bill räusperte sich. „Betty?" Er nahm den Arm seiner Frau und zog sie fast weiter, weil sie Keely und Dax regungslos anstarrte, als würde sie ihren Augen nicht recht trauen.

„Sieh mich an", zischte Dax Keely zu, sobald die Allways außer Hörweite waren.

„Nein." Sie wandte sich hastig von ihm ab.

Hart riss er sie an ihrem Arm herum. „Sieh mich an!" befahl er. Sie hob abrupt den Kopf und funkelte ihn aufrührerisch an. Sein Herz verkrampfte sich, als er ihre verschlossene, harte Miene sah. „Ich weiß, was du jetzt denkst, Keely." Seine Stimme klang rau und angespannt.

„Du ahnst nicht einmal, was ich denke."

„Doch, ich weiß es. Du wirst aufgefressen von Schuld über das, was letzte Nacht passiert ist." Er griff ihre Schultern. „Betty und Bill sind ein wunderbares und glückliches Paar, Keely. Ich könnte mich nicht mehr für sie freuen. Aber was ihnen geschehen ist, hat nicht das Geringste mit dir und Mark zu tun."

„Oh doch", widersprach sie heftig. „Betty ist treu geblieben, ich nicht."

„Wem willst du treu bleiben? Einem Mann, von dem du wahrscheinlich nie wieder hören wirst?" Er verabscheute sich für seine grausamen Worte, aber er konnte es sich nicht leisten, sanft zu sein.

„Bis gestern wusste Betty nicht, dass ihr Mann noch lebt. Jetzt ist er zurück und wieder bei ihr. Genauso schnell könnte es mit Mark gehen. Mark könnte nach Hause kommen und erwarten, dass seine Frau für ihn da ist."

Dax blickte zur Seite, als könne er ihre Worte nicht ertragen. Aus seiner ganzen Körperhaltung schrie die Verzweiflung.

Schließlich wandte er sich wieder Keely zu. „Die Wahrscheinlichkeit, dass das passiert, ist verschwindend gering. Was dagegen zwischen uns geschehen ist, ist eine sichere Sache." Seine Stimme wurde sanft, passte sich dem warmen Ausdruck seiner Augen an. „Ich liebe dich, Keely. Ich liebe dich."

Sie schlug die Hand vor den Mund, schloss die Augen und schüttelte wild den Kopf. „Nein", stöhnte sie auf, „sage es nicht. Nicht jetzt."

„Ich werde es sagen, bis ich weiß, dass ich zu dir durchdringe. Ich liebe dich."

Mit neuer Kraft schüttelte sie seine Hände ab. „Nein!

Es ist falsch, Dax. Es war von Anfang an falsch. Verstehst du denn nicht? Ich bin nicht frei, um dich zu lieben. Solange ich nicht weiß, dass Mark wirklich tot ist, darf ich dich nicht lieben."

Sie stolperte rückwärts, fürchtete, er würde ihr nachkommen und sie in seine Arme ziehen, und sie wäre wieder machtlos. „Es ist unmöglich. Lass mich … bitte. Lass mich in Ruhe."

Sie wirbelte herum und floh, lief dabei fast einen Mann um, der in der Eingangstür des Hotels stand. Erst als sie in ihrem Zimmer angelangt war und sich mit tränenüberströmtem Gesicht aufs Bett warf, durchzuckte sie die schreckliche Erkenntnis. Sie setzte sich wie vom Blitz getroffen auf und schnappte nach Luft.

Der Mann war Al Van Dorf gewesen.

Dax rannte durch den Terminal, sein Herz schlug wie rasend bei jedem Schritt. Er bemerkte seine Erschöpfung kaum, im Gegenteil, er hatte das Gefühl zu fliegen.

Noch heute Morgen war er zutiefst verzweifelt gewesen, sein Herz leer und ausgebrannt, als Keely von ihm fortgerannt war. Fast hätte er Van Dorf k.o. geschlagen, als der eine bissige Bemerkung gemacht hatte.

Dax hatte den Mann beiseite gestoßen und war auf sein Zimmer gestürmt, bereit, es mit jedem aufzunehmen, der es gewagt hätte, sein Temperament herauszufordern. Nie in seinem Leben hatte er sich so hilflos und wütend gefühlt.

Stundenlang war er in seinem Zimmer auf- und abmarschiert, und mit jeder Minute wuchs seine Verzweiflung. Objektiv betrachtet wusste er, dass es in dieser Situation weder falsch noch Richtig gab. Es gab keine einfache Antwort, die plötzlich auftauchen würde. Ihr Problem konnte auch nicht durch intensives Nachdenken gelöst werden. Hier ging es nur darum, zwei starke Gefühle gegeneinander abzuwägen. Die Entscheidung hing ganz allein von Keelys Gewissen ab. Gott, wie er sich vor ihrer Entscheidung fürchtete.

Mr. Parker hatte ihn auf dem Zimmer angerufen, und fast hätte er das Telefon aus der Wand gerissen. In der Hoffnung, es wäre Keely, hatte er den Hörer nicht schnell genug abheben können. „Ja", hatte er in die Muschel gebrüllt und ungeduldig die Antwort erwartet.

„Ich ergebe mich." Mr. Parker hatte gelacht.

Verlegenheit und Enttäuschung kämpften miteinander, Letztere siegte. „Entschuldigen Sie. Was kann ich für Sie tun?"

„Ich bin froh, dass Sie fragen, denn ich möchte Sie tatsächlich um einen Gefallen bitten. Man erwartet von mir, dass ich heute an dieser Interviewsitzung teilnehme, um eventuelle Fragen hinsichtlich kongressionaler Optionen zu beantworten. Allerdings soll ich auch zur Klinik gehen und als Repräsentant der Regierung die Soldaten besuchen. Ich bezweifle, dass der Präsident etwas dagegen einzuwenden hätte, wenn ich einen seiner Lieblingsabgeordneten bitten würde, mich dort zu vertreten. Würde Ihnen das etwas ausmachen?"

Dax fuhr sich durchs Haar. Er konnte es genauso gut übernehmen. Einen weiteren Tag in einem überfüllten Raum mit Fotografen und Kameraleuten würde er nicht aushalten. Wenn er hier blieb, würde er nur an Keely denken, und das brachte ihn auch nicht weiter. „Natürlich. Geben Sie mir nur noch Zeit, mich fertig zu machen. Brauche ich bestimmte Informationen, bevor ich hingehe?"

„Wir haben einen der Jungs verloren, Dax. Letzte Nacht. Er hat es nicht geschafft."

„Verflucht!"

„Ja, so sehe ich das auch. Ich schicke Ihnen die Akten über die Männer, damit Sie sich vorbereiten können. Sie können an der Rezeption nach einem Wagen fragen. Lassen Sie sich ruhig Zeit, es besteht keine Eile. Oh, außer dass das Flugzeug heute Abend geht."

„Welches Flugzeug?"

„Einige haben darum gebeten, so schnell wie möglich nach Hause zurückzufliegen, der Präsident hat das bewilligt. Die, die sich kräftig genug für den Flug fühlen, und diejenigen aus der Delegation, die ebenfalls nach Hause wollen, fliegen heute Abend."

„Um welche Uhrzeit?"

„Um neun, vom Flughafen de Gaulle. Ich lasse Ihnen die genauen Details mit den Akten zukommen."

„Danke."

„Ich habe Ihnen zu danken, Dax. Grüßen Sie die Soldaten von mir."

Also war er als Vertreter der Regierung zu der Klinik gefahren. Himmel, was, wenn er nicht hingegangen wäre? Was, wenn Gene Cox geschlafen hätte? Was, wenn er der bedauernswerte Soldat gewesen wäre, der in der Nacht gestorben war?

Dax erschauerte. Der Mantel schlug ihm gegen die Beine, er griff fester nach seiner Tasche. Er konnte den Flugsteig schon sehen. Da stand immer noch eine Menschenmenge. Gut, die Maschine war also noch nicht gestartet. Gott sei Dank war die Regierung unpünktlich wie immer.

Er ignorierte die neugierigen Blicke. Er ignorierte Mr. Parkers Handzeichen, sich zu ihm zu gesellen. Dax schaute sich unruhig in der Wartehalle um, bis er die Frau sah, die ganz hinten allein am Fenster saß und in die schwarze Nacht hinausstarrte. Das Glas spiegelte ihr Gesicht wider, ihre niedergeschlagene Miene.

Er ließ die Tasche fallen, wo er stand, und bahnte sich einen Weg zu Keely. Sie erkannte sein Spiegelbild im Fenster, als er hinter ihr stand. Es zerriss ihm das Herz, als er die Furcht in ihren Augen las.

„Ich muss mit dir reden", sagte er eindringlich.

„Nein." Sie drehte sich nicht um. „Es ist alles gesagt worden."

Er ging neben ihrem Stuhl in die Hocke und sprach leise auf sie ein. „Wenn du willst, dass alle uns zuhören …

von mir aus. Aber ich denke, was ich dir zu sagen habe, solltest du besser unter vier Augen erfahren. Also, wofür entscheidest du dich?“

Erst jetzt sah sie ihn an. Er hielt ihrem vorwurfsvollen Blick stand, bis ihr Widerstand schwand. „Na schön.“ Sie erhob sich und wartete darauf, dass er voranging.

Mit dem Kopf deutete Dax ihr an, ihm zu folgen. Die meisten anderen Wartenden waren viel zu müde, um ihr Weggehen zu bemerken. In der Mitte der Abflughalle sah Dax sich suchend um und entdeckte die Nische, in der die öffentlichen Telefone untergebracht waren. Er griff Keely beim Ellbogen und zog sie dorthin.

Sie sah ihn an, sobald sie die Nische erreicht hatten, die nur ein Minimum an Privatsphäre bot. „Was willst du von mir?“

Er vergab ihr die hochmütige Distanz, die sie an den Tag legte. Er konnte ihr vergeben, weil er sicher war, dass sie sich in wenigen Momenten ganz anders verhalten würde.

„Keely“, begann er sanft, „Mark ist tot. Er starb an dem Tag vor zwölf Jahren, als sein Helikopter abstürzte.“

Kein einziges Anzeichen für den Gefühlsaufruhr, der mit Sicherheit jetzt in ihr toben musste. Keine Tränen, kein hysterischer Anfall, keine Erleichterung, keine Trauer. Nur eine steinerne Miene und ein undurchdringlicher Blick aus grünen Augen, der nichts preisgab.

„Hast du mich gehört, Keely?“

Sie nickte, bevor sie sprach. „Ja." Sie schluckte und räusperte sich. „Woher weißt du das?"

Er berichtete ihr von seinem Besuch in der Klinik, den er an Stelle von Mr. Parker gemacht hatte. „Nachdem der offizielle Teil vorüber war, habe ich mich mit den vier Männern unterhalten, von Veteran zu Veteran. Ihr Schicksal interessierte mich, wann und wie sie verschwunden waren. Einer von ihnen, ein Korporal mit Namen Gene Cox, erwähnte das Datum seines Hubschrauberabsturzes. Es war dasselbe Datum, an dem auch Marks Helikopter verunglückte, Keely. Ich fragte nach, wollte genauer wissen, was passiert war. Cox erzählte, dass der Helikopter abgeschossen wurde und schon in Flammen stand, bevor er aufschlug. Er und der Pilot konnten aus der Maschine klettern, bevor sie explodierte. Sie krochen in den Dschungel, in dem es vor Vietcong-Leuten nur so wimmelte. Der Pilot hatte beide Beine gebrochen und muss zusätzlich innere Verletzungen gehabt haben. Er starb eine knappe Stunde nach dem Absturz. Cox deckte ihn mit einer Plane zu, darauf hoffend, dass der Vietcong ihn nicht finden würde und ... nun, die Leiche nicht finden würde. Am nächsten Tag wurde Cox gefangen genommen." Dax drückte Keelys Hand. „Keely, der Name des Piloten war Mark Williams. Ein großer blonder Mann mit Südstaatenakzent."

Er hatte erwartet, dass ihr die Knie weich werden würden und sie sich Halt suchend an ihn klammern würde, um verarbeiten zu können, was er ihr berichtet hatte. Er hatte vorgehabt, sie zu halten, nicht als Liebhaber, sondern als Freund, bis sie bereit war, mit ihm darüber zu reden, was das für sie beide bedeutete. Er hatte mit Tränen gerechnet, über die Verschwendung eines jungen Lebens, vielleicht auch Verbitterung über den Krieg, in dem Mark geopfert worden war.

Doch nie hätte er auch nur andeutungsweise vermutet, was ihn als Reaktion erwartete.

Sie riss ihre Hand fort, als hätte sie etwas Ekeliges berührt. Der einzige Laut, der aus ihrer Kehle kam, war ein hartes, höhnisches Lachen. „Wie kannst du nur, Dax?" Verachtung triefte aus jedem Wort. „Wessen Gewissen willst du beruhigen – meines oder deines?"

Er starrte sie fassungslos an. „Was ..."

Wieder dieses schreckliche Lachen. „Oh, ich bezweifle nicht, dass dieser Cox dir die Geschichte erzählt hat. Allerdings halte ich es schon für einen seltsamen Zufall, dass der Name des Piloten Mark Williams gewesen sein soll. Hältst du mich wirklich für so beschränkt, dass ich das glaube?"

Ungläubig starrte Dax sie an, während er versuchte, die Wut, die in ihm aufstieg, zu beherrschen. „Ich sage die Wahrheit, verdammt", stieß er zwischen den Zähnen hervor. „Weshalb sollte ich in einer so wichtigen Angelegenheit lügen?"

„Weil ich dir heute Morgen sagte, dass ich dir nicht gehören kann, dass wir kein gemeinsames Leben haben können, solange ich nicht über Marks Schicksal Bescheid weiß. Ich glaube, du hast bequemerweise den Namen Mark Williams in die Geschichte eingebaut, die der Soldat dir erzählt hat. Das bot sich doch an, nicht wahr?" Sie bebte vor Ärger. „Ihnen eilt der Ruf voraus, alles zu erreichen, was Sie sich vorgenommen haben, Mr. Devereaux, ganz gleich, mit welchen Mitteln. Und ich denke, Sie haben Ihrem Ruf gerade alle Ehre gemacht."

Seine stolzen Ahnen hatten ziemlich viel tolerieren können, außer einen Angriff auf den Familiennamen. Dax konnte auch viel tolerieren. Doch jeglicher Zweifel hinsichtlich seiner Integrität war für ihn unverzeihlich.

Er sah sie aus wild funkelnden Augen an. „Nun gut, Keely. Glaube, was du willst. Opfere dein Leben, geize weiter mit deiner Liebe. Langsam beginne ich zu glauben, dass du diese selbst auferlegte Märtyrerhaltung zum Leben brauchst. Es unterscheidet dich von den anderen, nicht wahr? Von uns primitiven Tieren. Aber sei gewarnt, die Menschheit hat Heilige meist als unerträglich langweilig empfunden."

Keely wirbelte herum und eilte durch die Halle zurück zum Flugsteig. Und auch wenn Dax' Herz Stück für Stück zerbröckelte, sein Stolz hielt ihn davon ab, sie zurückzurufen. Wie konnte sie nach letzter Nacht glauben, er wäre zu so etwas Verabscheuungswürdigem fähig? Letzte Nacht ... Er legte die Hände vors Gesicht und versuchte ihr gemeinsames Glück, die Ekstase zu vergessen. Es war unmöglich, dass sie wirklich dachte ...

„Ist Ihnen die Frau weggelaufen?“

Al Van Dorfs provozierende Stimme brachte Dax zurück in die Gegenwart. Er ließ die Hände sinken und sah direkt in das hämisch grinsende Gesicht, das er so sehr verabscheute. Van Dorf lehnte lässig an der Wand der Nische. Seine spöttische Arroganz war endgültig zu viel für Dax.

Er stürzte sich auf Van Dorf. Bevor der Reporter überhaupt wusste, wie ihm geschah, hatte Dax ihn am Kragen gepackt und gegen die Wand geschleudert. Dax rammte sein Knie in Van Dorfs Schritt und veranlasste ihn, einen hohen schrillen Schrei auszustoßen, mit einem Arm drückte er dem Mann die Gurgel zu.

„Sie haben Ihr schmutziges Mundwerk einmal zu oft aufgerissen, Van Dorf.“

„Ich habe gesehen, wie …“

„Gar nichts haben Sie gesehen. Und Sie haben auch nichts gehört. Nichts, was Sie beweisen könnten. Sollten Sie jemals wieder eine Ihre verleumderischen Anspielungen mir gegenüber machen, werde ich Sie auf eine horrende Summe verklagen. Und selbst wenn ich verlieren sollte, Ihr Ruf als Journalist wird so ruiniert sein, dass Sie nicht mal mehr bei einem drittklassigen Lokalblatt unterkommen werden. Außerdem wird es mir ein Vergnügen sein, Sie krankenhausreif zu schlagen. Habe ich mich deutlich genug für Sie ausgedrückt, Van Dorf?“ Um seine Frage zu unterstreichen, hob er sein Knie an. Van Dorf wimmerte und bestätigte damit, was Dax immer geahnt hatte – der

Mann war ein Feigling. „Ich habe Sie etwas gefragt, Van Dorf. Haben Sie mich verstanden?“

Der Mann nickte hektisch, soweit Dax’ Würgegriff das zuließ. Diese teuflisch blitzenden dunklen Augen warnten ihn, dass der Kongressabgeordnete immer noch seine Meinung überdenken und ihn hier und jetzt umbringen könnte. Mit unendlicher Erleichterung merkte er, wie Dax’ Griff sich lockerte.

„Das Gleiche gilt für Mrs. Williams. Sollte ich auch nur ein anzügliches Wort von Ihnen über sie lesen, bringe ich Sie um.“

Damit drehte er sich verächtlich von Van Dorf weg, der nach Luft rang. Dax ging zu der Stelle, wo er seine Tasche hatte fallen lassen, hob sie auf und lehnte sich abseits der anderen an die Wand, um auf den längst überfälligen Flug zurück in die Staaten zu warten.

15. KAPITEL

Der Mond stand rechts des Flugzeugs. Keely starrte aus der Luke auf der linken Seite, sodass nur ein matter silberner Hauch das Dunkel der Nacht erhellte. Die Sterne schienen unendlich weit weg. Unter dem Flugzeug war eine undurchdringliche Wolkendecke.

„Schläfst du?"

Die Frage riss sie aus ihrer Versunkenheit. Keely drehte den Kopf und sah Betty Allway über den freien Sitz neben ihr lehnen. Seit der Reporter, der dort gesessen hatte, ihr unhöfliches Schweigen endlich als Wink verstanden hatte, dass sie nicht reden wollte, und sich woanders hingesetzt hatte, saß sie allein.

„Nein", antwortete sie.

„Darf ich mich neben dich setzen?"

Keely nickte und nahm ihren Regenmantel fort, den sie auf den freien Sitz gelegt hatte, um jeden von vornherein zu entmutigen und allein sein zu können. „Wie geht es Bill? Schläft er?"

„Ja", sagte Betty. „Er ist so frustriert, weil er so schnell müde wird. Ich werde darauf achten müssen, dass er sich nicht übernimmt, wenn er zu Hause ist. Er wird versuchen wollen, und die Armee sicherlich auch, vierzehn Jahre in wenigen Wochen aufzuholen. Ich werde beide davon abhalten müssen."

Keely lächelte warm. „Ich denke, du hast ein Recht darauf, Bill erst mal für dich allein zu haben."

Ein lastendes Schweigen breitete sich zwischen beiden aus. Keely konnte Bettys erschreckten Gesichtsausdruck nicht vergessen, als sie sie und Dax früh am Morgen zusammen aus dem Taxi hatte steigen sehen. Ein Wunder, dass die ältere Frau überhaupt noch mit ihr sprach. Nach dem langen Leidensweg, den sie gemeinsam beschritten hatten, wäre es sehr schmerzlich, die Freundschaft einer Frau zu verlieren, die sie so lange bewundert hatte.

„Keely", hob Betty schließlich zögernd an, „ich will mich nicht in Dinge einmischen, die mich nichts angehen, aber du wirkst, als bräuchtest du jemanden, mit dem du reden kannst. Ist das so?"

Keely ließ den Kopf zurückfallen und schloss für einen Moment die Augen. „Wahrscheinlich bin ich einfach nur völlig erschöpft, die Luft ist raus. Die letzten drei Tage waren wie eine Ewigkeit. Ich konnte Müdigkeit noch nie gut überspielen." Sie versuchte vergeblich ein Lächeln.

„Nein, Keely. Da ist noch mehr. Und ich denke, es hat viel mit Dax Devereaux zu tun." Betty nahm Keelys Hand. „Hast du dich in ihn verliebt?"

Sie war versucht zu lügen, es vehement abzustreiten. Aber was würde das nützen? Betty hatte sie so oft zusammen gesehen, sie konnte sicherlich zwei und zwei zusammenzählen. Betty hatte auch Van Dorfs Anspielungen und Fragen gehört. Es war unmöglich, dass die

Frau eine noch schlechtere Meinung von ihr bekommen konnte.

Keely wandte den Kopf und sah Betty offen an. „Ja, ich habe mich in ihn verliebt."

„Ah", sagte sie nachdenklich, „das dachte ich mir. Darf ich ganz offen sein und fragen, wann das passiert ist?"

„In der Nacht, als ich für die Anhörung nach Washington kam. Wir trafen uns im Flugzeug. Ich wusste nicht, dass er im Komitee sein würde, und er wusste nicht, dass Keely Preston und Mrs. Mark Williams ein und dieselbe Person sind."

„Ich verstehe."

„Ich glaube nicht. Ich ... wir haben beide nicht gewollt, dass es passiert. Wir haben dagegen angekämpft, vor allem ich. Aber ..."

„Man braucht Liebe nicht zu rechtfertigen, Keely." Betty hielt weiter Keelys Hand, streichelte sie abwesend. „Weiß er, was du für ihn fühlst?"

„Ich weiß es nicht. Eigentlich müsste er es, aber ich ... nun, wir hatten sozusagen ein Zerwürfnis. Er hat etwas getan ..." Keely rieb sich mit der freien Hand die Stirn. „Wie auch immer. Eine Beziehung zwischen uns ist aus so vielen Gründen unmöglich."

„Nämlich?" wollte Betty wissen.

Keely sah sie überrascht an. „Hauptsächlich, weil ich immer noch verheiratet bin und nicht weiß, ob mein Mann lebt oder nicht. Deine Situation ist geklärt, Betty, meine aber nicht." Sie hasste sich für den sarkastischen Ton. „Entschuldige", sagte sie reumütig. „Bitte, Betty, es tut mir wirklich Leid. Ich weiß nicht, was ich sage."

„Du brauchst dich nicht zu entschuldigen, Keely. Ich kann mir vorstellen, was du durchmachst und wie du leidest. Vielleicht hast du genug gelitten, vielleicht solltest du Mark für tot erklären lassen und deinen Kongressabgeordneten heiraten."

Hätte Betty gerade verkündet, sie würde aus dem Flugzeug springen, Keely hätte sie nicht entsetzter ansehen können. Nach all den Jahren, in denen sie gemeinsam für die vermissten Soldaten gekämpft hatten, nach dem Schwur, niemals die Hoffnung aufzugeben, dass das Schicksal ihrer Männer geklärt würde, wollte sie ihren Ohren nicht trauen, dass Betty das gesagt hatte. „Das kannst du nicht ernst meinen."

„Doch, sehr ernst sogar", erwiderte Betty entschieden.

„Aber ..."

„Lass mich dir etwas beichten, Keely. Während dieser letzten Jahre habe ich dich ausgenutzt. Nein, lass mich ausreden", wehrte sie ab, als Keely sie unterbrechen wollte. „Du hast unserem Anliegen unglaublich viel geholfen. Du warst die perfekte Repräsentantin. Du bist intelligent, schön und erfolgreich. Du hast unserer Organisation Glaubwürdigkeit verliehen, durch dich als Sprecherin erschienen wir nicht mehr so sehr wie eine Gruppe hysterischer Weibsbilder. Seit unserer Reise nach Washington schäme ich mich dafür, dich dazu gedrängt zu haben – wenn auch ohne böse Absicht –, deine Jugend, deine Liebe und Lebenslust für Marks Andenken zu verschwenden. Ich habe dich sogar davor gewarnt, deinen Ruf wegen eines Mannes wie Dax zu ruinieren."

„Ich habe nichts getan, was ich nicht tun wollte, Betty. Ich war, und bin es immer noch, überzeugt von meiner Arbeit für PROOF."

„Aber jetzt hast du etwas anderes, für das du dich engagieren kannst. Wenn du diesen Mann liebst, und das glaube ich, denn sonst würdest du nicht in Schuldgefühlen ertrinken, solltest du bei ihm sein, Keely. Und sein Verhalten spricht dafür, dass er das Gleiche fühlt. Er braucht dich. Er lebt, und er ist hier, aus Fleisch und Blut. Mark ist nicht hier, und vielleicht wird er es nie wieder sein."

Keely sah ihre Freundin verärgert an. „Wie kannst du so etwas sagen?" brauste sie auf. „Vor weniger als einer Woche ahntest du nicht einmal, dass Bill nach Hause kommen würde. Und jetzt ist er hier. Du hast all die Jahre gewartet, warst ... warst ihm treu." Zu ihrem Entsetzen rannen Tränen über ihre Wangen.

„Stimmt. Denn ich hatte drei Kinder, an die ich denken musste. Ich hatte auch zehn wundervolle Jahre mit Bill, die nicht so leicht zu vergessen sind wie ein paar Wochen. Bill und ich hatten ein gemeinsames Leben, du und Mark nicht. Keely, ich kann dir nicht sagen, was du tun musst, ich will nur sagen, dass du mit Dax zusammen sein solltest, wenn du es wirklich willst. Opfere dein und sein Glück nicht.“

Keely schüttelte den Kopf, ihr war kaum bewusst, dass die Tränen unablässig aus ihren Augen rannen. „Es ist zu spät, Betty. Ich kann unmöglich eine Sache aufgeben, für die ich so lange gekämpft habe. Ich kann PROOF nicht fallen lassen. Da sind so viele, die sich auf mich verlassen. Vor allem jetzt, nachdem die Männer zurückgekehrt sind, haben wir neue Hoffnung, vielleicht öffnen sich neue Kanäle, von denen wir vorher nichts wussten. Aber davon ganz abgesehen ... Das zwischen Dax und mir war schon zum Scheitern verurteilt, bevor es überhaupt angefangen hat. Wenn es einen Funken Liebe zwischen uns gegeben hat, so ist er jetzt erloschen.“

Sie sah Betty an. Und die Ältere glaubte, nie einen traurigeren und desillusionierteren Ausdruck auf einem so jungen Gesicht gesehen zu haben. „Ich werde darüber hinwegkommen, sobald ich zu Hause in New Orleans bin und wieder an die Arbeit gehe.“

Keely konnte unmöglich ahnen, wie falsch sie mit dieser Annahme lag. Sie war so erschöpft nach all dem, was geschehen war, dass sie, zu Hause angekommen, sich in ihrem Haus verbarrikadierte, den Telefonhörer neben die Gabel legte und fast vierundzwanzig Stunden schlief.

Als sie endlich aufwachte, stellte sie fest, dass die „Mardi Gras“-Woche in vollem Gange war. Parkplätze waren

Mangelware, auf einen Tisch im Restaurant wartete man Stunden, auf den Bürgersteigen musste man sich um Zuschauer auf Klappstühlen und laut johlende Zechkumpane herumwinden. In ihrem momentanen Gemütszustand fand sie die allgemeine Ausgelassenheit nur widerwärtig.

Sie rief ihren Produzenten an und bat um ein paar Tage Urlaub. Sobald er knurrend seine Zustimmung gegeben hatte, packte sie ihren Wagen und fuhr nach Mississippi zu ihren Eltern.

Die verstanden ihre düstere Stimmung und gaben sich alle Mühe, sie zu verwöhnen. Keely aß gut, schlief viel und machte lange einsame Spaziergänge an der Golfküste. Ein kurzer Besuch bei Mrs. Williams im Pflegeheim verbrauchte fast alle Kraft, die Keely in den Tagen aufgetankt hatte, und beim Verlassen des Heims hatte sie das Gefühl, dass nichts auf der Welt je wieder in Ordnung kommen würde.

Als sie zu ihrer Arbeit zurückkehrte, behandelte jeder sie mit ausgewählter Höflichkeit. Sie kam sich vor wie ein Psychiatriepatient, den man gerade entlassen hatte. Sie verabscheute den verständnisvollen Ton, in dem jeder mit ihr redete, hielt die mitleidigen Blicke und die geheuchelte Unbeschwertheit kaum aus.

Nicole, die Depressionen einfach nicht ertragen konnte, hielt sich von Keely fern, außer ein paar mitfühlenden Anrufen kam von ihr nichts. Das Thema Dax Devereaux sprach sie nicht an. Nur einmal erwähnte sie etwas von seiner wachsenden Popularität auf Grund seines Einsatzes für die zurückgekehrten Soldaten. Keely sagte nichts dazu. Nicole verstand den Wink und ließ das Thema fallen. Jeder, der Augen im Kopf hatte, konnte sehen, dass Keely nur mit Mühe die Fassung bewahrte. Und Nicole, wie auch jeder andere, wollte nicht schuld daran sein, dass sie zusammenbrach.

Nach drei Wochen Zurückhaltung lud Nicole sich selbst zum Abendessen ein. „Ist das zu fassen? Ich habe einen Samstagabend ohne Verabredung. Ich komme zu dir zum Dinner. Mach doch diesen Nudelauflauf mit dem wunderbaren dick machenden Käse."

Keely lachte. „Wenn ich etwas nicht ausstehen kann, dann sind es schüchterne Gäste. Was möchtest du denn sonst noch?"

„Diesen Schokoladenkuchen mit Pecannüssen und Sahne."

„Noch was?" fragte Keely trocken.

„Frisches Baguette."

„Und?"

„Nein, das reicht", sagte Nicole großmütig. „Ich bringe den Wein mit."

Was sie auch tat. Um sieben Uhr an diesem Abend empfing Keely in Jeans und Sweatshirt Nicole, die ebenso lässig angezogen war und zwei Flaschen Rotwein unter dem Arm hielt.

„Das wird überhaupt das Höchste. Ich werde mich

voll stopfen, bis ich platze. Wenn niemand am Samstagabend mit einem ausgehen will, gibt es nur eine Art, sich zu trösten – mit einem Anschlag auf die Figur. Außerdem habe ich mir gestern die Seele aus dem Leib gespieen und den ganzen Tag nichts mehr gegessen. Ich habe mir ein Festmahl verdient."

„Hoffentlich nichts Ernstes oder Ansteckendes." Keely führte Nicole in die Küche.

„Nein, sicher nur einer dieser Vierundzwanzigstunden-Viren."

„Trotzdem, nur für den Fall ... spucke nicht auf meinen Teller."

„Komm, lass uns alles vorbereiten und dann ..." Nicole brach ab, als es an der Tür läutete. „Mist! Wer kann das sein? Ich sehe unmöglich aus und will nicht, dass mich irgendjemand so sieht."

„Ich weiß auch nicht, wer das sein könnte. Ich erwarte niemanden", sagte Keely.

„Ich übernehme das. Wer immer es ist, ich werde ihn abwimmeln. Ich habe nämlich nicht vor, dieses wunderbar riechende Essen mit jemandem zu teilen."

Damit eilte Nicole zur Tür, während Keely sich weiter um den Auflauf kümmerte. Sie drehte sich nicht um, bis Nicole sie ungewöhnlich leise ansprach. „Keely, hier ist ein Mann, ein Soldat, der dich sprechen möchte." In den blauen Augen stand die Verwirrung zu lesen.

„Ein Soldat?" Die Frage klang unnatürlich schrill,

Keely ließ den hölzernen Kochlöffel auf die Anrichte fallen.

Nicole nickte nur. Keely trocknete sich die Hände an einem Küchentuch ab und kam aus der Küche ins Wohnzimmer. Der Soldat stand bei der Tür und drehte nervös seine Mütze in der Hand. Er war blass und dünn, sah aus wie jemand, der lange krank gewesen war. Hände und Füße wirkten viel zu groß für seinen knochigen Körper, der kurze Militärhaarschnitt ließ die Ohren noch größer erscheinen. Er mochte ungefähr dreißig sein, aber die Linien um seinen Mund hätten eher zu einem alten Mann gepasst.

„Ich bin Keely Preston Williams", stellte sie sich vor. „Sie wollten mich sprechen?"

„Ja, Mrs. Williams. Ich bin Lieutenant Gene Cox."

Der Name traf Keely wie ein Schlag. Sie stolperte rückwärts, bis sie an der Lehne eines Sessels Halt fand. In ihren Ohren rauschte es so laut, dass sie kaum Nicoles besorgten Aufschrei hörte. Doch sie wehrte die Hilfe der Freundin ab und riss sich zusammen. „Setzen Sie sich doch bitte", forderte sie den Soldaten auf.

Der Mann war beunruhigt, weil sein Erscheinen eine so heftige Reaktion bei ihr ausgelöst hatte. Keelys Gesicht hatte alle Farbe verloren, ihre Lippen waren blau geworden. Er setzte sich hastig, aus Angst, sie könnte ganz die Fassung verlieren, wenn er nicht tat, was sie wollte.

Keely ließ sich auf den Sessel sinken. „Warum sind Sie zu mir gekommen?"

Er sah kurz zu Nicole, so als suche er ihren Rat, wie er sich gegenüber dieser bestürzten Frau verhalten sollte, doch als Nicole nickte, sah er Keely wieder direkt ins Gesicht. „Sehen Sie, ich habe in Paris von Ihnen gehört. Ich lag in der Klinik, aber man hat uns über alles auf dem Laufenden gehalten. Ich glaube, es war der Pfarrer, der uns von PROOF erzählt hat." Er sah auf seine Hände, die immer noch nervös die Mütze drehten. „Alles ist so schnell gegangen, ich bringe manchmal durcheinander, wer mir was erzählt hat."

„Tut mir Leid, ich wollte Sie nicht drängen", sagte Keely sanft. „Lassen Sie sich Zeit, und sagen Sie mir, warum Sie hier sind."

„Wie gesagt, ich weiß von Ihrer Arbeit für PROOF und dass Sie in Paris dabei waren. Entschuldigen Sie, Mrs. Williams, aber hat Mr. Devereaux Ihnen nicht berichtet, was ich ihm im Krankenhaus erzählt habe? Ich meine, als er an dem Tag das Krankenhaus verließ, nachdem wir herausgefunden hatten, dass es wahrscheinlich Ihr Mann war, der mit mir zusammen in dem Hubschrauber abstürzte, war ich der festen Meinung, Mr. Devereaux würde Ihnen direkt Bescheid sagen."

Keely ignorierte Nicoles erstickten Aufschrei und nickte. „Ja, er hat es mir gesagt, aber ..."

„Nun, ich habe ihn letzte Woche in Washington getroffen. Ich bin erst fünf Tage später als die anderen nach Hause zurückgekommen, ich war ziemlich schwach. Aber entschuldigen Sie, ich schweife schon wieder ab. Ich sah also Mr. Devereaux in Washington und fragte ihn, wie Sie es aufgenommen hätten. Er sagte mir, dass Sie nicht überzeugt wären, ob es wirklich Ihr Mann war, der den Hubschrauber geflogen hat. Natürlich kann ich auch nicht sicher sein, aber ich habe etwas mitgebracht, das die Sache vielleicht endgültig klären kann."

Er suchte in seiner Brusttasche nach etwas, und Keelys Herz begann wild zu pochen. Das konnte doch nicht sein! Doch als Gene Cox ein silbernes Medaillon hervorzog, erkannte sie es sofort.

„Der Mark Williams, mit dem ich abgestürzt bin, hat das hier zusammen mit seiner Marke getragen. Kurz bevor er … bevor er gestorben ist, bat er mich, das hier seiner Frau zu geben, falls ich es schaffen sollte. Als der Vietcong mich gefangen nahm, waren sie interessiert an unseren Marken, aber nicht hier dran, sie haben es mir gelassen. Ich wusste nicht, ob ich je die Möglichkeit haben würde, Ihnen das zu überbringen, aber ich habe es behalten. Ich habe es auch nicht für Essen oder so eingetauscht. Ich habe dem Soldaten versprochen, es nicht zu tun." Er war überwältigt von den Erinnerungen, als er Keely das Medaillon reichte.

Ihre Finger konnten es kaum halten, sie zitterten zu sehr. Keely sah auf den Christophorus-Anhänger, den sie Mark an ihrem Hochzeitstag geschenkt hatte. Sie drehte ihn um und las die Inschrift, die sie damals hatte eingravieren lassen: „Gott beschütze dich, mein geliebter Mann.“ Auch das Datum stand darunter. Tränen schossen ihr in die Augen, als sie über das angelaufene Silber strich.

„Ist es seins?“ fragte Nicole leise hinter ihr.

Sie konnte nur nicken, ihre Kehle war wie zugeschnürt, kein Wort kam heraus.

Gene Cox rutschte unruhig auf dem Sofa hin und her. „Ich wünschte, ich könnte Ihnen sagen, dass er nicht gelitten hat. Aber er hat gelitten. Seine Beine waren gebrochen, und er erbrach pausenlos Blut … Aber er starb wie ein echter Held. Selbst mit gebrochenen Beinen wollte er nach den anderen suchen. Ich glaube, da waren noch drei außer uns mit in der Maschine gewesen, so genau weiß ich das nicht mehr. Ich kann mich nur noch erinnern, dass er sich wie ein Verrückter gewehrt hat, als ich ihn in den Dschungel zog, damit wir uns verstecken konnten. Als … als das Ende kam, war er sehr friedvoll, wissen Sie? Er sagte noch, besser so als als Krüppel zu Ihnen nach Hause zu kommen.“

„Er irrte sich“, sagte Keely rau.

„Ja, Ma'am. Aber ich glaube zu wissen, was er fühlte.“ Gene Cox räusperte sich laut. „Meine … meine Frau hat vor drei Jahren einen anderen geheiratet. Sie war letzte Woche in Washington und hat mich besucht. Ich habe sie kaum erkannt. Und sie hat mich ganz bestimmt nicht erkannt.“

Keely hob den Blick und sah ihn voller Mitgefühl an. „Das tut mir Leid.“

Er zuckte die Schultern, machte eine Faust und hustete hinein. Dann stand er auf. „Nun, ich hoffe, das klärt die Dinge für Sie zumindest."

Sie ging zu ihm und umarmte ihn voller Mitgefühl. „Ich danke Ihnen von ganzem Herzen", flüsterte sie in sein Ohr, bevor sie sich wieder von ihm löste.

„Ich bin froh, dass ich das tun konnte. Ich wünschte, ich hätte auch Antworten für all die anderen. Sehen Sie, wir dachten, wir sechsundzwanzig wären die Einzigen, die noch da drüben waren. Es ist unheimlich, wenn man erfährt, dass da noch Hunderte von den Jungs sind, über deren Schicksal niemand etwas weiß. Wir wussten das nicht." Er wandte sich zur Tür.

„Lieutenant Cox, eine Frage noch."

„Ja?"

„Haben Sie Mr. Devereaux dieses Medaillon gezeigt?"

„Ja."

Keely umklammerte die silberne Plakette fester. „Was hat er gesagt?"

Der Soldat blickte zu Nicole, dann zurück zu Keely. „Er meinte, es würde Ihnen mehr bedeuten, wenn ich es Ihnen überbringe."

Bevor er ging, notierte er sich Keelys Telefonnummer und versprach, in Verbindung zu bleiben. Er erbot sich, PROOF zu helfen, wenn er in irgendeiner Weise nützlich sein konnte.

Als er die Tür hinter sich schloss, legte Keely die Stirn

an das kühle Holz, das silberne Schmuckstück bohrte sich in ihre Handfläche.

„Komm, setz dich." Nicole nahm sie bei den Schultern und zog sie von der Tür fort. Keely ließ sich zum Sofa führen und sank darauf nieder. Nicole setzte sich neben sie, strich ihr über das Haar und rieb ihr den Rücken, während sie überlegte, was sie sagen sollte.

„Jetzt weißt du es, Keely. Es tut mir Leid wegen Mark, aber zumindest weißt du jetzt Bescheid."

„Ja."

„Im Moment ist es schwer, aber in ein paar Tagen wirst du dich fühlen, als wäre dir eine Zentnerlast von den Schultern genommen. Du kannst endlich mit deinem Leben weitermachen." Sie strich immer noch tröstend über Keelys Rücken. „Keely, hat Dax dir in Paris von Mark erzählt?" Keely nickte. „Und du hast ihm nicht geglaubt?" Nicole klang fassungslos.

„Nein!" Keely sprang so heftig auf, dass Nicole zurückfiel. „Ich glaubte ihm nicht!"

„Aber warum denn nur? Keely, Herrgott noch mal, was ist eigentlich los mit dir?"

„Ich weiß es nicht", stöhnte sie und barg das Gesicht in den Händen. „Ich hielt es für einen geschmacklosen Trick von ihm."

„Ein Trick?! Dax Devereaux hat es nicht nötig, Tricks anzuwenden."

„Ich weiß, ich weiß. Aber ich war so verwirrt. Und es

war einfach zu ungeheuerlich. Ein solcher Zufall. Und ich habe mich so schuldig gefühlt …"

„Schuldig? Wieso?" Als Keely ihrem Blick auswich, ging Nicole zu ihr und hielt ihr Gesicht mit beiden Händen fest. „Wieso, Keely?"

„Weil wir in der Nacht zuvor miteinander geschlafen hatten", schrie sie und schob Nicole von sich.

„Na und?" schrie Nicole genauso laut zurück.

„Das fragst du?" Sie konnte es nicht fassen, dass ihre Freundin sie nicht verstand. „Ich war immer noch mit Mark verheiratet. Ich habe ja erst nach der Nacht mit Dax erfahren, dass …"

„Oh nein!" Nicole warf verzweifelt den Kopf in den Nacken. „Jetzt erzähle mir nur nicht, du fühlst dich schuldig wegen eines Mannes, der seit zwölf Jahren tot ist!"

„Aber das wusste ich doch noch nicht …"

„Das sagtest du schon, und ich kann es nicht mehr hören", schrie Nicole aufgebracht. „Das kannst du nicht ernst meinen. Nach zwölf Jahren, in denen du wie eine Nonne gelebt hast, wirst du jetzt ins nächste Fegefeuer gehen, weil du mit einem Mann geschlafen hast, den du liebst! Dein Mann ist seit zwölf Jahren tot. Erklär mir, worin deine Sünde besteht!"

„Das verstehst du nicht", knurrte Keely ungeduldig.

„Da hast du verdammt Recht, ich verstehe das nicht. Ich könnte es ja noch, wenn es sich dabei um eine hirnlose, labile Person handeln würde, die Trauer und Schuld als einen Schutzschild für sich braucht. Aber du bist eine intelligente, lebendige, schöne Frau, und es ist einfach krank, dass du dein Leben auf diese Art wegwerfen willst. Wie viele Heiligenscheine kann eine einzelne Person denn tragen, hm? Nun, lass dir gesagt sein, ich habe die Nase voll von deiner bornierten Selbstaufopferung. Dann lebe doch in deinem Elend, perfektioniere es, bis es dich endgültig zerstört, noch mehr, als es bisher schon getan hat. Aber rechne nicht mit mir! Mir reicht's!"

Damit wirbelte Nicole herum, griff sich die beiden Flaschen Wein und stürmte zur Haustür hinaus.

Keely wälzte sich im Bett hin und her und versuchte die Bilder zu verscheuchen, die Geräusche auszuschalten, die Erinnerungen zu verdrängen, aber sie ließen sich nicht auslöschen. Nicoles Abgang hatte wehgetan. Keely hatte sich letzte Nacht in den Schlaf geweint, nachdem sie das sorgfältig zubereitete Mahl in den Abfalleimer gekippt hatte. Den Sonntagmorgen hatte sie damit verbracht, die Pflanzen auf der Veranda umzutopfen, aber die Arbeit hatte nicht ewig gedauert, und anschließend hatte sie stundenlang gegrübelt. Nie in ihrem Leben war sie so erleichtert gewesen, als die Zeiger auf der Uhr anzeigten, dass es spät genug war, um ins Bett zu gehen.

Doch der Schlaf wollte nicht kommen. Erst ließ sie innerlich noch einmal den Streit mit Nicole an sich vorbeiziehen, dann wanderten ihre Gedanken zu dem Morgen, als Dax und sie in zärtlicher Umarmung aufgewacht waren …

Bevor sie das kleine Hotel verließen, beschlossen sie, das Badezimmer auszunutzen, auf das die Besitzerin so stolz gewesen war.

„Ich möchte dich verwöhnen“, flüsterte er, als sie vor der kleinen Badewanne standen.

„Mit diesen Dingern konnte ich noch nie gut umgehen“, sagte sie und nahm dabei den Duschkopf aus seiner Halterung.

„Ich habe ein gewisses Geschick.“

„Oh ja“, flötete sie und schmiegte sich an ihn.

Er hob eine dunkle Augenbraue. „Höre ich da etwa eine doppeldeutige Anspielung heraus?“

„Ich weiß gar nicht, was du meinst.“ Sie klimperte unschuldig mit den Wimpern.

„Tu nicht so harmlos“, knurrte er und biss sie zärtlich in die Schulter, bevor er sich vorbeugte und die Wasserhähne aufdrehte. „Wie magst du es? Heißer oder kälter?“

„Heißer.“

„Eine heiße Dusche – kommt sofort.“ Und dann schnappten sie beide nach Luft, als eiskaltes Wasser über sie floss.

„Das hast du absichtlich getan“, warf sie ihm vor, als die Temperatur endlich eingestellt war und sie wieder atmen konnte.

„Nein, ich schwöre.“

Sie seiften sich gegenseitig ein, bis dicker Schaum sie beide bedeckte. „Du wirst mir noch die ganze Haut abwaschen“, hauchte sie, weil er ihre Brüste mit schaumigen Fingern massierte.

„Dann muss ich mir wohl ein anderes Fleckchen suchen.“ Er nahm den Duschkopf und spülte sorgfältig die Seife von jedem Zentimeter Haut ab.

„Ich sollte mich rasieren“, überlegte er laut und rieb mit der Hand über die Bartstoppeln am Kinn. Sie waren endlich aus der Wanne gestiegen und hatten sich mit den weichen Handtüchern gegenseitig trockengerubbelt.

„Ja, du ähnelst mittlerweile einem richtigen Piraten.“

„Was meinst du, wie die Leute auf einen bärtigen Kongressabgeordneten reagieren würden?“

„Lass dir einen Bart wachsen, dann wirst du es herausfinden.“

„Vielleicht tue ich das sogar. Aber bist du sicher, dass du das willst? So ein Bart kann ziemlich kratzen.“

„Oh, das würde natürlich bedeuten, dass wir uns während dieser Zeit nicht küssen können. Wie lange muss so ein Bart wachsen, bis er schön weich ist? Ein paar Monate?“

Er grinste selbstgefällig. „Wärst du von meiner Manneskraft beeindruckt, wenn ich dir anvertraute, dass es bei mir nur zwei Wochen dauert?“

„Nein, gar nicht“, erwiderte sie keck und rannte aus dem Bad hinaus.

Er erwischte sie in der Mitte des Zimmers und drängte sie zum Bett zurück. „Dann muss ich mir wohl was anderes einfallen lassen, um dich zu beeindrucken."

Seine aufreizenden Küsse sandten Stromstöße durch ihren Körper, seine Lippen, seine Berührungen setzten ihren Körper in Flammen. Nur er konnte dieses Feuer löschen – und er tat es.

Danach schob Dax sich langsam über sie. „Und? Endlich beeindruckt?" fragte er rau.

Keely vergrub das Gesicht im Kissen. Würde sie diese sinnlichen Erfahrungen je vergessen? Nein. Diese Nacht, dieser hereinbrechende Morgen, der glorreichste Tag ihres Lebens. Die Nacht mit Dax hatte nichts gemein mit den Nächten, die sie als Marks Frau erfahren hatte. Jene Leidenschaft war verstohlen gewesen, im Schutz von Kleidern und Dunkelheit.

Sie und Dax hatte sich ohne Verlegenheit nackt voreinander gezeigt. Sie kannte seinen muskulösen Körper, und er kannte jeden Zentimeter von ihr. Bis sie diese Nacht mit Dax verbracht hatte, hatte Keely nicht gewusst, wie es war, von einem Mann geliebt zu werden und einen Mann zu lieben.

Und da sie dieses Gefühl jetzt kannte, verging sie vor Sehnsucht nach Dax. Sie verzehrte sich nach seinen leidenschaftlichen Küssen, nach seinen Zärtlichkeiten. Sie wollte seinen Atem an ihrem Ohr hören, die geflüsterten Worte der Liebe, die er zu ihr gesagt hatte.

„Ich liebe dich, Keely."

Sie hatte sein Gesicht gesehen, als er es sagte. Warum hatte sie nicht die Arme um ihn geschlungen und ihn angefleht, sie nie wieder loszulassen?

Jetzt war es zu spät. Die harte, düstere Miene und der vernichtende Blick aus den dunklen Augen, als sie ihm vorgeworfen hatte zu lügen, hatten es deutlich gezeigt. Was er auch immer für sie empfunden haben mochte, sie hatte es mit ihren Zweifeln zerstört. Selbst wenn sie ihn anrief und um Verzeihung bat, er würde sie nie wieder lieben. Nie würde er vergessen, was sie ihm unterstellt hatte, als er ihr etwas berichten wollte, das ihrer beider Zukunft hätte verändern können. Nicole hatte Recht, sie war eine Närrin.

Sollte sie ihn anrufen? Sollte sie Angst und Unsicherheit vergessen und ihn um Verzeihung bitten? Ja!

Sie griff schon nach dem Hörer, als ihr ein anderer Gedanke kam. Er wusste, dass Gene Cox ihr das Medaillon bringen würde! Wie hatte der Soldat noch gesagt? „Er meinte, es würde Ihnen mehr bedeuten, wenn ich es Ihnen überbringe." Dax wusste, dass sie frei war, aber er hatte sich nicht bei ihr gemeldet, um sich mit ihr zu versöhnen.

Sie war frei, aber er nicht.

Er kandidierte für den Senat. Sie hatte sein Foto in der Sonntagszeitung gesehen, zusammen mit Madeline Robins. Nach seiner Rückkehr aus Washington hatte Madeline eine rauschende Willkommensparty für ihn organisiert.

Während Keely sich also Gene Cox' Geschichte anhörte, hatte Dax mit Madeline gefeiert. Während sie mit ihrer besten Freundin stritt, hatte er mit Madeline getanzt und gelacht.

Er hatte gesagt, er liebe sie. Vielleicht tat er das sogar. Aber wäre es gut für ihn, sie ausgerechnet jetzt in seinem Leben zu haben? Der Name Keely Preston stand zu sehr im Licht der Öffentlichkeit. Sie würde Mark bald offiziell für tot erklären lassen müssen, aber man hatte Dax und sie zusammen gesehen, bevor die vermissten Soldaten zurückgekehrt waren. Gerüchte und Spekulationen würden wilde Blüten treiben. Ein Skandal war immer noch wahrscheinlich.

Dax brauchte Frauen wie Madeline Robins in seinem Leben, die ihm helfen konnten, die Kandidatur zu gewinnen. Er brauchte keine Keely Preston Williams.

Ohne ihn könnte sie genauso gut sterben, aber sie hatte keinen Platz in seinem Leben.

Nur das Pflichtbewusstsein trieb sie aus dem Bett, als um fünf Uhr der Wecker klingelte. Mechanisch zog sie sich an und schminkte sich. Immerhin würgte sie eine Tasse Kaffee hinunter, bevor sie zum Sender fuhr.

Die Morgenluft war lau, der Frühling kündigte sich an. Am Horizont waren Wolken zu sehen, aber der Himmel über der Stadt war klar. Auf dem Dach des Superdome blieben ihr ein paar Minuten, um den morgendlichen Himmel zu betrachten, bevor sie das Dröhnen des sich nähernden Hubschraubers vernahm, der wie ein Insekt über die Dächer schwirrte.

Joe landete routiniert. Keely schloss ihren Wagen ab und rannte auf den Helikopter zu. Der wirbelnde Wind zerrte an Kleidern und Haar, aber daran war sie gewöhnt, er richtete nie wirklichen Schaden an.

„Guten Morgen, Joe", rief sie laut, um das Dröhnen zu übertönen.

„Morgen, Schönheit", erwiderte Joe den Gruß. „Ich habe ein paar Krapfen zum Frühstück dabei. Bedien dich ruhig."

„Danke." Sie ließ den Sicherheitsgurt einschnappen, und der Hubschrauber hob wieder ab.

Der Morgen war Routine. Ihr erster Verkehrsbericht kam um fünf vor sieben, der Verkehr lief flüssig, alle Auf- und Abfahrten waren frei. Der Tag versprach schön zu werden, also war das Wetter auch kein Thema.

Es geschah, als Keely per Mikro mit dem Morgenmoderator scherzte. Sie hörte den lauten Knall, wie eine Fehlzündung bei einem Auto. Dann absolute Stille, als der Motor des Helikopters urplötzlich erstarb.

„Verdammt", fluchte Joe.

Keelys Kopf ruckte herum, sie sah, dass er hektisch an den Kontrollschaltern herumfingerte. Sie brach mitten im Satz ab, Panik stieg in ihr auf. „Joe!" rief sie. Sie wollte, dass er sich zurücklehnte und sie anlächelte, dass er aufhörte, zitternd an den Instrumenten herumzufingern, dass er ihr sagte, alles sei unter Kontrolle und in bester Ordnung.

„He, Keely, was passiert denn da oben bei euch? Habt ihr einen Ballon explodieren lassen?“ Sie hörte die scherzhafte Frage des DJ durch die Kopfhörer, aber nichts schien mehr real zu sein.

„Joe!“ rief sie noch einmal, als der Hubschrauber zu trudeln begann.

„Halt dich fest, Keely“, sagte Joe mit erstaunlicher Ruhe. „Wir gehen runter, Baby.“

16. KAPITEL

Die Erde neigte sich gefährlich. Die Rotoren drehten sich noch, aber kein Laut kam vom Motor. Der Hubschrauber trudelte, während der Boden immer näher kam.

„Nein!“ schrie Keely auf. „Nein, bitte nicht!“ Als der Hubschrauber die Nase nach unten drückte, schnitt sich der Gurt schmerzhaft in ihren Leib, trotzdem konnte er sie nicht halten. Sie schlug mit dem Kopf hart gegen die gläserne Frontscheibe, fühlte den Schmerz und den Schwindel.

„Helft mir!“ rief sie, wusste aber nicht, ob jemand sie gehört hatte. Ob sie die Worte überhaupt ausgesprochen hatte. Sie wollte die Augen öffnen, aber da war dieses gleißende Licht, sie konnte kaum hinsehen. Dann erkannte sie eine Gestalt, die sich daraus löste.

Mark! Sie sah ihn, strahlend, stolz, zuversichtlich. Der lachende, lebenslustige, vor Energie überschäumende Junge, an den sie sich erinnerte. Seine Augen leuchteten fröhlich auf, als er sie sah, sein Lächeln war breit und einnehmend wie immer.

Mark! schrie sie in Gedanken, du lebst! Er litt nicht. Er war kein namenloses Skelett in einem Dschungel am anderen Ende der Welt. Sein Geist war so lebendig, hier in dieser Sphäre, in die sie geschleudert worden war.

Oder doch nicht? Das Licht wurde schwächer, seine

Gestalt verschwamm. Keely wollte mit ihm reden, aber er winkte ihr zu und drehte sich dann um. Seine Konturen verwischten mehr und mehr, während er sich Schritt für Schritt dorthin zurückzog, woher er gekommen war. Ein Vorhang fiel hinter ihm zu, trennte sie voneinander. Dunkelheit kam über Keely, es gelang ihr nicht, dagegen anzukämpfen. Sie sehnte sich nach dem Licht und der Wärme an dem Ort, wo Mark war.

Aber das Dunkel hellte sich nicht auf. Kurz bevor die Schwärze sie endgültig verschlang, wurde Keely mit erstaunlicher Klarheit bewusst, dass sie einen Frieden in ihrem Herzen fühlte, den sie seit Jahren nicht gekannt hatte.

In einem Zeitblitz, irgendwo zwischen zwei Welten, hatte sie Marks Tod erlebt, mit ihm geteilt. Jetzt konnte sie ihn in Frieden ruhen lassen. Zu wissen, dass er in diesem wunderbaren Licht lebte, gab ihr die Kraft, seinen Tod zu akzeptieren und ihn gehen zu lassen.

Mit einem ergebenen Seufzer sank sie in die Dunkelheit.

„Langsam, ganz langsam. Nein, Miss Preston, legen Sie sich wieder zurück. Alles ist in Ordnung. Sie sind im Krankenhaus."

Sanfte, aber starke Hände hielten Keelys Schultern auf das Bett gedrückt, auch wenn sie sich dagegen wehrte. „Patsy, erneuern Sie den Verband, sie hat ihn sich abgerissen."

Während ein Paar Hände sie hielt, fühlte sie, wie sich ein weiteres Paar an ihrer Stirn zu schaffen machte. „Sie muss wach werden. Miss Preston, kommen Sie, machen Sie die Augen auf. Sagen Sie uns guten Tag."

Sie wollte gehorchen, aber ihre Lider waren schwer wie Blei. Die Stimmen aus dem Nebel gaben nicht nach, forderten sie immer wieder auf, und schließlich schaffte Keely es, die Augen zu schmalen Schlitzen zu öffnen.

„Na also, es geht doch. Wir dachten uns schon, dass Sie kein sehr gesprächiger Gast sein werden. Aber Gracie ist immer so leicht verletzt, wenn ihre Patienten nicht mit ihr reden."

„Stimmt. Vor allem, wenn es sich um Berühmtheiten handelt. Wie fühlen Sie sich?"

Das Weiß der Schwesterntracht tat Keely in den Augen weh. Ein Thermometer wurde ihr unter die Zunge gesteckt, ihr Blutdruck gemessen.

Wo … wann … wie …? Fragen schossen ihr durch den Kopf, ließen die Schmerzen noch unerträglicher werden. Dann fiel es ihr ein. Der Hubschrauber … Sie wehrte sich wieder gegen die Arme, die sie niederhielten.

„Joe", brachte sie krächzend heraus, sie erkannte ihre eigene Stimme nicht. „Joe."

„Ihm geht es gut", wurde ihr gesagt. „Er hat den Hubschrauber auf dem Dach aufgesetzt."

„Auf dem Dach?" Sie suchte nach Worten. „Aber …"

„Machen Sie sich darüber jetzt keine Gedanken. Die

Details werden Sie später erfahren. Sie sind die einzige Verletzte. Nun, was meinen Sie? Ob Sie sich aufsetzen und etwas trinken können, ohne sich über dieses elegante Nachthemd zu erbrechen, in das wir Sie gepackt haben?“

Keely schüttelte den Kopf, aber man hielt ihr trotzdem den Becher mit dem geknickten Strohhalm hin, und gehorsam sog sie daran, bis sie wieder einschlief.

Bis sie wieder zu vollem Bewusstsein gelangte, war es ein langer und steiniger Weg. Ihre Wachzeiten waren verschwommen und wirr, ihr Schlaf war so schwer, dass sie nie richtig aufzuwachen schien. Sie wusste, dass eine Tropfnadel in ihrer Hand steckte. Jedes Mal, wenn sie die Hand bewegte, spürte sie das Ziehen des Pflasters.

Ihre Eltern tauchten in ihren Träumen auf, bis ihr klar wurde, dass sie wirklich anwesend waren. Ihre Mutter weinte leise. Ihr Vater sah betroffen aus, aber er küsste sie auf die Stirn, wenn sie es in einem hellen Moment schaffte, ihn anzulächeln.

Einmal wachte sie auf und sah das Gesicht eines Mannes über sich gebeugt. Ein sympathisches Gesicht, von wirrem blonden Haar umgeben.

„Hi“, grüßte er fröhlich. „Ich wollte nur mal meine Arbeit begutachten.“

Sie starrte ihn verwirrt an. Er musste die Frage in ihren Augen gelesen haben. „Oh, ich bin Dr. Walters. Nennen Sie mich ruhig David. Ihre Freundin benachrichtigte mich, als feststand, dass Ihre Stirn genäht werden musste. Ich bin plastischer Chirurg. Sie werden eine winzige Narbe direkt an der Haarlinie zurückbehalten, aber ich bin so verdammt gut, dass sie kaum zu sehen sein wird.“

Keely lächelte.

„Und sonst geht es Ihnen einigermaßen? Brauchen Sie etwas?“

Sie schüttelte den Kopf, schloss die Augen und schlief wieder ein.

Dann, wie von Zauberhand, waren die Spinnweben in ihrem Kopf verschwunden. Als sie erwachte, war alles klar und deutlich. In ihrem Kopf pochte es unerträglich, aber das war verständlich. Sie zitterte vor Schwäche, trotzdem zwangen die Schwester sie dazu, aufzustehen und ein paar Schritte zu laufen, bevor sie sich erschöpft wieder ins Bett legen durfte. Sie schaffte es sogar, ein ganzes Glas Apfelsaft zu trinken, ohne dass es ihr wieder aufstieß. Woraufhin die Schwestern ihr die Nadel aus der Hand zogen. Ein großer blauer Bluterguss blieb zurück.

Den Rest des Tages verschlief sie, aber der Schlaf war nicht mehr so schwer. Am Abend konnte sie schon die Zeitungsberichte über die Beinahe-Katastrophe lesen, die die Schwestern für sie aufgehoben hatten. Jetzt erkannte sie auch erst, dass überall im Zimmer Blumen standen. Die Schwestern bestaunten mit vielen „Ohs“ und „Ahs“ jeden Strauß und warteten gespannt darauf, dass Keely die Karten vorlas.

Eine Karte war nicht signiert, eine Tatsache, die die

Schwestern sehr enttäuschte, denn es war das größte und schönste Bouquet von allen. Keely glaubte nicht, dass die fehlende Unterschrift Zufall war. Sie zupfte eine der gelben Rosenknospen ab und legte sie auf ihr Kopfkissen. Die Blüte fing ihre Tränen auf wie Tautropfen.

Am nächsten Morgen konnte Keely aufstehen. Sie duschte, zog sich ein eigenes Nachthemd an und machte ihr Gesicht ein wenig zurecht. Über Nacht war auf wundersame Weise eine Tasche mit ihren Sachen aufgetaucht, ihre Mutter bestritt jedoch, etwas davon zu wissen.

Sowohl der Krankenhausarzt als auch ihr Hausarzt, der sie untersuchte, erlaubten ihr, Besucher zu empfangen. Der Direktor von KDIX kam, drückte seine Erleichterung aus, dass sie noch unter den Lebenden weilte, und überbrachte ihr die Genesungswünsche der Kollegen.

Joe Collins kam danach. Ihm standen Tränen in den Augen, als er sich zu ihr beugte und sie fest umarmte. „Danke, Joe", sagte sie. Nachdem sie seine Sorgen über ihren Zustand ausgeräumt hatte, berichtete er, was genau passiert war.

„Irgendwas, irgendein kleines Teilchen hat die Benzinleitung verstopft, und der Motor ist abgesoffen. Glücklicherweise konnte ich die Maschine stabilisieren und mit Autorotation landen. Die Rotoren drehen sich nämlich noch eine Weile, weißt du? Wir waren fast genau über dem Dach des Senders, als es passierte, deshalb …" Er zuckte bescheiden mit den Schultern. „Ich war vollauf damit beschäftigt, uns gerade zu halten, gleichzeitig habe ich mir unheimliche Sorgen um dich gemacht. Ich konnte nur sehen, dass Blut über dein Gesicht lief."

„Du hast mir das Leben gerettet, Joe."

Plötzlich schien er verlegen und schüchtern, also wechselte sie das Thema. Nachdem er gegangen war, musste sie sich ausruhen. Die Schwestern wiesen die anderen wartenden Besucher an, später zurückzukommen.

Nach dem Abendessen saß Keely aufgestützt in den Kissen und schaute ein wenig fern, als es leise an der Tür zu ihrem Zimmer klopfte. Auf ihr „Herein" traten Nicole und Charles ein.

Nicole sah bedrückt und besorgt aus, und als Keely die Arme ausstreckte, eilte sie quer durch den Raum und warf sich hinein.

„Keely, es tut mir so schrecklich Leid. Hast du das etwa getan, weil ich dir so grässliche Dinge an den Kopf geworfen habe? Oh Gott, als ich dich da oben schreien hörte …! Ich dachte, mir würde das Herz stehen bleiben."

„Du hast es gehört?"

„Ja, wir alle haben es gehört", warf Charles ein. „Du warst doch mitten im Gespräch mit dem DJ. Anscheinend hat er nicht schnell genug reagiert und dein Mikro abgeschaltet. Deine Zuhörerschaft hat die ganze Sache miterlebt."

Keely schloss die Augen. „Das wusste ich nicht. Das muss schrecklich gewesen sein."

„Nun, jetzt bist du eine Heldin“, sagte Nicole forsch, jetzt, da sie wusste, dass ihr verziehen war.

„Bist du verantwortlich für den Schönheitschirurgen und die Tasche mit meinen Sachen?“

„Charles und ich.“

„Danke.“ Die beiden Frauen hielten sich an den Händen und tauschten verständnisinnige Blicke.

„Wegen neulich, Keely ...“

„Schon vergessen. In vielen Dingen hattest du völlig Recht.“

„Und viele andere Dinge gehen mich überhaupt nichts an.“

„Doch, denn du bist meine Freundin.“

„Das stimmt.“ Beide waren den Tränen gefährlich nahe. Charles rettete die Situation.

„Liebling, du hast Keely noch gar nicht die große Neuigkeit erzählt“, sagte er sachlich.

Er nannte Nicole öffentlich „Liebling“. Erstaunt blickte Keely von Charles zu ihrer Freundin. „Welche Neuigkeit denn?“

Nicole drehte sich auf der Bettkante zu Charles um und funkelte ihn an. „Es macht dir ungemein Spaß, darauf herumzureiten, was?“

„Genau“, stimmte er mit einem breiten Grinsen zu und wippte selbstzufrieden auf den Absätzen vor und zurück.

„Nun, ich finde es gar nicht lustig, Charles. Nicht im Geringsten.“

„Würdet ihr beide mich bitte in das Geheimnis einweihen?“ mischte Keely sich ein. „Was für eine Neuigkeit?“

„Ich bin schwanger“, murmelte Nicole.

Keely sah auf Nicoles blonden Haarschopf, als diese verlegen mit dem Bettlaken spielte. Hätte Nicole verkündet, sie würde ins Kloster eintreten, Keely hätte nicht überraschter sein können.

„Du bist was?!“

Heftig sprang Nicole vom Bett auf. „Du hast mich schon verstanden. Ich bin schwanger. Hab ’nen Braten in der Röhre. Werde Mutter. Wie auch immer, zum Teufel, du es nennen willst. Und der da ...“, anklagend richtete sie den Finger auf Charles, „... ist dafür verantwortlich.“

Keely begann zu lachen, erst leise, dann immer heftiger, bis ihr schließlich die Tränen aus den Augen liefen. Obwohl ihr Kopf schmerzte, tat das Lachen unendlich gut, und sie genoss es in vollen Zügen. Nicoles Mundwinkel zuckten, und schließlich stimmte sie in das Lachen mit ein.

„Ich kann’s nicht glauben.“ Keely wischte sich die Lachtränen von den Wangen. „Wann ...?“

„An dem Abend, als wir zusammen mit dir und ... und Dax im Café du Monde waren. Charles hat mich doch nach Hause gebracht, weißt du noch? Ich habe wirklich jede weibliche Verführungstaktik angewandt, um ihn in mein Bett zu locken. Und dafür hat er sich jetzt revanchiert!“

Charles blinzelte Keely zu. „Du scheinst aber nicht

sehr erschüttert darüber zu sein, oder, Nicole?“ forschte sie nach.

Nicole beugte sich vor und flüsterte laut: „Wer hätte das denn ahnen können, so wie er aussieht? Ich sag dir, Keely, im Bett ist er die reinste Dampfwalze.“

Das brachte Keely wieder zum Lachen. Nicole hatte also endlich ihren Meister gefunden, und keiner von den beiden wirkte sonderlich unglücklich.

Charles zog Nicole an sich und hielt sie fest um die Taille. „Du willst doch nicht zulassen, dass dieses Kind unehelich zur Welt kommt?“

„Oh, Keely.“ Nicole begann laut zu schluchzen und barg ihr Gesicht an Charles’ Schulter.

„Ich werde es ihr sagen, Liebling, da ich derjenige war, der darauf bestanden hat.“ Charles küsste Nicole auf die Nasenspitze. „Wir haben gestern geheiratet, Keely. Wir hätten dich gern dabei gehabt, aber ich hatte das Gefühl, es wäre nicht anständig gewesen, noch länger zu warten.“

Keely lächelte, neue Tränen traten ihr in die Augen, Glückstränen. „Ich freue mich so für euch. Ich habe immer gedacht, dass ihr beide zusammengehört.“

„Ich auch“, meinte Charles verschmitzt. „Aber bei Nicole brauchte es etwas Überzeugungsarbeit.“

„Du hast eine sehr überzeugende Art“, schnurrte Nicole und schmiegte sich in seine Arme.

„Darf ich den Bräutigam auch küssen?“ Keely wurde langsam ungeduldig, weil der Kuss der beiden so lange dauerte. Charles machte sich schließlich aus Nicoles besitzergreifender Umarmung frei und küsste Keely in seiner typischen reservierten Art auf die Wange. Als er sich aufrichtete, sagte er: „Ich warte draußen auf dem Gang. Lass dir nur Zeit, Liebling.“ Taktvoll zog er sich zurück, um den beiden Frauen Zeit allein zu geben.

„Nicole“, Keely griff nach der Hand der Freundin, „du liebst ihn, nicht wahr? Und das Baby? Du freust dich darauf, oder?“

„Ach Keely, ich könnte vor Glück schier platzen. Es wird keine bessere Mutter als mich geben, kein Tag wird vergehen, an dem das Kind nicht weiß, wie sehr es geliebt wird. Und Charles. Charles“, wiederholte sie zärtlich. „Ich hatte Angst davor, ihn zu lieben, Angst, er könnte mich zurückweisen. Aber Wunder über Wunder, er liebt mich, Keely. Wirklich und wahrhaftig. Um meiner selbst willen … na ja, du weißt schon, trotz all der anderen Männer und meines Rufs liebt er mich.“

„Ich wusste das schon lange. Ich bin froh, dass er dich endlich davon überzeugen konnte.“

„Ja, ich auch.“ Nicole lächelte das Lächeln, bei dem Tausende von Fernsehzuschauern jeden Abend dahinschmolzen. Doch es wurde schwächer, als sie Keelys blasses Gesicht ansah und den leeren, einsamen Blick in ihren Augen erkannte. „Und was ist mit dir, Keely? Wie gedenkst du deine Herzensangelegenheit zu lösen?“

„Ich denke, die ist für mich gelöst worden.“ Sie warf

einen traurigen Blick auf die gelben Rosen, dann wieder zurück zu Nicole, die sie genau beobachtete. „Als der Hubschrauber zu trudeln begann, wurde mir klar, dass Mark tot ist. Er gehört der Vergangenheit an. Dax ist die Gegenwart, hätte die Zukunft werden können, aber … Ich liebe ihn, Nicole, ich liebe ihn mehr als mein Leben. Er wird mir nie verzeihen, dass ich ihm nicht vertraut habe."

„Woher willst du das wissen? Hast du ihn gefragt?"

„Nein, natürlich nicht."

„Dann tu's doch einfach. Er ist draußen."

Voller Angst und Verzweiflung blickte sie Nicole an. „Er … er ist hier?"

„Wartet draußen. Er erreichte das Krankenhaus noch vor dem Notarztwagen, Keely. Er hatte alles im Radio mitgehört. Seit du hier liegst, hat er das Krankenhaus nicht verlassen. Ich habe völlig Irre gesehen, die sich besser beherrschen können als er. Er hat jeden angeknurrt, der … Keely, was soll das?! Marsch zurück ins Bett!"

„Nein." Sie hatte die Decke bereits zurückgeworfen und die Beine aus dem Bett geschwungen. „Ich gehe zu ihm."

„Keely, Herrgott noch mal, lass dir wenigstens …"

„Nein." Mit letzter Kraft schüttelte sie Nicoles stützende Hand ab. Sie musste aus eigener Kraft zu ihm gehen.

Auf halbem Weg zur Tür musste sie die Arme ausstrecken, um das Gleichgewicht zu halten, aber sie würde nicht aufgeben. Sie musste Dax sehen, musste ihm sagen …

Die Tür war zu schwer für sie, deshalb ließ sie zu, dass Nicole sie aufzog. Auf bloßen Füßen tappte sie geräuschlos über die kalten Fliesen und sah den Gang hinunter.

Dax saß auf einem Stuhl, die Knie gespreizt, mit gebeugtem Kopf und verschränkten Händen. Die gleiche Haltung hatte er an jenem Abend eingenommen, als er ihr sagte, dass er zu dem Anhörungsausschuss gehörte. Alles an ihm drückte Mutlosigkeit aus, die hängenden Schultern, das wirre Haar, die Bartstoppeln, die zerknitterte Kleidung. Für sie hatte er nie attraktiver ausgesehen.

„Dax."

Sein Kopf fuhr hoch, als er Keelys Stimme hörte. Dort stand sie, am anderen Ende des Korridors, so zierlich und doch so tapfer.

Schwankend erhob er sich, stolperte gegen das kleine Tischchen, auf dem abgegriffene Zeitschriften lagen. Dann begann er zu rennen, seine langen Schritte ließen die kurze Entfernung zu Keely rasch kleiner werden. In seinen Augen schimmerten Tränen. Kaum war er bei ihr, umarmte er sie und hielt sie fest, als wolle er sie nie wieder loslassen.

Sie schlang die Arme um seine Hüfte. „Keely, Keely", flüsterte er immer wieder in ihr Haar.

Es war ihnen gleich, was für einen Anblick sie boten. Nicole bewahrte allerdings die Vernunft. Um die beiden vor neugierigen Augen zu schützen, schob sie sie sanft ins Krankenzimmer zurück und schloss die Tür hinter ihnen.

Dax und Keely merkten nicht einmal, dass sie sich bewegt hatten.

Er strich ihr immer wieder übers Haar, musterte besorgt ihr Gesicht und streichelte ihre Wangen. „Ich dachte, du würdest sterben. Ich habe dich im Radio gehört, deine Stimme. Und dann hörte ich, wie der Motor ausging. Ich habe zu oft in Hubschraubern gesessen, ich wusste sofort, was passiert war. Ich habe genauso aufgeschrien wie du. Mein Schatz. Himmel, ich dachte, du würdest sterben …"

„Schsch", tröstete sie ihn und strich ihm über den Kopf. „Ich bin nicht gestorben. Ich lebe. Ich bin hier, mit dir." Mit einer Fingerspitze nahm sie den Tropfen auf, der in seinen Wimpern hing. „Als du erfuhrst, dass das Medaillon der Beweis für Marks Tod war, warum bist du nicht zu mir gekommen, Dax?"

„Hättest du das gewollt?"

Sie schmiegte ihre Wange an seine Brust und stöhnte leise. „Oh ja, ich habe dich so vermisst. Ich weinte um dich, aber ich hatte Angst. Nach dem, was ich zu dir gesagt hatte, war ich überzeugt, du würdest mich nie wiedersehen wollen. Kannst du mir verzeihen, dass ich an dir gezweifelt habe, Dax? Es tut mir so Leid."

Jetzt war er derjenige, der tröstete. „Ich war ein Narr, Keely. Ich hätte dir die Nachricht von Marks Tod nicht so schonungslos an den Kopf werfen dürfen. Aber ich dachte nur noch daran, dass du es wissen musst." Sanft bog er ihren Kopf zurück, um ihr in die Augen zu schauen.

„Nachdem du wusstest, dass ich die Wahrheit gesagt hatte, warum hast du mich nicht angerufen, Keely?“

„Weil ich dachte, du könntest mir nicht vergeben. Weil du immer noch an den Wahlkampf und deine Karriere denken musst. Weil du zu diesem Zeitpunkt keine Probleme in deinem Leben brauchst. Weil ich dein Foto mit Madeline in der Zeitung gesehen habe.“

Ein Lächeln zuckte um seine Lippen. „Ist das alles?“

Zu gern hätte sie das Lächeln erwidert, aber ihre Lippen zitterten zu stark. „Weil ich dich liebe und nichts tun wollte, was dich verletzen könnte.“

„Keely.“ Er drückte sie fest an sich. „Ich kam nicht zu dir, weil ich nicht wusste, was du fühlst. Ich dachte, du würdest sicher wegen Mark trauern. Ich war schon einmal zu schnell vorgeprescht, und das wollte ich wirklich nicht noch mal riskieren.“

Sie richtete seinen verknitterten Hemdkragen. „Nein, ich war erleichtert zu erfahren, dass Mark nicht jahrelang in einem Gefangenenlager leiden musste. Als ich in dem Helikopter saß und wir runtergingen, da …“

„Ja?“ hakte er nach, als sie zögerte.

„Da habe ich Abschied von ihm genommen, Dax. Er wird immer in meiner Erinnerung leben, aber er ist schon seit langer Zeit tot. Mir ist eine zweite Chance geboten worden, und ich werde nicht einen einzigen Tag mehr vergeuden.“

Er küsste sie, lang und fest und eindringlich. Als sie

sich schließlich voneinander lösten, sagte er heiser: „Du solltest im Bett sein.“

Er führte sie zu dem Krankenbett und half ihr hinein. Als sie bequem in die Kissen gelehnt dasaß, nahm er ihre Hand. „Keely, willst du mich heiraten?“

„Willst du mich denn überhaupt?“

„Ja, sehr.“

„Ich bin kürzlich verwitwet.“

„Vor zwölf Jahren? Wenn Mark erst offiziell für tot erklärt worden ist, werden die Leute verstehen, dass du wieder heiraten willst.“

„Oh, Liebling.“ Sie legte zärtlich eine Hand an seine Wange. „Mich interessiert nicht, was die Leute sagen, aber du solltest an den Wahlkampf denken.“

Er drehte leicht den Kopf und küsste ihre Handfläche. „Lass das meine Sorge sein. Morgen, wenn du einverstanden bist, werde ich die Presse benachrichtigen und unsere Verlobung bekannt geben. Van Dorf wird der Erste sein, den ich anrufe.“

„Van Dorf! Dax, er wird …“

„Er wird die Glocken läuten und in den höchsten Tönen über uns schreiben.“

Sein vergnügtes Glucksen ließ sie argwöhnisch die Augen zusammenkneifen. „Du verschweigst mir doch etwas?“

„Leg dich hin, du bist schließlich krank, nicht wahr? Sagen wir einfach, Van Dorf und ich sind zu einer Einigung gelangt." Er küsste sie, um sie zum Schweigen zu bringen. „Aber genug von ihm. Wirst du mich heiraten?"

Sie zog besorgt die Brauen zusammen. „Dax, die Wähler könnten trotzdem Anstoß an uns nehmen. Unsere Namen sind seit Wochen in aller Munde."

„Keely", flüsterte er und hauchte einen Kuss auf ihr Kinn, „ich denke, du kannst mir nur nützen. Die Leute werden dich lieben, das tun sie ja schon. Und sollte man mich wegen der Frau, die ich heiraten will, oder aus irgendeinem anderen Grund nicht wählen, dann diene ich meinem Land eben als Farmer und Geschäftsmann. Ich habe nie etwas ernster in meinem Leben gemeint. Das Leben mit dir ist mir wichtiger als jedes Amt."

„Dax", seufzte sie und küsste ihn auf den Mund.

„Meinst du, du kannst mir im Wahlkampf zur Seite stehen? Ich meine, mit deinem Job beim Radio und den ganzen anderen Dingen?" Er knabberte an ihrer Lippe, bis sie zu lachen begann.

„Immer der Diplomat, der Politiker, nicht wahr?" Immerhin besaß er so viel Anstand, zerknirscht zu grinsen. „Ich denke, dich zu lieben ist ein Full-Time-Job."

Die dunklen Augen schmolzen vor Liebe. „Die Vorstellung gefällt mir", sagte er rau und küsste sie auf die Augenbrauen.

„Dax?"

„Hm?"

„Madeline."

„Was ist mit ihr?“

„Ja, was ist mit ihr?“ wiederholte sie.

Er hob den Kopf. „Absolut nichts, Keely. Da war nie etwas, nicht einmal, bevor ich dich traf. Und jetzt wird mit Sicherheit nichts sein. Sie wollte es, die Presse wollte es, aber niemand hat mich nach meiner Meinung gefragt. Wahrscheinlich war es falsch von mir, dass ich die Publicity ausgenutzt habe, die sie allgemein bekommt. Aber das ist jetzt vorbei. Wenn sie mich unterstützen will, wird sie das ab jetzt auf offiziellem Wege tun müssen.“

„Bleib heute Nacht bei mir.“ Bereitwillig akzeptierte Keely Dax’ Erklärung. Ein Zeichen ihrer Liebe, ihres Vertrauens. Sie griff an den Schalter und löschte das Licht über ihrem Bett. Als Dax nervös zur Tür schaute, lachte sie. „Jeder, der hier reinwill, muss an Nicole vorbei. Und das ist so gut wie unmöglich.“

Selbst im Dunkeln sah sie sein Lächeln. Er streifte die Schuhe von den Füßen und legte sich neben Keely. Seine Lippen fanden ihren Mund, er küsste sie inniglich.

„Dax“, murmelte sie und schmiegte sich an ihn.

„Oh Gott, Keely“, stöhnte er und rückte von ihr ab. „Das wird nichts. Ich muss gehen.“

„Nein“, rief sie aus und hielt ihn am Hemd fest.

„Wir können hier nicht miteinander schlafen, Keely. Du brauchst Ruhe, musst dich erholen.“

„Das werde ich, ich verspreche es, aber bitte, lass mich nicht allein.“

Sie fand sich in einer festen Umarmung wieder. „Niemals“, gelobte er. „Ich liebe dich, Keely, ich werde dich nie allein lassen.“

Ihr Kopf lag an seiner Brust, und mit jedem kräftigen, rhythmischen Schlag fühlte sie, wie alte Ängste und Zweifel schwanden.

Das hier war ein neuer Anfang. Aller Kummer war vorbei, es war ein herrlicher Tag, und sie konnten voller Zuversicht in die Zukunft sehen.

– ENDE –

Nora Roberts

Affäre im Paradies

Ein ungeheuerlicher Verdacht, ein versteckter Mord, eine leidenschaftliche Affäre – ein spannender Liebesroman von der unvergleichlichen Nora Roberts!

Band-Nr. 25189
6,95 € (D)
ISBN: 3-89941-282-6

Tess Gerritsen

Die Meisterdiebin/ Angst in deinen Augen

Zwei romantische Liebesabenteuer von Bestsellerautorin Tess Gerritsen voller Leidenschaft und Gefahr. Herzklopfen garantiert!

Band-Nr. 25191
6,95 € (D)
ISBN: 3-89941-284-2

Nora Roberts

Das Geheimnis von
Orcas Island

Band-Nr. 25134
6,95 € (D)
ISBN: 3-89941-173-0

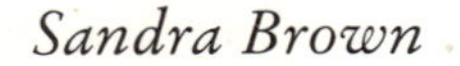

Sandra Brown

Unbestechliche Herzen

Band-Nr. 25136
6,95 € (D)
ISBN: 3-89941-175-7

Tess Gerritsen

Verrat in Paris

Band-Nr. 25135
6,95 € (D)
ISBN: 3-89941-174-9

Sandra Brown

Nur wer Liebe lebt

Band-Nr. 25154
6,95 € (D)
ISBN: 3-89941-193-5

Sandra Brown

Gefangen in der Wildnis

Band-Nr. 25117
6,95 € (D)
ISBN: 3-89941-153-6

Nora Roberts

Sommerträume 4

Band-Nr. 25186
6,95 € (D)
ISBN: 3-89941-244-3

Nora Roberts

Dreams of Love 1
Rebeccas Traum
Hörbuch

Band-Nr. 45003
3 CD's nur 9,95 € (D)
ISBN: 3-89941-219-2

Nora Roberts

Dreams of Love 2
Nicholas Geheimnis
Hörbuch

Band-Nr. 45005
3 CD's nur 9,95 € (D)
ISBN: 3-89941-221-4

Nora Roberts

Dreams of Love 3
Solange die Welt sich dreht
Hörbuch

Band-Nr. 45007
3 CD's nur 9,95 € (D)
ISBN: 3-89941-223-0